NARRATORI CORBACCIO

ALDA MONICO

DELITTO AL CASÌN DEI NOBILI

Romanzo

CORBACCIO

Visita *www.InfiniteStorie.it*
Il grande portale del romanzo

www.corbaccio.it

ISBN 88-7972-687-0

DELITTO AL CASÌN DEI NOBILI

Avvertenza

In chiusura sono raccolte le ricette dei piatti serviti all'osteria della Cerva, nell'ordine di apparizione. Canzoni, poesie e citazioni in dialetto sono tradotte in appendice. Un piccolo glossario riporta, in ordine alfabetico, la traduzione delle altre parole dialettali.

L'uomo, già così prestante e fiero, giaceva riverso, una gamba fasciata di velluto cangiante ripiegata sotto il corpo possente, una daga insanguinata stretta nella destra. Un filo di sangue colava all'angolo delle labbra contorte in un grido muto, gli occhi arrovesciati rivolti al soffitto affrescato sembravano fissare un volo di putti che sventolavano allegramente ghirlande di fiori intorno a una figura allegorica di giovane donna dalle carni doviziose, avvolta in veli svolazzanti. Un putto paffuto e roseo guardava in giù, verso gli occhi sbarrati e funebri dell'uomo, e pareva sul punto di lasciar cadere la sua ghirlanda a coprire il sangue sparso sul pavimento di stucco veneziano e quello sguardo immobile e disperato. Soltanto una vena pulsava ancora sul collo ora immobile e inerme del ferito. Sotto la testa riversa si allargava pian piano una chiazza scura di sangue.

Niente si muoveva nella grande sala, come se il momento avesse congelato tutti in un dagherrotipo, ma non c'era silenzio: fuori un vento malvagio scuoteva con forza le grandi vetrate piombate, la pioggia scrosciava violenta e le onde sbattevano sulla riva e fra i pali le decine e decine di barche che avevano portato gli ospiti alla festa e alla sua tragica conclusione. Un altro giovane, accovacciato a terra vicino al moribondo, gemeva stringendosi con le mani la gamba ferita. Tutto intorno gli ospiti della festa, nei loro sontuosi abbigliamenti, restavano immobili e guardavano sbigottiti in giù, ai loro piedi, mentre la macchia di sangue si allargava fino quasi a lambire le loro scarpine di broccato, ancora increduli, incapaci di parlare, cercando nella mente le parole con cui spiegare e spiegarsi che cosa fosse esattamente successo.

All'osteria della Cerva si capiva che era l'alba solo perché entravano già alcuni avventori, ortolani e facchini del mercato, a riconfortarsi con la prima ombra della loro faticosa giornata, dopo aver scaricato dalle caorline e dai bragozzi le casse di frutta, verdura e pesce, ma dalle strette finestre sulla calle non entrava ancora un barlume di luce.

La Luisa versava dalla grande brocca di terracotta un vino chiaro, dorato e luminoso. Le lampade a olio appese ai travi fumavano, accendendo di scarsi bagliori il grande stanzone dal pavimento di pietra.

Bortolo, il garzone di bottega, andava da un tavolo all'altro con due ceste di bussolai e di panini caldi. Era un ragazzo di campagna, tracagnotto, dalla faccia larga e chiara, dagli occhi sempre un po' stupiti. Non parlava mai, rispondeva solo alle richieste con qualche monosillabo tronco o poche parole biascicate a fatica, ma non gli sfuggiva niente e i suoi gesti erano rapidi, precisi e armoniosi: non sprecava mai un movimento e riusciva a sbrigare senza apparire frettoloso una mole impressionante di lavoro. Distribuiva scodelle e bicchieri, impilava piatti silenziosamente, con la velocità e la sicurezza di un giocoliere, senza che mai gliene sfuggisse uno, seguito dallo sguardo compiaciuto della padrona.

Si incrociavano battute, bestemmie e grugniti nell'aria densa e fumosa dell'osteria, ma la Luisa quella mattina non aveva voglia di rispondere e di partecipare come al solito alla conversazione. Era ancora insonnolita e di cattivo umore per essersi dovuta alzare dal letto caldo, e il pensiero di quelle due cassette di sarde in cucina, da pulire e preparare, non la faceva sentir meglio.

«Vieni qui Luisa, non fare la preziosa, siediti cinque minuti vicino a me!» chiamava insistente il Checo, il pescatore buranelo che riforniva ogni giorno l'osteria della Cerva di buon pesce fresco per un modesto compenso, che poi spendeva quasi tutto in ombre.

«Ma proprio non lo vedi che ho da fare?» rispondeva aggrondata la Luisa, posando la brocca e asciugandosi le mani sul grembiule azzurro allacciato dietro la vita sottile.

«Hai paura di pulire un po' di pesce? Te le pulisco e te le spino io le sarde, tesoro mio, pur di stare un po' con te!»

«Ah sì? E chi è che mi taglia le cipolle? Mi toccherà piangere come una fontana e avere poi gli occhi gonfi tutta la giornata», replicò sgarbata la Luisa, ma già calcolando rapida nella mente quanto lavoro avrebbe risparmiato in quel modo, e quanto le sarebbe convenuto tenersi buono il pescatore, sia come fornitore che come cliente.

«Dài, vieni allora, Checo, siediti qui vicino a me, che se mi aiuti a prepararle ti do una pignattina di sarde in saòr da portare in barca, e anche un fiasco di vino.»

Senza perder tempo Bortolo fu mandato ad attingere un secchio d'acqua salata dal rio e lo portò insieme a un pesante tagliere di legno di quercia e ai coltelli. Si misero vicini, il Checo e la Luisa, lei a sbucciare e affettare le cipolle appena arrivate dalle Vignole, lui a togliere testa, viscere e squame alle sarde.

La luce del giorno cominciava a penetrare dalle finestre e Bortolo spense le lampade fumiganti, mentre gran parte degli avventori usciva salutando a gran voce e tornava a Rialto, ai banchi dove si affollavano le prime massaie e i servi delle case patrizie.

«Hai sentito la notizia del torneo che faranno in campo San Stefano? Pare che siano arrivati dei gran signori per la festa, con tanto seguito che tutta la città è piena di gente, non c'è più un posto in nessuna locanda, e anche le osterie e le case private sono affollate», diceva intanto il Checo, continuando a lavorare svelto di coltello.

«Ma certo, Checo, che ho sentito, io qui sento tutto, non c'è notizia che qualcuno non mi venga a riferire prima o poi, anzi di solito prima», rispondeva la Luisa: «È arrivato anche il duca di Ferrandina. È il grande favorito del torneo, pare che li vinca tutti lui. E poi è un gran signore, famoso in tutta Europa, quando è arrivato, è andato il Doge ad accoglierlo. Il suo scudiero è venuto qua ieri, e voleva informazioni praticamente su tutto quello che c'è in città. Mi ha domandato dov'è il miglior casìn di Venezia, dove si possono comprare le sete e le stoffe più belle e perfino dove sta di casa la Veronica Franco. La conoscono in tutta la Repubblica, e anche fuori, questa gran puttana!»

«Ti credo, Luisa», ribatté Checo, «io l'ho vista solo una volta per caso e per un momento, mentre passava in gondola, con un vestito di broccato d'oro, ma me la sono sognata tutta la notte, tanto bella era!»

La Luisa tacque un momento, un po' seccata dell'omaggio rivolto a un'altra donna, poi cambiò bruscamente discorso. «Bortolo, metti su la farsora», ordinò, e intanto che Bortolo tirava giù da un gancio una pesante padella di ferro nero e la riempiva d'olio da un orcio posato accanto al camino, prese un sacchetto di farina e cominciò a gettarci dentro le sarde pulite e a scuoterle vigorosamente. Bortolo intanto attizzava il fuoco e, quando l'olio cominciò a fumare, la Luisa dispose le sarde nella padella, l'una accanto all'altra, con gesti rapidi e precisi. Le sarde sfrigolavano, i bagliori della fiamma accendevano di toni di miele le belle braccia dell'ostessa e di riflessi rossi i lunghi capelli attorti sulla testa fiera. Il Checo la guardava incantato dal sotto in su con ardenti occhi scuri: «Che bella che sei anche tu, Luisa», sospirò, «perché non mi vuoi bene?»

«Ma sì ma sì che ti voglio bene, lo sai, ma è solo che non ho ancora nessuna voglia di sposarmi, fare figli e fare la serva a un uomo per il resto della mia vita», rispose lei con il tono spazientito di chi ripete cose già dette tante volte; «la serva la faccio lo stesso, ma per me, poi, magari, quando sarò più vecchia ci penserò.» Rigirò con abile mossa le sarde che friggevano e tese una mano indietro per afferrare un'ombra di vino fresco che Bortolo le porgeva, premuroso. Poi dispose uno strato di sarde, appena tolte dalla padella, in una larga terrina di coccio. Ammucchiò le altre su un colino di fil di ferro e gettò nell'olio fumante della padella le cipolle affettate. Mise un coperchio e tirò la padella sull'angolo del fuoco, perché le cipolle si cuocessero pian pianino, ammorbidendosi.

La porta dell'osteria si spalancò ed entrò, con una folata d'aria fresca, Memo, il gondoliere. «Dài Luisa, sbrigati, apparecchia in fretta e tira fuori tutto quello che hai di meglio: fra poco arriverà qui da te il duca di Ferrandina con tutta la sua scorta. L'ho sbarcato proprio adesso in riva del Carbòn, e mi ha detto che tutti gli hanno parlato bene della tua osteria, e anch'io gli ho detto che è la più bella e la più pulita che ci sia a Venezia e che anche l'ostessa, gli ho detto, è senza dubbio la più bella e la più gentile di tutta Venezia: vuol venire a vedere di persona, ha detto lui, e tu mi devi far fare bella figura!» Acchiappò al volo l'ombra che il solito svelto Bortolo aveva già preparato e si sedette con un sospiro di sollievo.

«Ma lo sai che sei un bel tipo, tu e il tuo duca del cavolo! Proprio adesso me lo dovevi portar qua, che devo finir di preparare queste sarde in saòr, non vedi, e che l'osteria puzza di pesce fritto come la peggiore delle bettole di Rialto! Non mi potevi avvertire prima, no, che almeno preparavo qualcosa di buono e mettevo a posto tutto per benino, figlio di un cane che non sei altro. Per me potete andare al diavolo tu e il tuo duca e se non bastasse anche tutto il suo seguito.»

«Luisa, ti prego, non fare tutte queste storie, non prendertela in questo modo, in fondo ti sto solo facendo un piacere, quello è un gran signore e paga bene, e se torna tutti i giorni col suo seguito ti puoi mettere da parte un bel po' di ducati. E poi non è mica che te lo abbia portato qui sulla porta, sono venuto ad avvertirti, devo andare a prenderlo e accompagnarlo io fin qui da te, ci vorranno sempre un paio d'ore prima che te lo vedi comparire davanti.»

La Luisa sbuffò ma venne a più miti consigli, e cominciò a organizzare le operazioni: «Va' pure, Checo, che è ora che torni a Rialto anche tu, se no chi te lo vende, il pesce? Bortolo, dài, comincia a pulire, spazza per terra, lava i tavoli, metti le tovaglie di lino e i cuscini sulle panche». Poi si sciacquò rapidamente gli occhi ancora arrossati dalle cipolle, attingendo l'acqua fresca da uno dei secchi di rame appesi sopra la lunga scafa di pietra, si ravviò i capelli alla bell'e meglio tirandoseli su e legandoli in una crocchia in cima alla testa e si cambiò il grembiule.

«Porco cane, le sarde!» Rapidissima innaffiò abbondantemente di aceto le cipolle ormai trasparenti, tenere e dorate, poi stese sullo strato di sarde fritte uno strato di cipolle, una manciata di uvetta e una di pinoli: ripeté l'operazione fino a esaurimento delle sarde e delle cipolle, e ricoprì il tutto di aceto, dopo averlo scaldato nella stessa padella.

L'osteria della Cerva brillava di ordine e di pulizia e tutti i primi avventori se ne erano già tornati alle loro barche o ai loro banchi del mercato quando, nella tarda mattinata, la porta si spalancò ed entrò il duca in tutto il suo splendore. Era alto e forte, vestito con grande eleganza, in panciotto di broccato multicolore, brache di raso rosso e puppole bianche infiocchettate. E con lui il seguito: chi gli teneva la porta aperta perché potesse passare pavoneggiandosi come un gallo nel bel mezzo del pollaio, chi gli spolverava gli scarpini a fibbia d'argento, chi gli avvicinava premuroso la miglior seggiola, quella che aveva l'aria di essere più solida e comoda. La Luisa si esibì in un'impeccabile riverenza, appena un po' offuscata dal semicrollo della crocchia tirata su troppo in fretta. « Serva sua, signor duca, in che cosa posso servirla? »

Lo stanzone si era riempito degli uomini del seguito del duca, e Bortolo tornava su dalla cantina con le brocche di vino che erano tenute in fresco in una grande cesta calata nel pozzo con una corda.

« Patrona », disse il grand'uomo con garbo ducale, « da bere e uno spuntino per me e per i miei uomini, per il gondoliere che ci ha condotti con sagacia e perizia fin qui, e per voi se avrete la buona grazia di farci compagnia. »

« Mi inchino, signor duca, ai suoi comandi. Va bene un catino di folpeti, due canocie, un po' di sepoline roste? C'è anche del pane fresco ancora caldo e un tegame di castraure se a vostra signoria piacciono.» Bortolo, silenzioso ed efficiente come al solito, stava già distribuendo le ombre.

Adesso il sole entrava dalle finestre e brillava sui bicchieri di Murano pieni di vino pallido, sulle secchie di rame tirate a lucido, sulle tovaglie bianche di lino ricamato, sui capelli ramati dell'ostessa, sui vestiti multicolori degli avventori: insomma il buio stanzone dell'osteria della Cerva si era trasformato come al tocco di una bacchetta magica e stava dando il meglio di sé, con gran soddisfazione della Luisa.

Il duca le si era seduto accanto e la complimentava, sia per il suo aspetto, sia per la gradevolezza del luogo, sia per la squisitezza delle semplici vivande che Bortolo veniva servendo su piatti bianchi, guarniti con ciuffetti di prezzemolo fresco e spicchi di limone.

La Luisa sorrideva lusingata, ma intanto con la coda dell'occhio controllava che tutto fosse a posto, tutti i clienti serviti, («Dio ti ringrazio che mi hai fatto trovare Bortolo!») e anche la porta, che non entrasse magari un avventore di quelli meno raccomandabili all'aspetto, capaci di farla sfigurare, lei e la sua osteria, agli occhi di quel gran signore.

Invece la porta si aprì per far entrare altri due personaggi dall'aspetto singolare. Certo gentiluomini, non facchini del mercato o barcaioli, ma di gran lunga diversi dal duca: con l'aria di chi si trova a suo agio, per lunga frequentazione, nell'osteria ancor più che nel palazzo patrizio, senza la più piccola traccia di albagìa, o anche di fierezza. Sembravano persone che hanno conosciuto i lati difficili della vita, anche se non sono rimasti loro sconosciuti gli agi, forse anche i lussi. Il più anziano, che portava sulle spalle una splendida mantella di damasco rosso da nobile, ma sgualcita alquanto e macchiata, aveva dei tratti finemente cesellati e occhi vivacissimi, neri, che sembravano prender nota di tutto e vedere al di là della superficie delle cose e delle persone: la barba scura, spruzzata abbondantemente di grigio, gli scorreva fluente sulla veste di raso attraversata da una pesante catena d'oro di squisita fattura. L'altro era più giovane e più curato nel vestire, anche se i suoi abiti erano di minor pregio, di bell'aspetto e con un sorriso ironico sulla bocca un po' molle, lo sguardo divertito.

La Luisa si fece loro incontro, salutandoli con effusione, come clienti abituali: «Signor Pietro, signor Maffio, patroni!» e si volse per presentarli al duca, con un sorriso: «L'illustrissimo signor Pietro da Arezzo e il nobile Maffio Venier, poeti».

«La vostra fama vi precorre, emeriti signori», e il duca fece graziosamente cenno che si accomodassero al suo tavolo.

«Va bene un'ombra anche per loro, illustrissimi?» chiese la Luisa.

«Suvvia, una caraffa per i miei ospiti!» tuonò il duca, e Maffio Venier citò sorridendo alcuni suoi versi:

Mai mi abbandono el vin, massime el bon
Mai pì vani pensier m'entra en la mente
Mai pì m'infetta el cuor l'ambition

e fu accolto dagli applausi e dalle risate di tutti i presenti.

I tre si misero poi a parlare fra loro fitto fitto, ma la Luisa, incuriosita, non poté che afferrare la prima parte dei loro discorsi, tutta salamelecchi vari: poi dovette allontanarsi per dare una mano a Bortolo a servire e a preparare. Peccato, perché il resto l'avrebbe interessata moltissimo: i tre, infatti, parlavano proprio della Veronica Franco, la bellissima e colta etèra che rappresentava in quel periodo una delle maggiori attrazioni della città, per i ricchi foresti, tanto che Enrico III, re di Francia, si era fermato apposta a Venezia, di ritorno dalla crociata, per conoscerla e intrattenersi con lei.

Il duca era a Venezia da qualche giorno, per partecipare al torneo che si sarebbe svolto di lì a due domeniche in campo San Stefano, alla presenza del Doge e di tutta la crema dell'aristocrazia veneziana: ma una delle ragioni che l'avevano spinto a venire a Venezia era anche la curiosità di conoscere la bella Veronica, di cui tanto si favoleggiava, e – perché no? – di scendere a singolar tenzone nel campo a lei più familiare, e a lui certo non ignoto, delle lenzuola. Per questo aveva convocato i due amici, che sapeva in confidenza con Veronica, per combinare attraverso loro un incontro. Ma il duca era incappato nelle due peggiori malelingue di Venezia, e per quanto riguarda Pietro l'Aretino, di tutta Europa. Si dà il caso che la Veronica avesse di recente scaricato, anche se con le dovute maniere, il bel Maffio, che era stato per qualche tempo il suo amante, e che se l'era legata al dito. Quanto all'Aretino, nella sua casa era tutto un andirivieni di fanciulle di facile virtù, che godevano per breve tempo dei suoi generosi favori, ma di questa compagnia Veronica non aveva mai voluto far parte.

Tante ne dissero i due sulla bella cortigiana e tanti episodi più o meno fantasiosi e arricchiti di particolari fra il pruriginoso e il raccapricciante raccontarono al duca che questi esitò, perplesso, combattuto fra la voglia di vedere di persona la famosa Veronica e il disagio. Maffio Venier citò con gusto la sua ultima composizione, che cominciava così:

Veronica, ver unica puttana,
Franca, idest furba, fina, fiappa e frola,
E muffa e magra e marza e pì mariola,
Che sì tra Castel, Ghetto e la Doàna,

Donna reduta mostro in carne umana,
Stucco, zesso, carton, curame e tola,
Fantasma lodesana, orca varuola,
Cocodrilo, ipogrifo, struzzo, alfana.

Il duca restò colpito, non troppo favorevolmente, dalla violenza di questa invettiva, che rivelava un astio profondo e non sembrava certo aderente alla realtà, nemmeno se fosse stata ben lontana da quello che tutti gli avevano detto, ma si riservò di giudicare dopo aver conosciuto Veronica: non era tipo da farsi impressionare facilmente. Certo la perdita di una simile incantatrice aveva dovuto colpire a fondo il Maffio, se il suo disappunto aveva generato una reazione così acida e maligna da parere quasi dolorante per una ferita aperta, sotto la smorfia beffarda dello scherzo.

Il duca cambiò argomento, chiese informazioni sulle feste e i ricevimenti che erano previsti a Venezia in quel periodo, e i due amici lo ragguagliarono con abbondanza di particolari, assicurandolo che in ogni palazzo della città sarebbero stati fieri e orgogliosi di averlo come ospite.

Concluse Pietro l'Aretino invitando il duca a cena a casa sua per quella sera, e promettendogli di presentargli i suoi migliori amici, illustri artisti che onoravano della loro presenza la sua casa e la città di Venezia, il pittore cadorino Tiziano Vecellio e l'architetto Jacopo Sansovino, nonché Angela, detta la Zaffetta, sua protetta, la cortigiana in auge presso di lui in quel momento. E per non esser da meno, citò i suoi versi in onore dell'Angela, a dir la verità molto più banali di quelli dell'amico:

Sapete voi che doglia
l'alme dannate serra?
Il non poter mirar l'Angela in terra.
Sol la invidia e la voglia
ch'elle han del nostro bene,
e 'l non aver mai di vederlo speme
le affligge a tutte l'ore
ne l'eterno dolore.
Ma se concesso a lor fosse il suo viso
fora lo inferno un nuovo paradiso.

Non del tutto persuaso dell'effettivo valore dei suoi nuovi conoscenti, il duca accettò comunque l'invito, sapendo che l'Aretino era in buona luce presso le maggiori autorità veneziane, ma riservandosi i giorni seguenti per ulteriori investigazioni sul variegato mondo delle cortigiane veneziane. Poi uscì con i due amici dall'osteria, non senza aver salutato con effusione la Luisa, e averle lasciato con noncuranza una bella manciata di scudi lucenti sul tavolo. Il seguito sciamò dietro il duca rumorosamente e nello stanzone si creò per un attimo un silenzio innaturale, come la pausa fra il chiudersi del sipario e lo scroscio degli applausi.

Lucieta tornava dal mercato con due grosse sporte piene, una per mano, e una cesta in bilico sulla testa. Nonostante il peso la sua schiena era dritta come un giovane pioppo e il suo passo agile e spedito. Si guardava ancora intorno con diffidenza, facendosi largo a fatica fra la calca rumorosa che si affollava sul ponte di Rialto, con gli occhi chiari e un po' spauriti. Ancora bambina, era venuta dalle montagne del Friuli a trovar lavoro a Venezia, e adesso era a servizio dalla Veronica Franco, la più bella e famosa cortigiana di Venezia, con mansioni varie, ma tutte di fiducia, nonostante la giovanissima età. Era una ragazza giudiziosa, Lucieta, e imparava in fretta. Andava a far la spesa, e sapeva tener bene i conti, e farsi dare il resto giusto dai venditori imbroglioni di Rialto, che non mancavano di provarci, vedendola così giovane e così evidentemente appena scesa dalle montagne carniche. Si era anche conquistata il privilegio di aiutare Veronica a lavarsi, a vestirsi e a profumarsi, di accompagnarla nel passeggio, di portare messaggi segreti ai molti amanti della bella e inquieta cortigiana. A volte doveva anche consolarla nei momenti difficili e raccogliere le sue confidenze e le sue paure. Aveva per Veronica un'ammirazione e una devozione totali, un amore infantile, ma non per questo meno intenso e violento, che la occupava tutta e non lasciava spazio ad altri desideri o pensieri.

Lucieta si apriva un varco a fatica tra la folla. Sul ponte sciamavano a frotte venditori ambulanti di tutti i tipi. Un giovane, con un pacco di fogli stampati in mano, gridava: «Una gazeta, soltanto una gazeta per sapere tutte le novità di Venezia! Tutto quello che succede, che è successo e che succederà in città! Non potete fare a meno delle notizie fresche che ho qui per voi, più fresche delle verdure del mercato! Tutto quello che vorreste sapere e che non hanno ancora fatto in tempo a raccontarvi, solo per una gazeta!» Lucieta si fermò, dette la monetina, equivalente a due soldi veneti, e prese il foglio da portare alla padrona. Non pensò di guardarlo, e del resto non sapeva leggere se non molto faticosamente. Sull'angolo della fondamenta ai piedi del ponte un buranelo con un gran catino di terraglia fumante vantava le bontà dei suoi folpeti e del loro brodo energetico. Più in là un altro pescatore, con un fornello improvvisato e una padella, forniva ai passanti, dietro modica cifra, frittura fatta al momento di moleche e marsioni e schile. Lucieta passava senza più fermarsi, ma con gli occhi pieni di immagini, le orecchie tese a captare i vari accenti e a distinguere in quella babele di grida le parole, cercando di ascoltare e di capire tutto, facendosi spugna per imparare, assorbire tutto quello che le accadeva intorno.

Sotto il ponte passavano barche, barchini, gondole di tutte le misure e forme, e barcaioli dai tratti e dai costumi diversi; facce scabre e spalle muscolose di istriani e croati, scuri e agili nordafricani dalle vesti colorate e luccicanti, negri che sembravano scolpiti nell'ebano, con le livree multicolori delle casate patrizie.

Lucieta attraversò il campo San Bortolomio, girò a sinistra dietro il fontego dei Tedeschi, si fermò ammirata a guardare gli affreschi dai colori smaglianti che lo decoravano. Conosceva di fama il pittore che li aveva dipinti, per averlo tanto sentito nominare a casa della sua padrona: si chiamava Tiziano Vecellio, e veniva dalla montagna, come lei. Quelli sulla facciata, che si potevano ammirare dal ponte di Rialto, erano invece del suo maestro, Giorgio da Castelfranco, che chiamavano il Giorgione. Si staccò a fatica dalla contemplazione e passò un ponte, poi a San Cancian si addentrò in una calle stretta, dove c'era l'ingresso di casa Franco. Era una costruzione nuova, in mattoni rossi, che faceva angolo tra il rio e il Canalazzo. Si entrava in un piccolo giardino sul retro, chiuso da alte mura di mattoni rivestite di glicine, sui due lati.

Lucieta entrò nell'androne dal pavimento a scacchi di marmo bianco e rosso di Verona, salì lo scalone di pietra d'Istria, attraversò il salone centrale, su cui si aprivano le porte delle varie stanze, e andò a deporre in cucina la spesa.

Paola, la madre di Veronica, era seduta al tavolo a ricamare con perline di vetro colorato di Murano delle maniche per la figlia. Si trattava di quelle maniche che si potevano attaccare o staccare a piacere dai vestiti, e che erano un elemento decorativo importante nella moda del momento, sia maschile che femminile. Uno stesso vestito, con maniche semplici, o con maniche riccamente decorate, cambiava del tutto aspetto, e poteva servire in diverse circostanze. Alcune maniche erano preziose: Veronica ne aveva di ricamate con perle e oro, per i momenti di gala, o con gemme su merletti di Burano. Queste, che la madre stava ricamando, allegre e colorate, erano destinate al listòn di tutti i giorni, alla passeggiata che si fa in piazza San Marco per farsi vedere, ammirare e invidiare, per incontrare tutte le persone che contano, per fermarsi a chiacchierare con gli amici, per fare nuove conoscenze. Tutto il mondo veniva prima o poi a passeggiare in piazza San Marco, e in Piazzetta, sotto gli occhi benevoli del leone di San Marco e del drago bonaccione di San Tòdaro.

La Paola aveva poco più di quarant'anni, quindi era già considerata vecchia, e buona solo a far da mezzana per la bellissima figlia. Si potevano tuttavia scorgere nella sua persona fiera e dritta numerose tracce della bellezza che aveva trasmesso a Veronica: più che svanita, questa bellezza era appannata e non più messa in risalto. Aveva i capelli biondi con qualche filo grigio tirati all'indietro e raccolti in un cocòn in cima alla testa, le spalle larghe e ossute, un informe vestito di cotone azzurro stinto che le nascondeva il corpo e lasciava scoperti solo il collo e la scollatura dalla pelle sciupata. Ma gli occhi verdi erano vivaci e pieni di luce, la bocca grande, generosa e pronta al sorriso. Era la Paola che si occupava di tutto l'andamento della casa e di ricevere e amministrare i guadagni di Veronica, che, se fosse stato tutto affidato a lei, sventata com'era, si sarebbe fatta pagare in versi e belle parole, e magari avrebbe fatto lei regali ai suoi amanti più graditi. Per fortuna si accontentava in genere di far omaggio di sonetti e ballate, ben sorvegliata in questo dalla madre.

Veronica fin da piccola aveva dimostrato una grande passione per lo studio e in particolare per la poesia: buona parte del suo tempo lo passava a leggere e a scrivere, oltre che a cantare e suonare vari strumenti, e i suoi versi erano conosciuti e apprezzati. La sua conversazione era dotta e affascinante, e anche per questo la sua compagnia era tanto richiesta da nobiluomini, letterati e artisti. La sua natura generosa e orgogliosa rifuggiva dal richiedere compensi per quello che lei avrebbe profuso comunque a piene mani, e la spingeva casomai a fare doni ai suoi amanti preferiti.

A Paola scottava ancora il regalo che Veronica aveva fatto al re di Francia, Enrico III, che aveva intrattenuto nella sua vacanza veneziana: il suo più bel ritratto, dipinto da Jacopo Robusti, detto scherzosamente il Tintoretto, il giovane ma già famoso pittore, che si diceva avrebbe usurpato la fama e gli onori del più vecchio Tiziano. Bisogna dire che il re era stato più che generoso, munifico, nel ricompensare la dolce, dotta e raffinata compagnia offertagli da Veronica. Nel bilancio di dare e avere, era andata comunque bene, senza contare la ricaduta in fama e prestigio, che aveva permesso di rialzare i già alti compensi che Paola con buon garbo esigeva dai nobili signori come dai ricchi commercianti tedeschi, almeno se si doveva credere alle insinuazioni di quella vipera del Maffio Venier.

« Appoggia pure qui la spesa, la metto a posto io, e va di sopra in altana, la Veronica è là che si asciuga i capelli al sole, ti sta aspettando perché tu l'aiuti », disse la Paola a Lucieta. Un sorriso illuminò il viso severo dai lineamenti marcati di Lucieta. La ragazza appoggiò le ceste sul tavolone di quercia e corse a una porticina: i suoi agili piedi rivestiti dalle babbucce piatte di velluto, con la suola di stracci pressati e strettamente cuciti, che ancora oggi si chiamano furlane, sfioravano appena i gradini di legno mentre correva su, su, verso la piattaforma di legno stagionato sospesa sul tetto dove stava Veronica, seduta su un panchetto, avvolta in una tunica di leggera mussolina bianca.

L'altana era un luogo magico, per Lucieta. Da lì si vedevano distese di tegole rosse, camini, nuvole e frulli d'ali di colombi. Dai tetti qua e là spuntavano cupole e campanili, dalle sagome che si ritagliavano nette sullo sfondo del cielo dai colori sfumati. Guardando in giù, le barche che percorrevano il Canalazzo e i rii verdi e oro sembravano giocattoli, e un gioco i richiami dei barcaioli e dei gondolieri in volta de rio: «Aooo, va' de longo!» E in quel luogo magico Veronica, nella lunga tunica svolazzante alla brezza, con i capelli di pallido oro che le spiovevano sulle spalle fino alla vita, appariva alla ragazza friulana, abituata alle rudi donne delle sue parti, infagottate in panni di lana grezza, che portavano a spalla gerle cariche di legna, un prodigio di quelli che le raccontavano le vecchie, nella stalla, la sera, quando era bambina: una delle fate che abitavano lo specchio trascolorante del lago alpino o le cime rosate delle montagne.

«Lucieta, che bene, sei arrivata», disse Veronica con la sua dolce voce un po' roca: «Ti aspettavo per pettinarmi», e intanto prendeva il foglio con le notizie che la ragazza le porgeva. Si sedette e Lucieta cominciò a pettinare lentamente i folti capelli ricciuti, sollevando le ciocche a una a una e asciugandole al sole per schiarirle ancora e farle risplendere. Veronica intanto leggeva: «Ai 17 de zuno, in giorno di domenica, si farà una bella e superbissima festa sopra il campo di San Stefano, di giostre e bagordi, e ci saranno ms. Alvise Pisani, vescovo di Padova, l'abate Bibiena Fiorentino, et il duca di Ferrandina, figliuolo che fu del marchese della Tripalda, il quale è disceso per linea retta dal signor Giorgio di Scanderbech, et è valoroso cavaliere nel giostrare, et è amico e capitano dell'imperatore Carlo V». Veronica sorrise: «Andremo a vedere la giostra, Lucieta! Ti ci voglio portare. Ho voglia di conoscerlo, questo duca di Ferrandina: dicono che sia un gran bell'uomo, e forte, e galante con le dame, e abilissimo nelle armi! Tutti pensano che sarà lui il vincitore della giostra, e che non c'è nessuno in grado di combattere vittoriosamente contro di lui».

Lucieta taceva e ascoltava la voce di Veronica come fosse una musica dolcissima, indipendentemente dal significato, e intanto si faceva scorrere tra le dita i capelli di seta della sua padrona, e le massaggiava con delicatezza la testa. Una sensazione strana, una specie di piacere inquieto le scorreva dalla punta delle dita a contatto con quei capelli dorati a tutto il corpo, le dava un senso di spossatezza e di languore via via, su per le braccia e le spalle, le chiudeva la bocca dello stomaco, scendeva lungo il suo corpo asciutto fino al ventre liscio di adolescente, fino a stringerle l'inguine e a contrarle le cosce snelle e forti. Chinò la testa, come spinta da una forza più grande di lei, e immerse il viso nei capelli biondi e vivi che aveva tra le mani, senza che Veronica se ne accorgesse.

«Vieni, Lucieta, mi pare che siano asciutti adesso», disse Veronica dopo qualche minuto, passandosi le mani tra i capelli, «andiamo in camera mia, mi aiuti a vestirmi e a profumarmi.» Lucieta annuì e seguì Veronica nella fresca camera in penombra, dominata dal grande letto ricoperto di tela damascata.

Sul soffitto si rincorrevano mobili scaglie di sole riflesse dalla liscia liquida superficie del rio. Dalla finestra veniva appena, con un quasi impercettibile soffio d'aria, il leggero sciacquìo sui gradini di pietra della riva e il tubare cupo dei colombi.

Veronica lasciò cadere la tunica che l'avvolgeva e scosse la testa, allargando a raggiera i capelli splendenti. La sua bellezza riempiva la stanza doppiamente, riflessa nel grande specchio di Murano. La piccola testa, dai larghi occhi grigi e luminosi ben distanziati fra loro, si ergeva regale su un collo lungo ed elegante. Il seno colmo e turgido, la vita sottile, le anche che si arrotondavano gentilmente sopra le gambe slanciate, tutto contribuiva a una armonia d'insieme che faceva della giovane donna un capolavoro della natura. Lucieta la guardava abbagliata.

Veronica si stese a pancia in giù sulla tela bianca del letto.

Prese la bottiglietta dell'olio profumato dal comodino e la tese a Lucieta, che si versò un po' d'olio nel palmo delle mani tremanti e si mise a massaggiare il corpo morbido ed elastico della sua padrona. Cominciò pian piano dai piedi e dalle caviglie, come le aveva insegnato la Paola, poi risalì con lunghe carezze sulle gambe slanciate, strofinò con energia i glutei e la schiena.

«Brava, Lucieta, proprio così, va bene, che belle mani che hai, calde e forti, mi fanno sentir subito meglio, mi rilassano», e Veronica si crogiolava nel benessere di quel massaggio come una gatta che fa le fusa.

Come una gatta si rivoltò sulla schiena e alzò le zampe per giocare. Sciolse con un solo fluido gesto il fazzoletto che copriva i capelli della ragazza. Le lisce ciocche corte color foglia d'autunno ricaddero intorno al viso, ammorbidendone i contorni. (Appena arrivata dal suo paese, in Friuli, la Paola l'aveva rapata a zero, per paura dei parassiti, e le aveva strofinato ben bene la testa con una lozione al piretro, ma adesso i capelli erano già un po' ricresciuti.) Con un'altra rapida mossa Veronica sciolse le cocche del grembiule di cotonina e rise dello sgomento subitaneo di Lucieta, e del suo gesto impacciato di raccoglierlo subito da terra. «Ma va là che stai meglio così! E poi non devi aver paura di me, piccola! Vieni qui, più vicino a me! Stai tranquilla, non ti faccio male.» E Veronica prese, con dolcezza, a sbottonare la lunga fila di bottoni del corsetto dell'abito di tela azzurra. Poi lo aprì e lo tirò giù dalle spalle, come se sbucciasse un frutto, e ne fece emergere il corpo acerbo della ragazza. Lucieta stava diritta, immobile, tremante, ma non sembrava paura quella che le si agitava dentro: che cosa era? Inquietudine, curiosità, piacere, sgomento, attesa... Veronica cominciò a carezzarla piano piano, mormorandole soavemente piccole frasi ripetute, come si farebbe con un animale imbizzarrito per calmarlo: «Ma che belle tettine che hai, così piccole, così tenere», e gliele sfiorava appena con la punta delle dita. Indugiò sui capezzoli, sentendoli indurirsi sotto la carezza, poi le sue mani abili scesero a percorrere i fianchi, il ventre piatto, le cosce diritte e forti. Quando le dita arrivarono a sfiorarle il pube, Lucieta ebbe un brivido che la scosse tutta. Non aveva mai provato niente di simile. Fra le sue montagne aveva bensì subito qualche rozzo approccio mascolino, che le aveva lasciato solo un senso di paura e disgusto, insieme a una insoddisfazione confusa. Queste carezze così tenere e insieme così sconvolgenti venivano come a riempire un vuoto e la abbagliavano con la speranza di una felicità inattesa e sconosciuta. La mano di Veronica continuava a indugiare, a frugare, mentre lei la guardava sorridendo. Lucieta si chinò sulla padrona e cominciò timidamente a restituire le carezze, sulle spalle, il collo, le braccia. Non riusciva ad articolare parola, ma il suo sguardo e l'ansimare della sua bocca socchiusa erano più eloquenti di mille parole. Veronica le prese le mani, sempre con estrema dolcezza, e le guidò sul suo seno.

Paola era salita per portare su la biancheria che aveva appena finito di cucire. Socchiuse la porta piano piano, spingendola con la spalla, poi si girò e si immobilizzò vedendo le due giovani donne nude abbracciate sul letto. Richiuse ancora più piano il battente, in modo che non la sentissero. Tirò un respiro lungo, metà di impazienza e metà di sollievo: «Ma guarda un po' cosa mi va a combinare questa figliola. Anche questo mi tocca di vedere! Con tanti uomini che non chiedono nient'altro e che lo pagherebbero bene! Ma almeno così non c'è il pericolo che mi resti incinta», mormorò tra sé. Tornò in cucina, appoggiò su una seggiola il pacco di biancheria, si allacciò un grembiule e cominciò a pulire il pesce comprato da Lucieta.

C'erano i piccoli polipi da fare in insalata: Paola toglieva con gesti esperti gli occhi e la bocca, poi tuffava i folpeti due o tre volte nell'acqua bollente. I tentacoli pendenti si arricciavano come i capelli di Veronica, e Paola allora lasciava scivolare i folpeti nella pentola. Non era tranquilla, un senso come di premonizione, di minaccia le tendeva i nervi: sogguardava ogni tanto verso la porta, come se aspettasse qualcosa, o qualcuno che rappresentava un pericolo.

Prese svogliatamente un ramo d'alloro, staccò le foglie e ne mise uno strato in una teglia piatta, su cui adagiare le fette di asià. Aggiunse un po' d'aglio schiacciato, tritò il prezzemolo sul pesante tagliere di rovere con un coltello dalla lama piatta e pesante e ne cosparse il pesce. Aggiunse un po' di sale e pepe, pangrattato, olio e un bicchiere di vino bianco, coprì e mise la teglia sull'angolo del fornello a cuocere pian piano. Cibi leggeri, nutrienti, ma che non appesantissero la sua Veronica, amatissima figlia e ottimo investimento.

Usciti dall'osteria della Cerva, Pietro l'Aretino e Maffio Venier proposero al duca di andare in piazza San Marco per ammirare lo splendido orologio della torre e la nuova loggetta del campanile, opera dell'amico di Pietro, l'architetto Sansovino.

Si avviarono per le Mercerie, ordinando al gondoliere di raggiungerli alla riva della Piazzetta, per ritornare comodamente in gondola, dopo la passeggiata. «Arrivati in piazza, dovremo aspettare lo scoccare dell'ora», diceva Pietro, che si era scelto il ruolo di cicerone, «perché il meccanismo dell'orologio è tale, che ogni ora si apre una porticina da un lato dell'altare dove sta la Madonna in trono con il bambino in braccio: ne esce un angelo con una tromba dorata in mano, e dietro l'angelo i tre re magi, riccamente vestiti, con i doni per Gesù. Quando l'angelo arriva d'innanzi alla Vergine imbocca la tromba, e i magi con la mano destra sollevano, in atto d'ossequio, la corona che hanno sul capo, e con la sinistra offrono al divino infante i preziosi doni recati dall'Oriente, in vasellame d'oro. Poi tutti rientrano, in processione, dalla porticina situata sul lato opposto. È davvero un'opera fatta con grande ingegno, e bellissima. Poi devo mostrarvi molte altre cose curiose, anche se non così pregevoli come questa, o come la loggetta del campanile di San Marco, destinata alla conversazione e all'intrattenimento dei patrizi, adorna di splendidi marmi intarsiati, o come l'arcangelo Gabriele, ricoperto di lamine di rame dorato, che dalla sommità dell'alta guglia del campanile protegge la città.»

Il duca lo ascoltava incuriosito e si guardava intorno a ogni passo, affascinato dalle meraviglie di cui era piena Venezia. Ne aveva sentito molto parlare, e con tale entusiasmo da far pensare che spesso i visitatori esagerassero, ma adesso era preso anche lui dallo stupore e dall'ammirazione davanti ai mille splendidi monumenti che adornavano la città, raddoppiati dal loro riflesso rovesciato nell'acqua dei canali. Arrivarono in piazza sotto un sole sfavillante: i mosaici sopra i portali della basilica splendevano, e le cupole si stagliavano sul cielo di un azzurro intenso che esaltava i colori vivacissimi delle figure sul fondo oro. I porticati delle procuratie, con il loro elegante rincorrersi d'archi, davano una tale profondità prospettica alla piazza, che la chiesa di San Giminiano, sul fondo, pareva lontanissima.

Il duca e i suoi accompagnatori si unirono alla piccola folla che, col naso per aria, aspettava l'uscita e il giro dei re magi, e lo spettacolo fu accolto da grida di meraviglia, non appena la piccola processione sfilò, con i suoi segni di omaggio, davanti al sorriso benevolo della Madonna. Poi entrarono nella chiesa di San Marco, e la penombra li avvolse, fra il baluginare dei mosaici delle cupole, dove fitte figure a vivaci colori prendevano vita a ogni fiammella dei ceri che illuminavano fiocamente la basilica, a ogni raggio di sole che si faceva strada attraverso le vetrate colorate. Calpestarono pavimenti dove i tasselli di pietre multicolori disegnavano uno zoo fantastico: pavoni e aquile e altri animali, in cornici musive policrome, che non finivano di meravigliare per la loro infinita varietà.

Appena fuori dalla penombra riposante della chiesa, strizzarono gli occhi al riverbero. Mentre proseguivano per entrare nella loggetta del campanile, il duca si soffermò ancora una volta per guardare in alto verso l'arcangelo che brillava al sole lassù in cima, come sospeso in volo, un'apparizione ultraterrena. Fu allora che vide, appesa a una delle pareti del campanile, a metà altezza, una gabbia in cui era rinchiuso un essere sbrindellato, emaciato, orribilmente sporco, che ormai aveva poco di umano.

«E quello cos'è?» chiese il duca, incuriosito, ai suoi anfitrioni.

«È la cheba», fu pronto a spiegare Maffio Venier, «la pena riservata qui a Venezia ai bestemmiatori, che vi vengono rinchiusi e restano dì e notte esposti alle intemperie, per un tempo determinato, o a volte per tutta la vita; ricevono pane e acqua per mezzo di un cestino attaccato a una cordicella che calano al basso. Quello lì che vede, in particolare, è un prete, prete Agostino della chiesa di Santa Fosca. L'hanno condannato a star lì fino alla fine di settembre. Che sia un prete a essere condannato come bestemmiatore è cosa che ha colpito la fantasia popolare, tanto che ne hanno fatto una canzone, anche se dicono che l'ha composta lui stesso, *Il lamento di pré Agustino messo in cheba*, che suona così:

Mi porgon il mangiar per un sol buso
Con l'acqua che mi dan 'vece di vino,
(E con ragion) il mio peccato accuso.

E più mi duol che ogni sera e matino,
Da meggio dì, e a tute quante l'ore
Mi chiaman i fanciulli: o pré Agustino.

Mi danno alcuna volta tal stridore,
Che son constreto de pissarli adosso
Per isfocar alquanto il mio dolore.

Il duca si mise a ridere, e con lui Pietro l'Aretino e tutta la scorta. A ogni buon conto girarono al largo dalla cheba e dal suo miserando contenuto. Prete Agustino stava maledicendo il suo destino, la cheba e il campanile che la sorreggeva: «Campanile maledetto, cadrai anche tu, cadrai un bel giorno! Voglio che tutti i veneziani ti vedano col culo per terra!»

Il duca si era diretto verso i gradini che portavano all'ingresso della loggetta, dove si erano radunati alcuni patrizi, riccamente vestiti, per dargli il benvenuto, ma Pietro lo richiamò: «Fra un momento, ancora devo farvi vedere una cosa curiosa!» e lo condusse fino alla porta che immette nella sagrestia della chiesa di San Marco. Gli mostrò con orgoglio una testa di bronzo che sporgeva da una delle ante: era il suo ritratto, opera anche questa dell'amico Sansovino. «Così sono immortalato nel bronzo, oltre che nelle mie opere letterarie e nel dipinto di Tiziano! I posteri non potranno scordarsi di Pietro l'Aretino!»

Qualcuno bussava con insistenza al portone di casa Franco. La Paola si affrettò ad aprire, asciugandosi le mani sul grembiule. Bepi, il gondoliere tuttofare di casa, era uscito per commissioni varie e per ritirare una partita di vino di Cipro che era arrivata con un burcio quella mattina e Lucieta non era ancora scesa dalla stanza di Veronica.

«Lustrissimi», disse la Paola con un breve inchino, facendo entrare due giovani nobili veneziani, amici e frequentatori di Veronica, Giovanni Da Mosto e Bartolomeo Gradenigo, «entrate, accomodatevi. Siete venuti a trovare Veronica? Siete sempre i benvenuti in questa casa», e li introdusse nell'ampio salone che occupava la parte centrale del primo piano del palazzetto, su cui si aprivano le porte delle altre stanze.

Il pavimento di pastelòn era coperto di tappeti multicolori del vicino Oriente, lungo le pareti erano disposti divani alla turca, con molti cuscini variopinti. In mezzo alla sala c'era un grande tavolo di quercia, sopra il quale pendeva un lampadario di vetro soffiato di Murano. Una elegante trifora, aperta sul giardino, dava all'ambiente una luce riposante, filtrata tra le foglie dei rampicanti.

I due giovani entrarono salutando con effusione la Paola. Si accomodarono sui divani con la dimestichezza dovuta a una lunga frequentazione, e si misero a chiacchierare fitto fra di loro. Ridacchiavano e si scambiavano occhiate, mentre la donna si affrettava a rassettare, anche se non ce n'era nessun bisogno, in modo da ascoltare i loro discorsi, a sprimacciare cuscini e a offrire dolci e calici di vino.

«Dobbiamo parlare con Veronica», cominciò a dire il Da Mosto, «abbiamo qualcosa da mostrarle, qualcosa che non le farà piacere, ma che è bene che sappia, e che la interesserà sicuramente.»

Alla Paola non garbava l'atteggiamento dei due, presentiva qualche complicazione poco gradevole, ma non aveva il coraggio di domandare: lei lì era considerata poco più di una serva, anche se in realtà aveva in mano tutto l'andamento della casa e soprattutto teneva la cassa. Le persone di un certo livello parlavano solo con la Veronica.

«Abbiate un momento di pazienza», disse, «adesso vado subito ad avvertirla, a dirle che siete qui e che la aspettate perché volete parlarle; però deve vestirsi e prepararsi, prima, e Veronica, la conoscete, sapete com'è, ci mette sempre un po' di tempo.»

Ma il Gradenigo, un bel giovanotto alto, bruno ed esuberante, non stava nella pelle dalla voglia di rivelare la piccante novità che portavano: «Guardate qua, signora Paola», disse, dandole una cordiale pacca sul culo: «Guardate che cosa ha scritto quel serpente del Maffio», e cominciò a leggere ad alta voce: «Veronica, ver unica puttana...»

La Paola ascoltava, ammutolita dalla rabbia e dallo sdegno. Diventò pallida, poi tutta rossa in viso, poi pallida di nuovo: «Mariavergine santissima, non vorrete mica far vedere questa roba a Veronica!» Giovanni Da Mosto, dall'aspetto e dai modi più raffinati, obiettò gentilmente: «Signora Paola, se non gliela facciamo vedere noi, che siamo suoi amici, ci sarà sempre qualcun altro che gliela farà vedere, e magari chi sa con che modi... È meglio che lo sappia da noi, ormai che c'è in giro questa vigliaccata. Lo sa bene anche lei che a Venezia non c'è verso di tener nascosto niente, che tutti si impicciano di tutto e lo diffondono in giro con la maggior velocità possibile, e con più gusto se si tratta di malignità o cattiverie come questa. Per di più

Maffio non si è accontentato di scrivere, sta leggendola e facendola ascoltare a tutti quelli che conosce, e sono tanti».

La Paola abbassò la testa, torcendosi le mani: «Datemela», disse con voce scoraggiata e triste, e si avviò verso la stanza della figlia, umiliata essa stessa di doverle infliggere una tale umiliazione.

Trovò Veronica ancora distesa sul letto a riposare, con un leggero sorriso soddisfatto che le aleggiava sulle labbra appena arrossate.

Lucieta stava riordinando, tutta rossa in faccia e col fiato grosso, ma il fazzoletto già legato in testa e il grembiule perfettamente allacciato. Paola esitò ancora un momento, poi alla richiesta della figlia che aveva subito notato la sua aria sconvolta, le tese il foglio, senza riuscire a dire una parola, la gola stretta dall'angoscia.

Passarono pochi minuti e si spalancò un uscio, fra quelli che davano sulla sala centrale dove erano i due giovani: Veronica irruppe nel salone, ancora vestita solo della tunica leggera che le serviva da veste da camera, con gli occhi socchiusi e i denti scoperti come una gatta arrabbiata, e senza nemmeno salutare i due amici soffiò con odio: «Ma io lo ammazzo, quel vigliacco spudorato inventore di calunnie inverosimili, quella pantegana, quel verme figlio di una grandissima troia, quello scarafaggio bavoso e puzzolente, che gli venga una sincope a quel vermocàn, a quel mucchio di merda che non è altro!» fra lo sgomento della madre, che aveva sempre potuto contare sulle maniere perfette della colta e raffinata Veronica e il divertimento dei due giovani, che la incoraggiavano nelle invettive e offrivano la loro solidarietà e anche la loro collaborazione per studiare insieme una vendetta esemplare per il fellone.

Sullo sfondo, seminascosta dietro la porta da cui era uscita la sua padrona, Lucieta ascoltava esterrefatta, senza poter credere alle proprie orecchie. Sentiva il sangue batterle alle tempie e un cupo rossore le saliva su dal collo. Come era possibile dire tante infamie e menzogne su quell'essere di sovrumana bellezza, dispensatrice di tenerezza e di estasi, che era Veronica... Lucieta non riusciva a credere che la malvagità umana arrivasse a quel punto.

Veronica, calmato il primo furore, non restò insensibile al conforto degli amici, che le assicuravano che nessuno avrebbe tenuto in qualche conto le calunnie del Maffio: ma sapendo bene che tutta la città avrebbe riso di gusto alla perfida allocuzione, si fece portare da Lucieta carta, penna e calamaio e volle trascrivere i versi ignobili del Venier. Poi cacciò subito i due compari, dopo aver loro assicurato che si sarebbe avvalsa del loro aiuto per rintuzzare le accuse e lo scherno con cui il Maffio l'aveva messa alla berlina, ma che voleva pensarci su bene prima, per essere sicura di rispondere per le rime, in senso proprio e in senso figurato.

Non appena i due giovani furono usciti, protestando ancora la loro indignazione per l'ignobile scritto e la loro amicizia e stima, Veronica si mise a singhiozzare sulla spalla di sua madre. Anche Lucieta, sempre rigida nel suo angolo, aveva lacrime di rabbia che le scorrevano sulle gote arrossate.

In quella si aprì la porta ed entrò Bepi, il gondoliere, con il vino di Cipro che era andato a ritirare. Si fermò un attimo sulla soglia guardando attonito le tre donne sconvolte e piangenti, ora che non c'erano più estranei dalle lingue svelte a constatare il successo della loro indiscrezione; ebbe appena il tempo di posare la botticella di rovere sul tavolo di cucina e, senza che potesse domandare cos'era successo, venne subito investito da una raffica di ordini perentori.

«Non devi aprire la porta a nessuno!» ordinò la Paola.

«Va' subito a cercarmi il miglior maestro d'arme di Venezia e portalo qua!» gridò Veronica, «e già che sei per strada comprami una pezza di drappo blu, una di mussolina e due spade.»

«Cosa vuoi fare, figlia mia? Cosa ti sei messa in testa?» si voltò la Paola, improvvisamente all'erta.

«Non dirmi niente, madre, so bene da sola quello che devo fare», rispose Veronica a denti stretti. «Per prima cosa lo sfiderò alla spada.» Poi si ritirò nella sua stanza, lasciando la povera Paola a bocca aperta ma senza parole dallo sgomento, e cominciò nervosamente a scrivere, per cercare di ribattere subito i versi ingiuriosi con la stessa arma. Scriveva e strappava, scriveva e strappava, riempiva i fogli di macchie e cancellature, singhiozzando ogni tanto dalla rabbia di non riuscire a trovare le parole adatte per rintuzzare efficacemente quell'attacco proditorio, che, nonostante la sua reazione aggressiva, l'aveva colpita nel profondo. «Lo odio, lo odio», ripeteva, «vorrei vederlo morto!»

La Paola, sempre più preoccupata, non osava parlare. Lucieta sembrava impietrita, e riprese i suoi lavori domestici con i gesti meccanici di un automa. Bepi se ne andò a compiere le sue commissioni, e badò bene a non cominciare a fischiettare che fuori del portone di casa. Gli si prospettava un bel giro per la città, con soste qua e là nelle osterie, dove aveva una storia ben succosa da raccontare.

Il duca di Ferrandina, circondato dal suo seguito e da amici e curiosi veneziani, era arrivato in campo San Stefano e ispezionava con cura e attenzione il terreno della gara.

Il campo era grande, chiuso in fondo dalla navata laterale della chiesa. Dai due lati lunghi del campo le facciate dei palazzi facevano da quinte: alle finestre e ai pèrgoli, il giorno del torneo, sarebbero stati appesi drappi di broccato multicolori, adorni degli stemmi e delle insegne delle famiglie nobili che vi abitavano, e si sarebbero affacciate le più belle e famose dame di Venezia, con i loro abiti di gala, pronte ad apprezzare e applaudire il valoroso vincitore, ma anche a coprire di scherno i perdenti.

Il duca sorrideva sicuro di sé e sprezzante, sogguardando intorno, ma aveva ben presenti la severità e le lingue taglienti del pubblico veneziano. Era meglio non fidarsi troppo della propria indubbia valentìa e cercare di non commettere errori, preparare minuziosamente tutto il possibile prima che la gara avesse inizio.

Il campo era ricoperto d'erba, con una striscia lastricata che lo attraversava tutto per la comodità dei pedoni. Su questa striscia, detta il listòn, si passeggiava, e al tempo del Carnevale sfilavano le maschere. Falegnami e carpentieri erano al lavoro, occupati ad alzare impalcature e scale per i palchi da cui il Doge e i suoi dignitari avrebbero assistito al torneo, che si annunciava fastoso, un evento da ricordare per anni: già c'erano, ai bordi del campo, dei vedutisti che schizzavano lo sfondo su cui, il giorno fatidico, avrebbero abbozzato velocemente le figure dei concorrenti e degli spettatori, per rifinirle poi nelle botteghe e aver pronta la testimonianza visiva dell'evento per i molti, partecipanti o spettatori, che l'avrebbero richiesta.

Il duca misurava a vista lo spazio di rincorsa per il suo cavallo, uno splendido lipizzano bianco docile e veloce, preciso nei movimenti come una ballerina, che obbediva alla minima pressione delle sue ginocchia senza sgarrare di un metro, o di un secondo. Cercava di valutare l'impatto e il tempo che ci sarebbe voluto per portare l'avversario allo scontro finale proprio là, davanti al palco dogale. Avrebbe mostrato lui a questi spocchiosi veneziani, che si credevano i migliori del mondo, di che cosa era capace.

Fu distratto da un parlottare affannato appena dietro le sue spalle. Un popolano, forse un gondoliere a giudicare dalle vesti, aveva raggiunto il maestro d'arme che il duca si era scelto, a Venezia, per allenarsi in vista del torneo, e che era ritenuto in quel tempo il migliore che ci fosse in città. Il maestro d'arme, tale Bastiano Bellotto, aveva accompagnato il duca per illustrargli le difficoltà e le opportunità che quel terreno di scontro offriva e per dargli i suggerimenti fornitigli dalla sua esperienza. Adesso si volse, un po' seccato, per dire al gondoliere di lasciarlo in pace finché era col duca, di venire più tardi a casa se doveva proprio parlargli d'urgenza, ma il gondoliere insisteva, anche se con garbo, e non si arrese: « Vi prego, maestro, la mia padrona vuole vedervi subito, non ha intenzione di aspettare nemmeno un momento! Se la conosceste mi capireste, mi dispiace disturbarvi, ma venite per amor di Dio, è fuori di sé, la signora Veronica! »

A quel nome il maestro d'arme spalancò gli occhi ed ebbe un sorriso: « La Veronica, proprio lei, la Veronica Franco, vuole vedermi? Con tutto il rispetto, illustrissimo signor duca, se lei mi dà licenza e se non ha più bisogno di me per l'ispezione del campo io prendo congedo e vengo domani mattina di buonora per il solito allenamento».

Il duca si volse sorpreso: non era abituato a defezioni repentine da parte dei sottoposti, che dovevano aspettare che lui li congedasse, quando meglio gli aggradava. «Di che si tratta, di grazia? Chi è cotesta Veronica di cui parla quest'uomo? È la Franco, forse, e che vuole da voi?»

«Che vostra signoria mi perdoni, so solo, da quest'uomo, che è proprio lei e che vuole vedermi subito, e quando tanta bellezza e tanta grazia mi fanno l'onore di richiedere immediatamente la mia presenza, a meno che una forza maggiore non mi trattenga, io corro. Quindi, se la signoria vostra ha la bontà di scusarmi...», disse il maestro d'arme. L'emozione di esser chiamato dalla bella Veronica, più il dialogo veloce con il Bepi, l'avevano distratto per un momento dal suo compito al servizio del duca, di cui andava fiero, e gli avevano fatto dimenticare le buone maniere che gli erano abituali. Ma non era prudente sottovalutare il possibile risentimento del grand'uomo: il duca era abituato a veder sempre i propri desideri rispettati prima di ogni altro. Per fortuna in questo caso si mostrò magnanimo e anzi divertito dalla defezione improvvisa dello spadaccino.

«Andate, andate pure, è giusto che ai richiami di Venere Marte accorra», disse il duca, che intanto era giunto alla conclusione che il terreno era di suo gradimento. Continuò a passeggiare lungo il listòn, ben conscio della curiosità che la sua presenza stava suscitando.

Dai balconi fioriti che affacciavano sul campo alcune dame seguivano con attenzione i movimenti del duca, e commentavano fra loro, scambiandosi le osservazioni e i gridolini di meraviglia da un pèrgolo all'altro. «È davvero un gran bell'uomo: guarda che spalle! E che portamento. Ha degli occhi di velluto.» «E guarda com'è elegante, che vestito splendido!» «Quella catena di oro zecchino che ha al collo è un regalo dell'imperatore Carlo!» «Eh sì, si vede che l'imperatore ha un orafo di fiducia per regalare collane ai suoi protetti: ne ha regalata una quasi uguale a Tiziano, il pittore, tanto è stato soddisfatto del ritratto che gli ha fatto.» «E lui, il duca, è amico dell'imperatore, hanno fatto la guerra insieme.» «Guarda che statura, e come cammina, pare il padrone del campo San Stefano!» «Ma cosa è successo al maestro Bellotto, che è scappato via all'improvviso come se gli corressero dietro? Chi era quel gondoliere che è venuto a chiamarlo? Lo conosci?» «Ma, non lo so, non aveva una livrea di casada, ma mi pare di averlo già visto da qualche parte, anche se non ricordo dove...»

Mentre il duca, ignaro del parlottìo che accompagnava tutti i suoi movimenti e soddisfatto di sé e dell'attenzione che suscitava, continuava la sua passeggiata sul listòn, si stava mettendo in moto uno dei meccanismi tradizionali di Venezia: la ciàcola, fatta di indagini, speculazioni, raccolta e scambio di informazioni e di interpretazioni delle stesse, creazione corale di una storia, che si sarebbe arricchita strada facendo dei contributi di tutti, servi e patrizi, bottegai e gran dame. Sarebbe passata di bocca in bocca, sussurrata confidenzialmente agli amici, si sarebbe gonfiata di particolari coloriti e avrebbe appassionato gli ascoltatori, che a loro volta l'avrebbero ripetuta ad altri e ad altri ancora, fino a diventare una delle leggende veneziane, in cui gli attori al momento non si sarebbero riconosciuti, ma che poi i figli e i nipoti avrebbero raccontato a loro volta come vicenda realmente avvenuta che arricchiva e dava lustro alla saga famigliare.

Bepi aveva accompagnato Bastiano Bellotto fino alla porta di casa delle Franco, l'aveva introdotto e, mentre il maestro d'arme saliva le scale, accolto dalle donne con saluti calorosi, aveva accampato la necessità di occuparsi di altre commissioni e quindi rapidamente svoltato l'angolo della calle, dirigendosi verso San Bortolomio e la riva del Carbòn. Arrivato davanti all'osteria della Cerva, il gondoliere decise che era il momento di fare una pausa: si era meritato un'ombreta di bianco e una partita di ciàcole ed entrò.

L'osteria era quasi vuota a quell'ora, e anche la Luisa e Bortolo si erano seduti a un tavolo per riposarsi e rifocillarsi un po' dopo il lavoro della mattinata. Bepi si sedette accanto a loro e cominciò a chiacchierare. L'argomento appassionante all'ordine del giorno era senz'altro il prossimo torneo, che avrebbe richiamato a Venezia una gran folla anche dalle altre città vicine. La Luisa si riprometteva un guadagno notevole, e stava già pensando a tutto quello che doveva preparare per il gran giorno. Da lì il discorso quasi inevitabilmente si spostò sul duca di Ferrandina, il grande favorito. Bepi si vantò di conoscerlo, di averlo visto poco prima di persona, in campo San Stefano, e ne magnificava l'aspetto e la prestanza.

«Ah, ma lo conosco anch'io, il duca, e bene», ribatté subito la Luisa. «Pensa che è stato qua stamattina, si è fermato a bere qualche ombra con qualche magnareto, tutto soddisfatto, tanto che tornerà, ha detto. Era col Maffio Venier e con l'Aretino, per non parlare di tutto il suo seguito. Mi hanno riempito l'osteria, non c'era più un tavolo libero. È un gran signore, e gentile, mi ha fatto un sacco di complimenti, per i mangiari, per il vino, per l'osteria, per l'accoglienza che gli abbiamo fatto: era entusiasta di tutto quanto.»

La Luisa se la godeva un mondo, a dare pubblicità a quello che per lei era stato un evento importante, un successo della sua osteria oltre che suo personale. E che successo era, se nessuno lo sapeva, tranne lei e Bortolo? Bortolo poi taceva sempre, parlarne con lui era fiato sprecato, tanto valeva parlare con una sedia, o col mestolo della polenta. Questo Bepi invece dava soddisfazione, e poi i gondolieri erano un'amicizia da coltivare, venivano sempre a sapere un sacco di cose, anche quelle più segrete e più affascinanti, ed erano dei maestri nella loro divulgazione, senza contare che potevano sempre portarti i clienti più danarosi.

Dal duca e dal suo seguito la conversazione spaziò su vari argomenti, per approdare infine all'accadimento importante della giornata, per Bepi, e per di più ancora avvolto nel mistero, gravido di potenzialità nascoste, terreno fertile per mille congetture. Bepi cominciò la sua narrazione, ma venne interrotto subito da grida deliziate quando rivelò che adesso era al soldo della Veronica Franco.

«Quante cose mi devi raccontare! Non dirmi che eri il suo gondoliere anche quando è venuto il re di Francia? Com'era?»

«No, no, sono qua da poco, prima non aveva la gondola de casada; è dopo che è partito il re di Franza che si è messa in grande, proprio come una signora, ha cambiato casa, si è sistemata in questa che è quasi un palazzetto, e che fa angolo sul Canalazzo, si è comprata la gondola, mi ha assunto come famiglio e gondoliere, e ha preso anche una ragazza friulana che dà una mano alla vecchia nei lavori di casa. E i vestiti che si è fatta fare! Sembra lei una regina, neanche fosse figlia del Doge. È una buona padrona, non dico di no, non una di queste con la puzza sotto il naso, si vede che anche lei ci è passata e sa cosa vuol dire essere poveri e doversi guadagnare da vivere in qualche modo:

non mi guarda come se fossi un mobile di casa, un pezzo di legno, come fanno queste gran signore, che per loro pare che tu non sia nemmeno un uomo. E poi è bella, ma bella che è un piacere guardarla. Il guaio è sua madre, che è un'arpia, tirchia, attenta a ogni soldo e con degli occhi di falco: non si riesce a nasconderle niente! »

« Mariavergine, mi sono dimenticata di metter su i fagioli per stasera! Corri, Bortolo, va a prenderli, che intanto che stiamo qua seduti possiamo sgranarli », esclamò a un tratto la Luisa, e poi si rivolse subito di nuovo a Bepi, che non stava in sé dalla voglia di continuare il discorso con la narrazione dello scompiglio che aveva trovato in casa quel giorno e delle commissioni misteriose di cui era stato incaricato.

« Io non ho capito cosa può essere successo, ma la mia padrona, poverina, aveva gli occhi rossi, ed è un peccato con quegli occhi così belli, e continuava a mandare maledizioni al signor Maffio Venier, che una volta veniva sempre per casa, ma poi devono aver litigato, perché non l'ho più visto, è un bel po' che non viene. »

Bortolo, che stava tornando con un sacco di fagioli di Lamòn, interloquì con grande sorpresa della Luisa, abituata ai suoi silenzi: « Può darsi che abbia capito io cosa è successo. Il signor Maffio era qua anche lui, stamattina, parlava col duca intanto che servivo il vino e i magnareti. Gli ha letto una poesia che ha scritto lui, che parlava della signora Veronica, e ne diceva peste e corna, di tutti i colori, non si può immaginare come e quanto, bisognerebbe averlo sentito, prendendola in giro ma anche insultandola in malo modo. Può darsi che qualcuno lo abbia detto, alla signora Veronica, che gliela abbiano fatta leggere. Sfido io che si è arrabbiata! »

« Ma mi ha mandato a chiamare il maestro d'arme e a comperare del drappo e due spade! Cosa si può essere messa in mente di fare, mariasanta! Bisogna che me ne vada, però, adesso e di corsa, ho fatto tardi e devo ancora comperare il drappo. Arrivederci, padrona, salute Bortolo », e il gondoliere si alzò e uscì in fretta diretto al negozio di stoffe nel vicino campo San Bortolomio per gli acquisti.

Bortolo intanto sbollentava e raschiava i piedini di porco, le orecchie, le cotiche da mettere a bollire con i fagioli. La Luisa preparò un pentolone pieno d'acqua e lo agganciò alla catena che pendeva sopra il fuoco acceso nel camino. Infilò alcuni chiodi di garofano in una cipolla, preparò le patate sbucciate, le carote, il sedano e il rosmarino da aggiungere ai fagioli e si rivolse incuriosita a Bortolo: « Non mi avevi detto niente di questa poesia, cosa diceva? »

« Padrona, non me la ricordo, ma cominciava così: Veronica, ver unica puttana, e poi continuava con un rosario di insulti, non solo di critiche, dicendogliene di cotte e di crude, ma volgari e cattive come non ne avevo nemmeno mai sentito, da vergognarsi a starlo a sentire. E gli altri ridevano! »

La Luisa buttò tutto nella pentola con aria pensierosa. « Chissa cos'ha in mente, la Veronica... ma se fossi in lei non gliela lascerei passar liscia come se fosse niente, a quel lazzarone. Speriamo che torni presto il Bepi e che ci racconti che cosa succede. »

Qualche giorno era passato senza che vi fossero novità: il duca, secondo i resoconti del Memo, era occupatissimo a esercitarsi per il torneo, con l'aiuto del maestro Bellotto, e fra un assalto alla scherma e l'altro andava in giro per Venezia, curioso e affascinato, frequentando le osterie come i palazzi patrizi che gli avevano spalancato le porte e facevano a gara per invitarlo a feste sfarzose; il Bepi non si era più affacciato per la solita ombra, evidentemente troppo occupato con il tumulto di casa Franco... La vita, nell'osteria della Cerva, scorreva tranquilla come al solito.

Mancava meno di una settimana al gran giorno, all'avvenimento di cui tutta Venezia parlava. Verso la metà del pomeriggio, l'osteria era affollata di barcaioli e mercanti, marinai e popolane, che chiacchieravano e commentavano i preparativi del fastoso torneo che si doveva svolgere in campo San Stefano. C'era chi raccoglieva scommesse sul vincitore, suggellandole con una stretta di mano e con uno sputo per terra. Il duca veniva dato per favorito, ma c'era anche chi azzardava puntate su altri più giovani e meno conosciuti, ma che promettevan bene ed erano già stati visti in altri tornei minori, ma non per questo meno combattuti, a Venezia o nei dintorni.

In tutto quel vociare quasi nessuno si accorse che era entrato un giovane di media statura, magrolino, con occhi e capelli neri e un'aria tormentata e infelice. La finezza dei tratti del viso, la fierezza dello sguardo, la sicurezza dei movimenti, tutto in lui faceva capire immediatamente che si trattava di un patrizio, come il suo abbigliamento raffinato, il modo disattento e imperioso con cui ordinò da bere, e la scontrosità con cui si isolò a un tavolo d'angolo senza rivolgere la parola a nessuno.

Il nuovo venuto fissava aggrondato dentro il suo bicchiere di vino, come se il resto del mondo non esistesse per lui. Si riscosse solo quando entrò come un colpo di vento un altro giovane patrizio, più o meno della sua stessa età, ma più alto e aitante, con un sorriso fanciullesco sulla larga faccia butterata e i capelli lunghi spioventi sulle spalle.

«Ehi, Zorzi!» lo chiamò, facendogli cenno di sedersi accanto a lui.

I soliti avventori avevano lasciato uno spazio di rispetto intorno a quel frequentatore anomalo e dall'aria cupa, per cui Zorzi poté accomodarsi facilmente vicino all'amico.

«Un'ombra anche per me, padrona!» chiamò sorridendo e guardandosi intorno il nuovo arrivato. «Cosa è successo, Marco, che sei così nero? Hai una faccia che pare che ti sia appena cascata una tegola in testa.»

Intanto la Luisa si informava, sottovoce, di chi fossero quei due giovani signori. Un gondoliere li conosceva per averli accompagnati spesso insieme a feste o al casìn dei Spiriti, che affacciava sulla laguna a nord, di fronte a Murano, ed era frequentato da giovani patrizi e dagli intellettuali e artisti di cui era piena la città. Così poté spiegare alla Luisa che si trattava di due rampolli delle più antiche famiglie veneziane, che vantavano dogi e valorosi capitani tra i loro antenati: Marco Giustinian e Zorzi Contarini, amici per la pelle, compagni di scorribande e di bagordi nella ricca e gaia Venezia, destinati senz'altro anche loro in futuro a far parlare di sé e a ricoprire le più alte cariche della Repubblica, una volta sfogati gli ardori e le bizzarrie della gioventù.

Marco Giustinian, aggiunse il gondoliere, era l'amante in carica e il favorito della più bella e più appetita cortigiana veneziana, quella Veronica Franco, appunto, di cui tanto si parlava e di cui si diceva tutto il bene e tutto il male possibile. Il giovane Giustinian se ne era innamorato pazzamente e soffriva molto per l'impossibilità di tenere tutta per sé la donna amata. Andava in giro per Venezia sfidando a duello chiunque osasse sparlare della sua bella, o anche soltanto sorridere con ironia alle lodi entusiastiche del suo spirito e della sua cultura, oltre che della sua bellezza, eleganza e signorilità, che riversava nelle orecchie di tutti quelli che incontrava. Marco stava scialacquando con lei una fortuna, e anche se la famiglia poteva permetterselo, con tutte le terre che possedeva nella marca trevigiana, il vecchio Alvise Giustinian era piuttosto seccato e se la cosa fosse continuata così sarebbe arrivato al punto di diseredare questo primogenito strambo che si stava rendendo ridicolo, in favore del secondo maschio della famiglia, il più serio e responsabile Matteo.

La Luisa ascoltava con gusto, interrompendo ogni tanto quel flusso di parole con qualche domanda appropriata. Era il suo divertimento principale, come di gran parte degli abitanti di Venezia, seguire con grande partecipazione tutte le storie e le beghe delle famiglie più in vista.

«Chissà come mai sono venuti qua da me invece di andare di là dell'acqua, a Rialto, all'osteria del Sturiòn, dove vanno di solito i giovani patrizi?» si chiese, e il gondoliere fornì la risposta immediata anche a questo interrogativo: «Perché tutti sanno che è venuto il duca di Ferrandina, qua da te, e allora adesso tutti vogliono scimmiottare il duca, fare tutto quello che fa lui, che è il più in voga, il più ammirato e imitato di tutti in questi giorni, qua a Venezia. Ti ha fatto diventare di moda, Luisa! Se non vince il torneo in campo San Stefano vedrai che nessuno lo cagarà più, e tutti torneranno al Sturiòn, o in qualche altra osteria che intanto è diventata di moda, perché c'è andato magari il cugino del Doge», e la Luisa rivolse una rapida e intensa preghiera alla Madonna per la vittoria del duca.

I due giovani, che non si erano accorti di essere fatti bersaglio di tanta attenzione, parlavano fra loro; anzi, Marco parlava e Zorzi lo ascoltava con pazienza e interloquiva ogni tanto per calmarlo. «Capisci, Zorzi, non ha voluto nemmeno vedermi, mi ha fatto dire da sua madre che aveva da fare e che non voleva vedere nessuno, come se fossi un importuno qualsiasi. Cosa avrà adesso da fare di tanto importante da non poter nemmeno vedermi un momento, un altro mercante tedesco pieno di soldi fino agli occhi, o magari quel duca di Ferrandina di cui tutti parlano, nemmeno fosse il Gran Can. Ma io non posso vivere così, non può trattarmi come se fossi uno qualsiasi, io le voglio bene davvero, a quella scervellata.»

La Luisa tendeva l'orecchio senza parere e continuava ad andare su e giù dal loro tavolo per versare ancora vino ai due, appena i loro bicchieri erano vuoti. Zorzi si accorse delle attenzioni dell'ostessa, e anche del suo aspetto attraente: ascoltando distrattamente le querimonie dell'amico ammirò le belle braccia bianche e il movimento elegante con cui le alzava ogni tanto per riaggiustarsi i capelli; sperò di aver fatto colpo su di lei e si ripromise di tornare in un momento più adatto, senza l'amico, a farle un po' di corte. Intanto cercava di consolare Marco e di dirgli che un motivo doveva pur esserci per l'alzata d'ingegno della bella Veronica e che tutto si sarebbe chiarito l'indomani.

La cosa andava per le lunghe, un'ombra dietro l'altra, gli altri avventori entravano e uscivano, i fagioli si erano cotti e spandevano il loro aroma intorno, Bortolo portava su e giù piatti e bicchieri e l'osteria risuonava di chiacchiere e risate, rumore di cucchiai sbattuti sui piatti e acciottolio di vasellame.

Marco continuava a bere e a lamentarsi: «Non mi vuol vedere nemmeno domani, mi ha fatto dire da sua madre, e per fortuna che non me l'ha fatto dire magari dalla serva o dal gondoliere: torna fra una settimana che adesso ho troppo da fare, non ho tempo, ha detto! Cosa avrà da fare mai! Ma io non sto una settimana senza vederla! Come faccio? Già se sto senza vederla un giorno mi tormento e divento pazzo di gelosia».

«Non stare a pensarci su adesso», insisté Zorzi. «Magari sta scrivendo una delle sue ballate e non vuole perdere la concentrazione, oppure le è venuto un brufolo sul naso e non vuol farsi vedere da nessuno. Chissà cosa gli passa per la testa alle donne! Domenica andiamo insieme al torneo, che così ti distrai un poco, e la sera si va al casìn dei nobili a Murano, dove fanno una gran festa. Ho promesso alla Modesta Veniero che la accompagneremo noi, perché suo marito non ha voglia di andarci, e così ha detto che va a vedere le sue terre in campagna. Quello lì si diverte solo quando vede vacche e granaglie, altro che feste e balli. Vedrai che alla festa la troviamo di sicuro, la tua Veronica, e tu potrai parlarle e farti spiegare cosa le è saltato in mente, e per di più ballare con lei finché non sarai stufo.»

Finalmente un po' alla volta l'osteria si svuotò e la Luisa spinse fuori con buona grazia gli ultimi avventori ubriachi che protestavano e invocavano un'altra ombra, una sola, l'ultima. Anche Marco e Zorzi si accomiatarono con buona grazia, Zorzi sorridendole con occhi carezzevoli e tentando di baciarle la mano, che la Luisa tirò indietro in fretta, strofinandola sul grembiule. Poi lei e Bortolo raccattarono piatti e bicchieri e li immersero in una tinozza, passarono uno straccio sui tavoli e si guardarono con un sospiro di stanchezza mista a sollievo: «Anche stasera finalmente è finita. È stata una buona giornata, possiamo dirci soddisfatti e soprattutto possiamo andare a riposarci!» Cenarono rapidamente con un piatto di fagioli, vicino alle braci che si stavano consumando a poco a poco, scambiandosi solo le poche parole necessarie sulle cose da comperare e da preparare per il giorno dopo. Bortolo attaccò un gran paiolo d'acqua sopra la brace rimasta, per trovarla tiepida la mattina: sarebbe servita per lavarsi e per le pulizie. Salirono la scala lentamente e si augurarono la buonanotte, con uno stanco sorriso.

Stesa sullo stretto pagliericcio, la Luisa si rigirava, irrequieta, rimuginando nella mente tutte le novità della giornata, con un senso di eccitazione ma anche con un oscuro disagio, come una premonizione di pericolo. Trattenne il fiato sentendo, nel silenzio assoluto della notte, rotto solo dallo sciabordìo appena percepibile dell'acqua del rio sui gradini di pietra della riva, un movimento, come uno spostamento d'aria, soffice e improvviso. Qualcosa di morbido atterrò sul suo letto e si accovacciò vicino a lei, cominciando subito a far le fusa. La Luisa sorrise di quel suo momento di smarrimento, così insolito, e accarezzò il gatto. Chiuse gli occhi e rivide nel dormiveglia la faccia maschia e aperta e il sorriso pronto di Zorzi Contarini. Le piaceva, pensò tranquillamente, scivolando nel sonno.

E spuntò il sole di un nuovo giorno, sui tetti di Venezia. Era una mattinata limpida e i molteplici colori della città splendevano nell'aria trasparente come vetro di Murano. Le facciate policrome dei palazzi si riflettevano capovolte nell'acqua tranquilla dei canali, e i voli dei colombi vi tracciavano riflessi di traiettorie capricciose. Al passaggio di una barca, sulle piccole onde sollevate dal remo, i raggi del sole si rifrangevano con barbagli di luce dorata.

Lucieta salì in altana con una cesta di biancheria da stendere e restò per un momento immagata a guardare le cime delle montagne all'orizzonte: sembravano vicine, nell'aria chiara del mattino, come se spuntassero dalla laguna a far corona alla città. Le cime più alte erano ancora scintillanti di candida neve al sole, poi i boschi scendevano e si confondevano con i colori tenui dei colli e della campagna fino a sfumare nell'azzurro della laguna. Un groppo le strinse la gola: i prati, oh dov'erano i prati e gli alberi che prima facevano parte della sua vita e adesso sembravano svaniti fra pietre e acqua, acqua e pietre. I morbidi declivi dove giocava fino a poco tempo fa, verdi e colorati di fiori, adesso si erano tramutati in distese di tegole rosse irte di camini, interrotte ogni tanto dalla geometria lignea di un'altana. Ma l'aria fresca e tranquilla e la luce magica che impreziosiva ogni tegola, ogni legno, ogni camino, erano quelle della sua infanzia, le riportavano dalla memoria più lontana una letizia che spuntava da dentro, senza ragione.

Una voce la chiamò dal basso, e la ragazza si affrettò a stendere la biancheria bagnata sui fili tesi tra l'intelaiatura dell'altana e a scendere le scale. Veronica l'aspettava nella grande sala centrale della casa, quella dove si aprivano le porte di tutte le altre stanze. Era vestita con un paio di pantaloni aderenti, stretti sotto il ginocchio, e un giubbetto di velluto imbottito su una morbida camicia di batista, i capelli raccolti in una stretta treccia e appuntati dietro la nuca, trattenuti da una reticella intessuta di piccole perle. In mano stringeva una spada dall'elsa damascata. Era splendida e Lucieta restò a guardarla incantata, ferma sulla porta. «Come sto? Svelta, vieni a vestirti anche tu, che anche tu devi imparare a tirare di scherma insieme a me, ho bisogno di qualcuno che si eserciti con me, il maestro Bellotto non può mica star qua tutto il giorno, proprio adesso che sta lavorando con il duca... Non vedo l'ora di imparare bene per sfidarlo, quel mascalzone fetido del Maffio, e per ammazzarlo se ce la faccio.»

Sul divano era pronto un costume simile al suo per Lucieta e accanto luccicava una spada. Lucieta raccolse il costume e andò a cambiarsi senza una parola, mentre il maestro d'arme, entrato in quel momento, si sprofondava in inchini e baciamano alla Veronica.

«Ma è proprio sicura, padrona, di volere imparare a tirar di scherma? È una roba da uomini, come le è venuto in mente di mettersi a combattere come i maschi, proprio lei, che è così bella che se vuole basta che muova un dito e qualsiasi uomo verrebbe di gran carriera, contento di battersi solo per farle piacere!»

Veronica scosse la testa e aggrottò la fronte con un'espressione decisa: «Maestro, so bene io quello che voglio fare. Non si preoccupi, se può imparare un uomo può imparare anche una donna, a tirar di scherma, anzi due. È sempre meglio saper far da sole, invece che dipendere dagli uomini, che di loro non c'è da fidarsi più di tanto. Un giorno gli va, di combattere e magari morire per te, il giorno dopo non gli va più e ti tocca arrangiarti da sola, anche se ci avevi fatto conto. Cominciamo subito, che ho fretta, non ho tempo da perdere».

Mentre il maestro cominciava a spiegare e a mostrare come si impugnava la spada e come si dovevano tenere i piedi e muovere le gambe, Bepi, il gondoliere tuttofare, spiava da una porta socchiusa, affascinato, e si godeva tutta la novità dello spettacolo, pregustando il piacere del racconto che ne avrebbe fatto di lì a poco in osteria.

La Paola puliva gli articiochi, in cucina, brontolando tra sé: «Io non voglio nemmeno vedere quello che combinano; questa stramba di figlia, non c'è verso di farla ragionare, di farle cambiare opinione, quando si è ficcata in testa qualcosa, ma stavolta è proprio una mattana, peggio di qualsiasi altra», e intanto toglieva le foglie dure tutto intorno a ogni carciofo, tagliava la punta spinosa e scortecciava il gambo e la base, con rabbia, come se avesse fra le mani il suo nemico, il perfido poeta che aveva avuto l'ardire di sbertucciare in quel modo la sua preziosa figliola. Poi ripassava ogni carciofo con mezzo limone e lo gettava nella pentola di coccio. Le veniva da piangere, se pensava al pericolo in cui si stava mettendo la sua bella figlia e alla determinazione maniacale con cui Veronica si era preparata a questa pazzia del duello, dal far cucire i vestiti da uomo per lei e per Lucieta, allo scritturare il miglior maestro d'arme di Venezia. Lei, intanto, con ostinazione, continuava a fare i gesti di tutti i giorni, tritava l'aglio e il prezzemolo, ne introduceva un pizzico, insieme al sale, in ogni carciofo, li disponeva nella teglia con acqua e olio, la copriva e la metteva sul focolare, mentre la sua mente continuava a lavorare per trovare qualche soluzione possibile, che potesse appagare la sdegnata Veronica e insieme allontanare da Venezia il colpevole. Forse accusarlo di cospirazione contro la Repubblica e di tradimento? Ma le denunce anonime non venivano prese in considerazione dal Consiglio dei Dieci, e poi, anche volendo scoprirsi, cosa che non desiderava affatto, ci voleva qualcosa su cui basare le accuse. Il fellone riservava i suoi strali a chi non poteva difendersi, non li indirizzava certo al Doge o a qualche alta autorità della Serenissima.

Lucieta era scesa nella sala, vestita di tutto punto per la lezione di scherma. Veronica e il Bellotto si volsero insieme a guardarla, stupiti dalla trasformazione: la timida servetta furlana era scomparsa, e al suo posto c'era un adolescente dritto, agile e forte, con i tratti addolciti solo dall'estrema giovinezza, i corti capelli che incorniciavano appena il volto sorridente, i movimenti elastici e sciolti, non più impacciati da gonne, cuffie e grembiuli. La mano stringeva la spada come se non avesse mai fatto altro e gli occhi lampeggiavano d'entusiasmo.

«Lucieta!» gridò Veronica estasiata e cominciò a girarle intorno, guardandola da capo a piedi con ammirazione: «Sei perfetta, vestita così. Dici la verità, che ti diverti a fare la parte del ragazzo. E che bel ragazzo!» Lucieta sorrise e si mise in guardia. Il maestro applaudì, incredulo. Aveva di fronte due allieve molto promettenti e il suo lavoro sarebbe stato molto più gradevole del solito, rallegrato dall'entusiasmo e dalla bellezza delle due giovani donne. Avevano entrambe movimenti elastici e ben coordinati, vigore e scioltezza, e promettevano di imparare in fretta e di diventare provette spadaccine, in grado di tener testa a molti.

La lezione di scherma si stava svolgendo con soddisfazione di maestro e allieve, quando la Paola sentì battere al portone con insistenza. Bepi era fuori a lustrare gli ottoni della sua amata gondola, quindi la donna si asciugò in fretta le mani sul grembiule e andò ad aprire, di pessimo umore, pronta a scacciare l'intruso, chiunque fosse.

Era il giovane Gradenigo, curioso di sapere come andassero le cose: c'erano state delle novità? La Veronica aveva intrapreso qualche passo dopo che le avevano fatto leggere la composizione del Maffio Venier? Si fermò a parlare con la Paola, che gli sbarrava la porta con la propria persona, decisa a non lasciarlo passare, ma scoppiando dalla voglia di discutere dei suoi problemi con qualcuno (e in particolare con il giovane patrizio, per il quale aveva sempre avuto un debole, anche perché le riservava delle attenzioni molto gradite e aveva sempre dimostrato considerazione per lei) e di riceverne conforto.

«Illustrissimo, mi dispiace ma io non dico niente, non posso dir niente, non capisco nemmeno quello che sta succedendo e soprattutto non capisco cosa ha in testa quella matta di mia figlia: adesso non vuole vedere nessuno, parlare con nessuno. Scrive, scrive... e impara a tirar di scherma. Ha mai sentito una cosa del genere? Vedremo più in là quello che ne salta fuori, ma non so proprio quando riuscirò a capirci qualcosa.»

Il giovane non si arrese, e non dimostrò nessuna intenzione di andarsene, anzi: «E dài, signora Paola, non può cacciarmi via così, lei sa che sono sempre stato un amico per la Veronica, ma anche per lei: non sono mica qua per far chiacchiere o per divertirmi a vedervi in difficoltà, sono qua perché vi voglio bene, a tutte e due, e poi perché sono un uomo, non sono fatto di legno...» e intanto allungava le mani a tastare le natiche robuste della donna. «Sa, signora Paola, le devo confessare una cosa: la Veronica, è vero, è un fiore, ma anche lei non è mica da buttar via: doveva esser bella, magari ancora più bella di sua figlia, e anche adesso è proprio un bel pezzo di fica. Andiamo dentro un momento, Paolota mia, sia buona con un povero giovane che ha tanta voglia di alzarle le sottane e di darci dentro», e così dicendo l'abbracciava e la spingeva dentro il portone.

La Paola, presa alla sprovvista, non sapeva cosa fare e subiva l'assalto metà imbarazzata e metà lusingata di essere ancora oggetto di desiderio in concorrenza con la figlia. Le era presa una spossatezza, un languore, nel sentire quel duro corpo maschile contro il suo, che fiaccava la sua decisione di spingerlo fuori. Arretrò nell'atrio e, quasi senza rendersene conto, affannata, attirò il giovane, che continuava a premere col corpo sul suo, su per la scala, fino alla porta della piccola stanza al piano rialzato dove dormiva e insieme poteva controllare chi entrava e chi usciva dalla casa. Le girava la testa, ma non smetteva di protestare. «Ma è matto, cosa sta facendo, non sono più giovane, Bartolomeo, non è più tempo per me di far queste cose», e indietreggiava fino al rozzo lettino, dove si lasciò cadere con un sospiro. «Chiuda la porta, ma faccia piano, che non ci sentano!» Il giovane le fu sopra in un attimo, e si dava un gran daffare a sciogliere lacci e ad alzare sottane, mentre lei lo tastava e lo accarezzava un po' dappertutto con mani avide. Palpò brevemente con la gola stretta cosce solide come tronchi, poi lo abbracciò alla vita stringendolo come fosse l'ultima salvezza, l'ultimo appiglio cui restare aggrappati sull'orlo di un baratro. Sentire il membro turgido e duro del giovane patrizio premere fra le sue cosce le mozzò il respiro. Allargò le gambe, mentre Bartolomeo le sussurrava all'orecchio: «Ma che bella fica che hai, vecchia mia, comoda e calda, potrei starci una vita qua dentro. Dammi le tette, che te le stringa, dài, dài, bella», e intanto la penetrava con forza, e accompagnava con la voce ogni colpo con cui scendeva più a fondo nel corpo caldo della donna, strappando a Paola gemiti soffocati e animaleschi. Poi si abbandonò, ansimante, su di lei, a riposare, il viso appoggiato sul vasto seno morbido.

Paola, ancora incredula, lasciava che sentimenti e pensieri si mescolassero nella sua mente confusa, fra lo sgomento e la gioia fisica che il suo corpo appagato non riusciva a celare. L'avrebbe trattenuto volentieri sopra di sé, godendo ancora del contatto di quel corpo in riposo, ma era spaventata dalla possibilità che qualcun altro si accorgesse di quanto era successo, oltre che da se stessa, da quello che aveva provato e che non riusciva a spiegarsi e a definire con chiarezza.

«Va', adesso, vai via, non farti vedere, ti prego.»

Seguì con lo sguardo il giovane che si rassettava le vesti e sgusciava fuori dalla porta con un sorriso e un cenno d'addio, poi si tirò su faticosamente, ancora scossa, e corse in cucina, dove i carciofi si stavano attaccando sul fondo del tegame.

Quando Veronica e Lucieta, congedato il maestro d'arme, scesero ridenti e accaldate in cucina a bere un bicchiere di acqua fresca con un po' di mistrà, che la rendeva lattiginosa e profumata, la Paola dimenticò persino di brontolare per le loro stravaganze e per le loro vesti maschili, assolutamente scandalose, e per tutti i ducati che erano costate.

In quella mattinata particolarmente radiosa, anche la Luisa si era presa un po' di riposo: aveva spedito Bortolo giù in osteria ed era salita in altana con un secchio d'acqua per lavarsi i capelli, passarci un po' di henné e asciugarli al sole. Adesso stava seduta su un piccolo scagno, guardandosi intorno e godendosi l'aria fresca e dolce della mattina. Pettinava i lunghi capelli rigirandoli ciocca per ciocca per esporle tutte al sole e intanto ripensava agli ultimi avvenimenti e a tutte le persone che erano passate per la sua osteria in quei giorni.

Ormai mancava proprio poco al giorno del torneo, e alla Luisa dispiaceva moltissimo non poterci andare, ma quella domenica l'osteria sarebbe stata piena di gente, venuta anche da fuori, e chiudendo avrebbe perso senz'altro dei buoni affari. Non era possibile lasciare che se la sbrigasse Bortolo da solo. D'altra parte, ragionava, non sarebbe mai riuscita ad avere un posto nelle tribune o sui balconi, tutti riservati ai nobili, e in mezzo alla folla che si accalcava ai margini del campo avrebbe visto poco o niente. Ma al termine della tenzone sarebbero venuti in tanti all'osteria a parlare del torneo e a discuterne e a raccontarne tutti i particolari. A lei piaceva così: la descrizione del torneo, visto da diverse angolazioni e da occhi diversi, le avrebbe potuto dare la miglior visione d'insieme di tutta la festa senza doversi muovere dall'osteria e senza farsi spintonare nella ressa.

Cominciò a pensare a tutto quello che poteva preparare per il gran giorno, alla spesa da fare, quando sentì Bortolo che la chiamava da in fondo alle scale. «Luisa! Sbrigati, ché l'osteria è già piena di gente! Ci sono anche dei signori, e tutti domandano di te.»

La Luisa sbuffò e si alzò, stirando voluttuosamente le braccia sopra il capo. Addio sole, per oggi: si intrecciò velocemente i capelli, che adesso avevano preso il colore lucente dei secchi di rame della cucina, attorcigliò la treccia sopra la testa, la appuntò e la circondò con un nastro di seta colorata.

Appena scesa nello stanzone dell'osteria, fu salutata con entusiasmo da più voci, e volarono complimenti e scherzi sull'eleganza della pettinatura. La Luisa si gettò un rapido sguardo intorno, rispondendo ai saluti e sorridendo alle benevole prese in giro, e notò subito con soddisfazione la presenza di Zorzi Contarini. Lo accompagnava un giovane dagli occhi scuri, alto e ben fatto, che aveva l'aria di un patrizio anche se era vestito con abiti molto semplici, quasi rozzi. Forse era la sicurezza dei suoi movimenti, quel guardare diritto in faccia le persone con gli occhi ardenti, il modo di rivolgersi al Contarini come se fossero in confidenza, che facevano dimenticare i pantaloni e il giubbetto di cotone grezzo, senza ornamenti. E poi lo tradivano le scarpe, di cuoio fine e di buona fattura, e il pugnale cesellato che portava alla cintura.

Nel suo rapido giro di saluti e ricognizione tra un tavolo e l'altro, la Luisa cercò di informarsi, ma nessuno conosceva il nuovo avventore: doveva essere un foresto, venuto a Venezia per assistere al torneo, o per affari. Comunque, se lo trattava da pari a pari il Contarini, non poteva essere certo un popolano qualsiasi, anche se il giovane Zorzi era noto per mescolarsi spesso alla plebe, in cerca di situazioni nuove e più stimolanti di quelle del suo ambiente.

La Luisa si avvicinò ai due e si informò con un sorriso se avessero tutto quello che desideravano e se potesse essere loro utile in qualche modo. Si chinò sul tavolo per mescere il vino nei bicchieri, e Zorzi affondò lo sguardo con evidente diletto nell'ampia scollatura della veste turchina.

«Abbiamo bisogno solo che tu ti sieda un poco qua con noi, Luisa, che tu ci tenga un poco compagnia. Che bella che sei oggi, è un piacere guardarti, non negarcelo, non scappare via subito.»

Ma la Luisa colse un lampo di impazienza negli occhi scuri del compagno di Zorzi, e si scusò con grazia: «Lustrissimo, niente mi farebbe più piacere che sedermi un poco vicino a loro, ma vede, ho tanto da fare. In un altro momento, lo farò volentieri. Patroni», si allontanò con uno sventolio dell'ampia gonna e continuò il giro fra gli avventori, portando a chi un boccale di vino, a chi un piatto di canocie o di folpeti. Zorzi la seguì con lo sguardo: la bella ostessa lo intrigava sempre di più. Anche lei, andando su e giù dall'angolo dello stanzone che serviva da cucina e dispensa ai vari tavoli, e senza trascurare di scambiare battute e convenevoli con gli altri avventori, ogni tanto lanciava un'occhiata al giovane, apprezzandone le spalle atletiche, la faccia dai lineamenti regolari e gli occhi azzurri che splendevano mentre chiacchierava animatamente col suo compagno.

«Vuoi vedere che davvero gli piaccio?» pensava la Luisa cogliendo lo sguardo interessato del giovane patrizio, e questo pensiero la rallegrava come non le succedeva da un pezzo. Era abituata a ricevere complimenti dai suoi clienti, spesso molto più rozzi, e la cosa la infastidiva quasi sempre, anche perché era una fatica in più, fra le tante della giornata, guardarsi dagli approcci non certo garbati di barcaioli e botegheri. Ma c'era qualcosa, nel modo di guardarla che aveva Zorzi, con quegli occhi carezzevoli e sorridenti, che l'attraeva fin troppo. Anche adesso quegli occhi seguivano i suoi spostamenti, l'ondeggiare dei suoi fianchi, i movimenti rapidi e aggraziati, con un'attenzione franca e ammirata, mentre lui continuava a porgere garbatamente orecchio al giovane che gli stava accanto.

L'interesse di Zorzi per la bella padrona della Cerva, che lui aveva avvertito fin dal primo incontro, cresceva ogni volta che tornava a vederla. Con stupore, il giovane si accorgeva che non era semplice attrazione fisica, come spesso gli capitava di provare per giovani donne di estrazione bassa, lontane dal suo ambiente, ma una franca ammirazione e anche la curiosità di sapere cosa pensava, cosa provava quella bella donna sempre in movimento per guadagnarsi da vivere, e sempre con un sorriso sulle labbra, con un interesse vivo e partecipe per tutto quello che le succedeva intorno. La differenza con le giovani figlie degli amici e sodali dei suoi genitori, damigelle di rango che crescevano chiuse nelle sontuose dimore patrizie, senza poter conoscere niente al di fuori, nutrite di pettegolezzi e buone maniere e regole severe quanto inutili, era enorme. Gli rammentava la differenza fra i bravi gatti di casa, tranquilli e castrati, e i gattacci randagi che proteggevano case e calli di Venezia dalle pantegane. La sua preferenza naturale era per i secondi, anche se i primi, ben nutriti, puliti e graziosi, potevano a volte essere molto gradevoli. «Prima o poi mi toccherà sposarne uno», pensò rapidamente Zorzi, ma allontanò subito il pensiero, concentrandosi su quanto gli stava dicendo il suo interlocutore, per non perdere il filo di un discorso che si stava facendo complicato.

Il giovane, di una buona famiglia di Mantova, era venuto a Venezia, come stava confidando a Zorzi, per avere soddisfazione dal duca di Ferrandina, che aveva insidiato, con un certo successo, la virtù di sua sorella, Benedetta, abbandonandola poi in lacrime e probabilmente incinta. Giacomo d'Armer, il mantovano, era andato a parlare con il duca, che era sembrato assai poco disposto ad assumersi le sue responsabilità, e l'aveva congedato con alterigia, come un postulante importuno. Il giovane Giacomo, sconvolto, aveva cercato partecipazione e consiglio presso l'amico veneziano, con l'aiuto di un certo numero di ombre di vino schietto, che, come ognun sa, se non risolvono i problemi, alleviano almeno le pene e la rabbia.

Zorzi stava consigliando all'amico di rivolgersi all'avogadòr della Repubblica, per avere giustizia, ma Giacomo replicava, non senza ragione, che l'avogadòr non avrebbe potuto né voluto fare alcun passo contro un nobile che non era suddito veneziano, ma ospite, e ospite importante e riverito, e inoltre che non voleva mettere in piazza la storia con la sorella, che era già difficile tenere sotto silenzio a Mantova.

«Voglio sfidarlo a duello! Mi iscrivo al torneo e voglio fargliela pagare, fargli mordere la polvere davanti al Doge e a tutte le dame di Venezia che sono lì a fargli gli occhi dolci, a quel bellimbusto», diceva, mentre Zorzi tentava di dissuaderlo, avendo ben presente la forza e l'abilità nelle armi del duca. «Va a finire che torni a casa becco e anche bastonato», senza aggiungere che c'era anche la possibilità, non molto remota, che a casa non ci tornasse affatto.

La Luisa continuava a correre dall'uno all'altro dei tavoli, e afferrava qua e là un brandello di conversazione, anche perché, un'ombra dopo l'altra, e nella concitazione del discorso, le voci si facevano più udibili. Aspettava, sperando che il giovane foresto se ne andasse prima di Zorzi, in modo da potersi soffermare un po' con lui. Non ebbe fortuna: a una cert'ora i due uscirono insieme, continuando a discutere fitto fitto.

Zorzi accompagnò Giacomo fino alla porta della locanda del Sturiòn, di là del ponte di Rialto, cercando sempre di calmarlo e di indurlo a lasciar perdere, ma il ragazzo, ferito e sconvolto, insisteva nei suoi propositi di vendetta. Non vedeva altra via, dopo il rifiuto del duca di prendersi carico delle conseguenze della sua leggerezza.

Il giovane patrizio veneziano lo lasciò a malincuore, e ritornò pensieroso sui propri passi. Grandi nuvole bianche trascorrevano sul cielo alto dai colori teneri e luminosi, su cui i voli disordinati dei colombi tracciavano traiettorie capricciose. In campo San Giacometo un religioso predicava da un pulpito di legno costruito a imitazione di quello di piazza San Marco. Zorzi si trattenne un momento ad ascoltare le minacciose predizioni sul futuro castigo dei peccatori, categoria che sembrava riunire tutto il genere umano, secondo il predicatore, esclusi forse il papa e qualche santo. Non sembrava imminente, questo castigo, né per lui né per il duca, pensò con un sorriso il giovane patrizio:

forse lo era solo per le vecchie avvolte in grandi scialli neri dalle lunghe frange, che guardavano in su verso il predicatore borbottando sottovoce avemarie e preghiere assortite.

Continuò a camminare fino alla salita ampia del ponte, e giù verso San Bortolomio. I passi e i pensieri lo riportarono davanti alla porta dell'osteria della Cerva quasi senza che se ne accorgesse. Zorzi scrollò le spalle ed entrò. La maggior parte degli avventori era sfollata, Bortolo cominciava a sparecchiare e a mettere ordine. La Luisa, vicino al foghèr, stava affettando una zucca barucca per la minestra del giorno dopo e quando lo vide ebbe un sussulto: non ci sperava più, per quel giorno, e la visita imprevista le riempì il cuore di esultanza, come se avesse vinto una difficile gara. Lo salutò con un sorriso, continuando a tagliare la zucca sul pesante tagliere di legno, ed ebbe un altro fremito di gioia quando lo vide avvicinarsi e mettersi a sedere vicino al foghèr, in modo da essere di fronte a lei.

«Sono qua per servirla, lustrissimo», disse la Luisa senza smettere il suo lavoro e fingendo indifferenza. «Cosa comanda?» Zorzi la guardò con evidente ammirazione e rispose: «Niente adesso, Luisa, ho bevuto abbastanza prima, col mio amico Giacomo. Volevo solo un po' di compagnia, scambiare due parole in santa pace con te, senza nessuno che mi racconti tragedie e che mi domandi cosa deve fare, quando non c'è proprio niente da fare, solo aspettare e vedere cosa succede, e come si mettono le cose. Cosa stai preparando? Roba buona di sicuro, qua da te si mangia e si beve sempre benissimo, e poi si sta bene, tranquilli, con la tua compagnia così accogliente e simpatica, senza contare che è un piacere anche solo guardarti».

«Ma va' là, cosa sta dicendo. Non stia a farmi complimenti, lei che è un signore, non un povero cane come me. Sto facendo una minestra di zucca barucca per domani, roba da poveri, buona per la gente che viene qua dal mercato a scaldarsi lo stomaco. Vengono vogando la mattina all'alba dalle Vignole, da San Piero in Volta, da Torcello a vendere la verdura dei loro orti, hanno bisogno di mandar giù qualcosa di caldo e che costi poco o niente.»

«Sei una brava ragazza, Luisa. Lasciami stare qua a guardarti, che mi piace e ci sto così bene», e Zorzi le sorrideva con uno sguardo carezzevole, quasi commosso, che arrivava dritto al cuore della giovane donna, anche se lei si sforzava, senza riuscirci, di ostentare indifferenza e di prendere sullo scherzo quel corteggiamento insidioso.

Anche l'ultimo cliente era uscito, e Bortolo ammucchiava le sedie e spazzava per terra.

«Mi tocca andar via», disse Zorzi con tono di rimpianto, «ma tornerò, Luisa. Una volta o l'altra mi lascerai stare un po' insieme con te, noi due soli, anche solo per parlare, per far due chiacchiere insieme. O se no vieni con me a fare un giro in barca: andiamo in laguna, fino a Mazorbo, a Burano. Prendiamo un po' d'aria, di sole, ci sediamo sull'erba a mangiare qualcosa a mezzodì, poi mentre io vogo tu ti stendi giù sul pagliolo in barca a riposare.»

«Io devo lavorare, non ho tempo per queste fresche», brontolò la Luisa, ma era evidente che la prospettiva l'attraeva fin troppo, e che faceva fatica a trattenere un mezzo sorriso. Si salutarono, lei con ritegno, lui con effusione, stringendosi le mani con uno sguardo eloquente, pieno di rammarico e di promesse. Bortolo al solito continuava le sue faccende senza commentare, con solo un impercettibile rialzarsi di un angolo della bocca, che bastò a Luisa per esclamare, del tutto a sproposito: «E tu, stai zitto! Che ci sarà da ridere?»

E venne il gran giorno del torneo. La mattina all'alba l'osteria della Cerva era già piena di gente e il brusìo era così forte che alla Luisa toccava urlare per dare le disposizioni del caso a Bortolo. Un mercante, con la sua giubba di lampasso lunga e larga, piena di tasche, prendeva puntate sul vincitore, e intorno a lui si era fatta ressa, tutti erano pronti a giocarsi qualche soldo: il duca era di gran lunga il favorito, ma c'era anche chi scommetteva, con la speranza di un guadagno migliore, su Alvise Pisani, vescovo di Padova, e persino sul giovane Giacomo da Mantova, che non aveva certo l'esperienza degli altri, ma compensava con la vigorìa e lo slancio della gioventù.

Entrò di corsa Checo, e subito annunciò a gran voce che aveva sentito ed era pronto a condividere con gli avventori dell'osteria una notizia strabiliante: cominciò a raccontare e dopo un po' si chetò il rumoreggiare e tutti fecero silenzio per ascoltarlo.

Appena fuori dalle bocche di porto una galera che veniva dalla Dalmazia aveva avvistato un pesce enorme, una balena bianca e luminescente. I marinai e i rematori, attoniti, se l'erano vista sfilare sotto il legno in un turbinìo d'acqua chiara e scintillante. Era a grande profondità, eppure pareva di vederla come attraverso un vetro, tanto il mare era trasparente. Qualche lega più in là era riemersa e il suo dorso candido e luminoso sembrava una luna enorme affiorante dalle acque sullo sfondo del cielo scuro. Aveva sfiatato uno zampillo altissimo, che sembrava un fuoco d'artificio, una cascata di scintille gelide.

Poi era scomparsa, e tutti si erano fatti il segno della croce e avevano indugiato in altri scongiuri del caso, mentre il nostromo si sgolava invano per farli tornare al remo. Era un presagio? Era un fantasma? O solo una delle tante creature sconosciute che abitano gli abissi marini? Dopo aver riferito con grande precisione e abbondanza di particolari il racconto dei rematori della galera, Checo, soddisfatto dell'attenzione e della partecipazione ottenute, lasciò gli interrogativi aperti per gli avventori dell'osteria e si affrettò a rinfrancarsi con un'ombra di bianco, mentre il brusìo si riaccendeva più di prima.

Interrogato dalla Luisa, curiosa di sapere il più possibile sull'apparizione, dovette ammettere che lui, di persona, non aveva visto proprio niente, ma che dei pescatori chioggiotti avevano parlato con i marinai della galera, dal loro bragozzo, e che poi gli avevano riferito, con abbondanza di particolari, la visione soprannaturale del grande pesce. Checo si dilungò sullo spavento dei marinai e sull'assoluta veridicità dei loro racconti, fatti a caldo.

«Raccontata da un marinaio a un pescatore, dal pescatore a un altro pescatore, magari era solo una sardella, ed è diventata una balena», concluse la Luisa ridendo. Ma mentre tutti ridevano con lei, dal fondo dello stanzone si levò inaspettata una voce stridula: era la vecchia zingara, arenatasi non si sa come a Venezia fra una visita e l'altra della sua tribù, che ormai tutti nel sestiere conoscevano, perché andava di porta in porta a elemosinare e a leggere la mano, ed era sempre presente al mercato e alle feste in campo, dove poteva trovare più persone disposte a farsi predire il futuro.

«È il male, un gran male sta per arrivare», salmodiava, con il tono che usava per le sue predizioni. «Il grande pesce bianco rappresenta e porta la morte, la morte e la sventura. Ridete, ridete pure adesso, che domani piangerete, ciechi che non siete altro. Non siete capaci di vedere niente, tranne quello che avete in mano e che potete toccare. Ma io vedo, vedo il sangue e lo strazio e vedo la gente che muore. Mi chiamano, mi parlano. Solo voi siete sordi.»

Si alzò, la lunga figura avvolta in scialli stracciati e luridi, vuotò il bicchiere di vino che aveva davanti e poi lo scagliò a terra, dove si spezzò in mille frammenti scintillanti che per un momento, volando per aria, catturarono la luce e brillarono come la scia della balena nel mare profondo sotto la galera. Tutti si zittirono, e si ritrassero per lasciarla passare, mentre veleggiava verso la porta dell'osteria. Era calato un gelo improvviso, un'ombra nera, che la Luisa si affrettò a cercar di dissipare girando fra i tavoli con la sua brocca di vino a riempire i bicchieri rimasti vuoti, sorridendo. «Non darete mica retta a quella vecchia matta, è il suo mestiere quello di farci paura, e poi farsi pagare per farcela passare: intanto ne ha approfittato subito per andarsene senza pagare la sua ombra, e nemmeno il bicchiere.»

La mattinata era già inoltrata, e il tempo si annunciava bellissimo. Mentre Bortolo spazzava via i cocci di vetro dal pavimento entrò Pietro l'Aretino con Tiziano Vecellio, l'anziano pittore. Tiziano si guardava intorno, con un mezzo sorriso che trapariva fra il pelame bianco di barba e baffi, spruzzati qua e là da colori vari, con occhi attenti e penetranti, lo sguardo vivo e attento di un bambino. Incuriositi da quella strana atmosfera intimorita che aleggiava nell'osteria, i due, dopo aver ordinato da mangiare e da bere, si fecero raccontare quello che era successo. Bortolo apparecchiò e portò un piatto di moleche appena fritte, con delle fette di polenta abbrustolita sulla brace, silenzioso come sempre, mentre la Luisa e tutti i vicini di tavolo raccontavano a più voci l'apparizione della balena e la predizione della zingara.

Pietro sghignazzò di gusto, irridendo la credulità della gente. «Spiritosa invenzione, questa del gran pesce! E la zingara l'ha saputa sfruttare assai bene, perdìo! Vedrete che oggi in campo San Stefano venderà amuleti per allontanare la maledizione della balena e scongiurare la malasorte.»

Ma Tiziano restava zitto, senza sorridere, come assorto in una sua visione singolare. Cavò di tasca un carboncino e si mise a disegnare sul tavolo la figura inquietante della zingara, con i suoi scialli stracciati che le svolazzavano intorno.

La Luisa si sporse a guardare ed esclamò, meravigliata: «Ma allora lei l'ha vista, è proprio così, pare proprio lei, pare viva!»

Tiziano sorrise: «È il mio mestiere, quello di vedere le cose, e le persone, anche quando non le ho proprio davanti agli occhi. Ed è il mio mestiere anche rappresentarle, farvele vedere a tutti, proprio come sono realmente».

Dallo schizzo sul tavolo emanava una forza malvagia che scosse anche l'animo della scettica Luisa: la predizione minacciosa della zingara sembrava aver preso forma e realtà in quel disegno, ancora più che nella voce viva udita poco prima.

Pietro intanto, senza farsi impressionare, sgranocchiava moleche di gusto, accompagnandole con gran sorsi di vino. «Dài, mangia, pittore, che dobbiamo andar presto a campo San Stefano, se vogliamo aver dei posti in prima fila, ai balconi di casa Pontremolo! Arriveremo quando i posti migliori se li saranno già presi le dame e non potremo certo farle alzare! Non ti vorrai perdere la giostra!»

Tiziano si scosse, ma una nube continuava a turbare i suoi limpidi occhi di montanaro. L'allegria della festa gli si era appannata, sostituita da un'uggia insistente come un oscuro presagio di sventura. Si alzò, indugiò un momento a salutare la Luisa e seguì l'amico senza nessun entusiasmo, come chi ha promesso di fare qualcosa che ormai non lo attrae più... La predizione della zingara, anche se non ci credeva, gli aveva ricordato quello che lui, come tutti, già sapeva: la giostra era una festa che facilmente poteva risolversi in tragedia.

Man mano tutti gli avventori dell'osteria sciamavano fuori nella calle, incamminandosi verso campo San Stefano.

La Luisa si guardò intorno, con la speranza di veder ricomparire Zorzi Contarini, ma ormai l'osteria era vuota, non c'era più nessuno.

«Ma a me cosa importa», pensò seccata, prendendosela con se stessa, «tanto, se mi metto a far la scema con uno che non appartiene al mio mondo e che è tanto lontano dalla mia condizione, va di sicuro a finir male. Male per me, non per lui, questo è certo. Sarei matta a dargli retta, e sono matta anche solo a pensarci. »

Nella sua stanza Veronica, aiutata da Lucieta, si stava preparando per andare ad assistere al torneo.

Giù, dondolando leggermente sull'acqua verde del rio, attraccata alla riva della porta d'acqua, c'era la gondola che Bepi stava lucidando e adornando con drappi di broccato e fiori freschi. Gli ottoni brillavano come oro al sole. Bepi dispose i cuscini di velluto su cui si sarebbe adagiata la sua bella padrona e si fermò un attimo a contemplare, soddisfatto, la sua opera.

Intanto Lucieta intrecciava i capelli di Veronica con fili di perle e li raccoglieva in cima alla bella testa fiera. Poi pettinò due lunghi riccioli che sfuggivano dall'acconciatura e spiovevano ai lati del viso, incorniciandolo. L'aiutò a indossare la pesante veste di broccato verde e oro, che lasciava scoperte le spalle e buona parte del seno e che subito sotto il seno si stringeva, per poi spiovere in ampi drappeggi fino a terra. Infilò le maniche ricamate di pietre preziose e le allacciò alla veste e si fermò anche lei, soddisfatta e piena di ammirazione, a contemplare l'opera, con aria rapita. Veronica sembrava un sogno, una figura incantevole sfuggita per un momento a una tela del Carpaccio.

Il sogno si volse, sorridendo: «Grazie, Lucieta! Ho avuto un'idea che mi piace e mi diverte molto: vieni anche tu ad accompagnarmi alla giostra, ma vestita da uomo, col costume che adoperiamo per la scherma e che ti sta così bene. Mi fai da paggio, e in gondola remi da prodiere, con Bepi che sta a poppa.

Nessuno si accorgerà che sei una ragazza: potrai muoverti con più libertà, andar dove vuoi senza che nessuno ti importuni. Per di più farò schiattare tutti dall'invidia quando mi vedranno con un nuovo paggio così bello». Divertita dal nuovo ruolo di paggio e curiosa di vedere la giostra, e la gran festa che ne sarebbe seguita, Lucieta corse a cambiarsi.

Sul portone, in basso, la Paola cercava di persuadere Marco Giustinian che Veronica non voleva vedere nessuno, proprio nessuno, il divieto non riguardava solo lui, ma tutti quelli che conosceva, e che intendeva andare da sola alla giostra, e da sola alla gran festa che sarebbe seguita, la sera, al casìn dei nobili a Murano. Marco, che aveva sperato di essere il suo accompagnatore al torneo, non si dava pace, ma si riconfortò all'idea che l'avrebbe vista, sia in campo San Stefano, sia alla festa a Murano, e avrebbe potuto parlarle e avere da lei qualche spiegazione.

Veronica, prima di scendere alla porta d'acqua per montar in gondola, si fermò al tavolo che le serviva da scrittoio, nella stanza attigua alla sua camera da letto, e prese con sé dei fogli coperti della sua scrittura minuta. Era la risposta, coraggiosa e piena di dignità, lungamente studiata, alla volgare ballata del Maffio, che Veronica intendeva fargli avere come un cartello di sfida, attraverso i soliti amici che le avevano portato gli insulti volgari, ancorché in versi, di quell'insolente. Ci aveva passato notti intere, cercando di rispondere nel modo più fermo, ma senza scadere nel litigio o, peggio ancora, nel piagnisteo, ai lazzi oltraggiosi del giovane poeta, ma pretendendo riparazione, a nome suo e di tutte le donne, esposte agli insulti e alle prepotenze maschili.

E in man col ferro a esercitar mi appresi,
tanto ch'aver le donne agil natura,
non men che l'uomo, in armeggiando intesi;

perché 'n ciò posto ogni mia industria e cura
mercé del Ciel, mi veggo giunta a tale,
che più d'offese altrui non ho paura:

e, se voi dianzi mi trattaste male,
fu gran vostro difetto, e io dal danno
grave, n'ho tratto un ben che molto vale.

Sì ch'or, animo e forze avendo preso,
di provocarvi a rissa in campo ardisco
con cor non poco alla vendetta acceso:

non so se voi stimate lieve risco,
contrar con una donna in campo armato,
ma io, benché ingannata, v'avvertisco,

che 'l mettersi con donne è da l'un lato
biasmo ad uom forte; ma da l'altro è poi
caso d'alta importanza riputato.

Quando armate ed esperte ancor siam noi,
render buon conto a ciascun uom potemo,
ché mani e piedi e core avem qual voi;

e, se ben molli e delicate semo,
ancor tal uom, ch'è delicato, è forte,
e tal ruvido et aspro è d'ardir scemo:

di ciò non se ne son le donne accorte;
che, se si risolvessero di farlo,
con voi pugnar porìan fino alla morte.

Mentre la gondola scivolava silenziosa sull'acqua verde screziata d'oro dei canali, Veronica guardava con approvazione la snella figura di Lucieta, che vogava a prua, attenta alle indicazioni del Bepi, e pensava soddisfatta che tutti le avrebbero ammirato e invidiato il nuovo bellissimo paggio, lo splendido vestito e i gioielli. Era sicura che i suoi versi, in mano agli amici, avrebbero fatto presto il giro di tutta la città, e avrebbero confermato, presso tutti quelli che a Venezia contavano, il suo spirito, il suo coraggio e la sua abilità di letterata e poetessa. Tutti quelli che la conoscevano, e anche quelli che non la conoscevano di persona, ma che non potevano non aver sentito parlare di lei, avrebbero apprezzato la signorilità con cui rispondeva al gaglioffo che l'aveva così crudamente insultata. Se poi il malnato non avesse preso sul serio la sua vanteria di poterlo sfidare con le armi in pugno, ebbene, se la sarebbe vista brutta.

Appena sbarcata dalla gondola e giunta in campo San Stefano col suo paggio, molti le vennero incontro per salutarla e renderle omaggio, facendosi largo tra la folla. Veronica guardava dritto in faccia ogni persona, prima di ricambiare con grazia i saluti e i complimenti che le venivano rivolti, attenta a cogliere in ogni espressione un lampo di sarcasmo o di compassione. Non riusciva a essere naturale e gaia come al solito, nello scambiare le solite futilità conversevoli, sempre conscia dei versi che la mettevano alla berlina. Quando le vennero incontro Giovanni Da Mosto e Bartolomeo Gradenigo, per scortarla al suo posto nel palco, respirò di sollievo, non dovendo stavolta cercar di indovinare se avessero già letto o no i versi che tanto l'avevano ferita, e ai due amici consegnò, con un sorriso, la sua ultima fatica letteraria, sicura che ne avrebbero dato la maggior diffusione possibile, e che soprattutto l'avrebbero recapitata in men che non si dica al destinatario, il perfido Venier.

Verso sera, quando la Luisa aveva già ritirato dal forno la sopa coada, e lo spiedo con gli oseleti girava sul foghèr, l'osteria cominciò a riempirsi di nuovo, e ognuno che entrava raccontava gli avvenimenti del torneo e quel che era riuscito a vedere tra la polvere e la confusione.

Campo San Stefano era pieno di gente che si accalcava e si spingeva ai bordi della pista lasciata libera per i duellanti, e ai piedi delle tribune riservate ai dignitari della Repubblica e ai nobili che non avevano trovato posto ai balconi e sui pèrgoli dei palazzi patrizi che si affacciavano sul campo. Perciò ognuno aveva visto qualcosa, da un'angolazione personale, e il racconto a più voci dava l'idea dell'insieme della grande festa e del trionfo del duca di Ferrandina, che aveva sbaragliato tutti gli avversari con grande facilità. Il duca, secondo le parole del cronista Agostino, «fece cose meravigliose e degne di ogni illustre cavaliere, sì nel giostrare, come negli ornamenti di maschere, con il trar ovi pieni di acqua rosata e moscata alle finestre, dove vi era concorso un grandissimo numero di gentildonne per vedere questi torneamenti».

Gli avversari del duca avevano dovuto far buon viso a cattivo gioco e, scornati e doloranti, congratularsi con lui, come aveva fatto il Doge stesso, e rendergli l'onore delle armi.

La folla lo acclamava e le gentildonne gli gettavano fiori.

Il giovane Giacomo se n'era andato via, senza partecipare alla festa, non appena aveva trovato la forza di rialzarsi da terra, nero di rabbia, ammaccato e impolverato, ma per fortuna illeso, borbottando oscure minacce e maledizioni. Checco lo aveva visto parlottare con la zingara, in una calle che andava verso San Samuel, e allontanarsi con lei.

La cosa fu discussa animatamente e sviscerata in tutte le sue possibili implicazioni dai clienti dell'osteria: si era forse fatto predire il futuro e consigliare un filtro che potesse trarre dai guai la sorella? O aveva ordinato una fattura contro l'invincibile e protervo duca? O era solo in cerca di un unguento che alleviasse i suoi lividi?

Bepi raccontò di aver visto il duca – che dopo lo scontro passeggiava per il campo gonfio come un tacchino, gettando monete alla folla e dolci e fiori alle dame – lanciare con intenzione alla sua splendida padrona i dolci migliori e i fiori più belli, accompagnando il lancio con occhiate e sorrisi allusivi, mentre Veronica, appena un po' pallida, ostentava indifferenza, ma si guardava intorno con aria sprezzante, come a dire «potete sparlare di me quanto volete, ma i migliori, i vincitori, trascurano di ammirare le più belle dame di Venezia, le più nobili, per guardare me e cercare la mia attenzione, farsi belli ai miei occhi».

Un altro avventore raccontava come il cavallo del duca obbedisse ai comandi con la precisione di un ballerino, sosteneva che la vittoria del duca era dovuta soprattutto alla straordinaria abilità del cavallo, e giurava sul fatto che quella bestia era più intelligente di una persona.

C'era anche chi aveva visto Marco Giustinian cercare di avvicinarsi a Veronica Franco ed essere allontanato con cortese fermezza dal suo nuovo paggio. Marco se l'era presa molto e pareva che fosse geloso del bellissimo giovinetto che Veronica teneva sempre presso di sé.

Tiziano Vecellio se n'era andato senza assistere ai festeggiamenti, infastidito dalla folla e rassicurato sui suoi presagi di sventura, lasciando l'amico Pietro l'Aretino a starnazzare fra un dignitario e l'altro, fra adulazioni ai patrizi che contavano e lazzi alla minutaglia.

« E Maffio Venier? » si informò la Luisa. « C'era anche lui? » Certo, c'erano tutti. Il Maffio era stato visto leggere sogghignando dei fogli e poi cercare di gettarli via, ma Giovanni Da Mosto, che era con lui, glieli aveva strappati dalle mani e li aveva riposti con cura.

Bepi interruppe le ciàcole a un tratto dicendo: « Si fa tardi, bisogna che vada, stasera c'è una gran festa al casìn dei nobili a Murano e bisogna che ci accompagni la mia padrona! Va bene che adesso mi ha assegnato un prodiere, che tira la voga, ma è lunga, arrivare a Murano, non è proprio qui accanto, in volta de rio! » e si dileguò.

La maggior parte degli avventori non aveva nessun rapporto con la grande festa al casìn dei nobili in onore del vincitore del torneo, e continuò a parlare del grande avvenimento, mentre Bortolo passava tra i tavoli distribuendo la sopa coada accompagnata da bicchieri di vino.

La Luisa, che aveva continuato a tener d'occhio la porta, nonostante i suoi buoni propositi, per vedere se per caso entrava Zorzi, si rese conto con malumore che il giovane patrizio era certamente andato alla festa a Murano e che per quella sera non c'era speranza di rivederlo all'osteria della Cerva.

Zorzi, per l'appunto, con Marco Giustinian, era andato a prendere a palazzo con una gondola la gentildonna Modesta Michiel, la bella e giovane moglie di Daniele Veniero, per accompagnarla alla festa, come aveva promesso.

Sia lui che Marco avevano messo i loro più bei vestiti, con giubbe di velluto a vivaci colori, con lo scollo e l'orlo ricamati d'oro sulle calzamaglie in tinta e berretti piumati.

La Modesta li accolse con allegria e impazienza: indossava uno splendido vestito di damasco rosso che metteva in risalto la sua bellezza di bruna dalla pelle candida e una collana di rubini che con il suo fosco splendore attirava gli sguardi sulla scollatura di un biancore abbagliante e sul tenero solco fra i seni.

Mentre la gondola scivolava sull'acqua scura del rio de Noal fino alla sacca della Misericordia e poi usciva in laguna nella luce d'argento del crepuscolo, i due patrizi scherzarono e coprirono di complimenti la loro dama, che teneva botta con spirito e non risparmiava le battute sull'amore sfortunato di Marco e sulle frequentazioni plebee di Zorzi. «Ma qua tutti sanno proprio tutto di tutti, un pover'uomo non può nemmeno scoreggiare che cinque minuti dopo lo sa persino il missier grando», brontolò Marco, ancora di malumore per il rifiuto di Veronica di vederlo e di parlare con lui.

La gondola sfilava sotto le mura rosate del convento dei frati di San Michiel. I cipressi che servivano da siepe frangivento per l'orto dei frati erano neri e immobili contro il cielo violetto. Donna Modesta rideva, rabbrividendo appena all'aria più fresca della sera in laguna. Zorzi pensava alla Luisa, che adesso stava probabilmente servendo la cena, alle sue belle braccia nude, ai capelli che spiovevano arricciandosi sulla nuca, e quasi quasi rimpiangeva di non essere all'osteria, invece che diretto alla più splendida festa della stagione.

Il tratto di laguna tra la sacca della Misericordia e l'isola di Murano era affollato di gondole che si dirigevano alla festa. Erano tutte addobbate con i paramenti di gala, ornate di cavalli marini dalle code attorte in ottone lucente come oro, che trattenevano i cordoni colorati, coperte con i felze, contro l'umidità notturna come contro gli sguardi indiscreti. I gondolieri si scambiavano richiami e battute, dall'alto della poppa da una gondola all'altra. Uno aveva intonato *La strazzosa*, la bella canzone scritta e musicata da Maffio Venier, che era molto conosciuta e amata in quel periodo, a Venezia:

Amor, vivemo tra la gatta e i stizzi
d'una casa a pé pian
dove e la lume e el pan
sta tuto in t'un, la roca, i drapi, el vin,
la vechia e le fassìne,
i puti e le galine
e mezo el cavazal soto el camìn;
dove, tacà a un anzìn,
gh'è, in muodo de trofeo,
la fersòra, una scuffia e la graèla,
la zuca de l'axéo,
un cesto e una sportela,
e 'l leto è fato d'alega e de stoppa
cussì avalìo che i pulesi s'intoppa.

In sta ca' benedeta e luminosa
vive poveramente
sta mia cara d'amor bela strazzosa,

strazzosa ricamente,
che con più strazze e manco drapi intorno
più se descovre i bianchi
e verzellài fianchi,
come è più bel con manco nìole 'l zorno.
Abbito troppo adorno
sora perle e rubini,
sora beltà che supera ciascuna!
Qual se fra do camini
s'imbàvara la luna
che lusa in mezo, tal splende la fazza
e i razzi de custìa fra strazza e strazza.

Altri man mano si univano al canto, e la melodia scivolava sull'acqua liscia della laguna e si udiva perfettamente anche da lontano.

Quando furono all'altezza della chiesa di San Michiel in isola, tra le grida rauche dei gabbiani che si chiamavano da una brìcola all'altra e le note dolci della *Strazzosa* s'insinuò una nenia strana, una cantilena inquietante che sembrava sussurrare una minaccia. I tre giovani si guardarono intorno, smettendo di ridere.

Sui gradini di pietra d'Istria della riva dove approdavano le barche a San Michiel era accovacciata la vecchia zingara. Si era tirata un lembo dello scialle sbrindellato sopra il capo e sembrava un mucchio di stracci, scuro sulla pietra bianca.

Zorzi ordinò al gondoliere di avvicinarsi alla riva, per sentire meglio cosa diceva la stròlega. La gondola deviò dal percorso, staccandosi dalle altre, e le parole si fecero più distinte, mentre prima sembravano pronunciate in una lingua strana, forse slavo, o greco. Ne potevano cogliere solo alcune, ripetute più volte: «Sangue, morte». «Accosta, gondoliere», ordinò Zorzi.

«No, no, andiamo via, è di cattivo augurio, mi fa paura», pregò la Modesta.

«Non devi aver paura, ci siamo qua noialtri. Voglio solo sapere cosa vuole e cosa sta dicendo, questa strega», e come la gondola accostava a riva, Zorzi chiamò la vecchia e le gettò due ducati d'argento, che lei afferrò al volo senza muoversi dalla sua posizione accovacciata da uccellaccio da preda.

«Bel giovane, sta' in guardia! Torna indietro, non andare stasera al casìn dei nobili. Vedo un pericolo, vedo le tue vesti macchiate, vedo il sangue che ti schizza addosso! Sta' lontano dal casìn dei nobili, la malasorte è in agguato.»

«Basta con tutte queste stupidaggini, sta' un po' zitta, vecchia matta, che oggi hai spaventato mezza Venezia per niente! Non è successo niente di tragico al torneo e non succederà nemmeno questa sera, stai pur tranquilla, che non ci lasciamo impressionare dalle tue litanie! E non preoccuparti per me, che sono capace di badarmi da solo», ribatté Zorzi sorridendole come a una vecchia amica un po' noiosa.

Quel sorriso, insieme ai ducati, sembrò rasserenare per qualche istante la vecchia: «Da solo no, ma vedo qualcuno che ti aiuterà. Vedo una bella donna... con le braccia nude... non riesco a vederla chiaramente, ma sento che la conosco... Ma è meglio che tu non vada, stasera. Sta' lontano dal casìn dei nobili! Vedo sangue, su te e sul tuo amico...» e ricominciò la tiritera, salmodiando parole senza senso: «Vedo morti, tanti morti... questa isola sarà coperta di morti, di tutte le età e condizioni, avrà la pancia piena di morti, un giorno, e anche l'isola qui vicina, di San Cristofano, farà tutt'uno con San Michiel e si chiamerà l'isola dei morti...»

«Andiamo via, non se ne cava niente», brontolò Marco, «faremo tardi e la Modesta si impaurisce. Cosa pensavi che potesse dirti questa vecchia pazza, se non sa nemmeno lei quel che dice.» La gondola si scostò dalla riva e si allontanò silenziosa verso Murano, scivolando sull'acqua che si scuriva sempre più riflettendo il cielo che virava pian piano al violetto.

La Modesta sospirò di sollievo: «Eppure a me mette disagio. Sarà anche matta, non dico di no, ma tante volte è poi successo davvero quello che lei aveva detto... E poi, come è arrivata fin là? Non c'erano barche, vicino, nessuno va a San Michiel a quest'ora, quando i frati dormono...»

Durante la loro breve sosta molte altre gondole li avevano sorpassati, erano sfilate più in là, al largo dell'isola, tenendo la rotta più breve sulla canaleta che porta a Murano. Marco riconobbe con un tuffo al cuore la gondola adorna di fiori di Veronica Franco, con Bepi che remava a pope e il bel paggio a prua. Chissà chi c'era con lei sotto il felze, pensò con invidioso dolore il giovane, e incoraggiò il gondoliere a far presto, per poter vedere chi scendeva da quella gondola, all'approdo del casìn dei nobili.

Passava anche il gruppo di gondole con il duca di Ferrandina e il suo seguito, e i loro schiamazzi festosi che turbavano l'incanto del momento sembravano stranamente fuori luogo nella quiete del crepuscolo sulla laguna.

Al pontìl del casìn dei nobili le gondole accostavano dolcemente agli scalini di legno, coperti per l'occasione da tappeti rossi a frange dorate, e un ganzèr le teneva ferme col suo mezzomarinaio finché le dame e i gentiluomini scendevano e si inoltravano nel grande atrio dal pavimento a scacchiera di marmo bianco e rosso di Verona; poi i gondolieri andavano a legarle ai pali dipinti di fresco a righe bianche e rosse che si allineavano in due file lungo tutto il muro del palazzetto. Una volta sistemate le barche, si sarebbero trasferiti tutti nel quartiere della servitù ad aspettare che i padroni avessero finito di festeggiare, consolandosi della lunga attesa con numerose ombre di vino, partite a carte o a dadi e soprattutto ciàcole a volontà, e succosi pettegolezzi sui loro signori.

Nell'enorme cucina dove entrarono, fervevano i preparativi per la cena: nel camino circolare che era a un'estremità dello stanzone pavimentato con lastre di trachite grigia, sopra uno strato di braci, c'era un grande spiedo dove erano infilati i fagiani, le pernici e le quaglie, farciti di lardo e di profumate foglie di salvia. Alcuni cuochi raccoglievano il sugo che ne sgocciolava in leccarde di rame, e continuavano a ungere la cacciagione che girava lentamente con penne d'oca intinte nel sugo. Sulla pietra del camino, accanto al fuoco, stavano in caldo grandi teglie piene di tranci di bisato su l'ara, l'anguilla cotta su un letto di foglie d'alloro nel forno dove i vetrai di Murano mettevano ad asciugare i pezzi appena lavorati. La cucina era piena di utensili, che pendevano dalle pareti e dalle travi del soffitto ed erano ammucchiati in ogni angolo: caldari, zangole, catini, secchie, mastelli, scodelle, mestoli, spiedi e schidioni grossi e sottili, ghiotte e mortai, macinelli, pestelli, coltelli e grattugie, granate e pile di legna. Tutti i cuochi erano affaccendati in mille occupazioni per preparare la grande cena: chi pestava pepe, noce moscata, cannella, macis, ginepro e altre spezie nei mortai, chi tirava la pasta per i pasticci e le pastelle. Il capocuoco stava allestendo, su una grande guantiera d'argento, un pavone arrostito, rivestendolo e adornandolo con le penne della coda disposte a ruota. Un aiutante dorava i gusci delle ostriche e delle capesante, prima di disporle artisticamente su un letto di foglie di lattuga in un piatto d'argento.

Lucieta entrò con gli altri in cucina, tenendosi in disparte e nell'ombra. Aveva fatto giurare a Bepi che non l'avrebbe smascherata: d'altra parte anche così era difficile tenersi al riparo dalla curiosità di cuochi, servi e gondolieri. Sgattaiolò fuori dallo stanzone dove erano tutti riuniti e girò un po' per la casa, evitando i posti dove sentiva parlare, finché trovò un angolo buio, in fondo a un corridoio, accanto a un pèrgolo che dava sul giardino.

Nella grande sala da ballo del casìn dei nobili tutti i lampadari di vetro di Murano erano accesi e la luce delle candele si rifletteva sugli specchi e ondeggiava appena a qualche rèfolo di brezza che veniva dalle grandi finestre spalancate sulla laguna e sul giardino retrostante. Le pareti erano riccamente ornate di arazzi e di drappeggi di damasco intessuto d'oro. I musici accordavano gli strumenti su un piccolo palco allestito a una estremità della sala. Accanto alla spinetta delicatamente dipinta con motivi floreali, c'erano liuti, viole da gamba e viole d'amore, istoriate con avorio in complicati disegni, flauti e pifferi e tamburelli. I musici erano vestiti in porpora e nero, con le insegne della compagnia della Calza.

Gentiluomini e dame salivano lentamente lo scalone, entravano nella sala, si guardavano intorno, salutavano con graziosi cenni del capo, si riunivano in capannelli per scambiarsi complimenti e parlare dell'avvenimento del giorno. I gentiluomini erano vestiti con giubboni di seta dalle maniche tagliate e riunite da nastri che lasciavano scappar fuori gli sboffi delle camicie, con lunghe zimarre di broccato, di velluto o di damasco sulle spalle, e con «becheti de seda e d'oro e barete de seda e calze bianche». Appartenevano quasi tutti alla compagnia della Calza, e sulle calze infatti era ricamata l'insegna della compagnia, con fili d'oro e d'argento. Molti erano mascherati con baùte di cartapesta nere che nascondevano il volto e berrette ampie che dissimulavano la capigliatura. Le dame portavano sfarzosi vestiti trapunti d'oro e di gemme, con corpetti attillati e molto scollati e gonne ampie e lunghe: sulla testa un zendàl di velo trasparente con cui coprivano e scoprivano viso e spalle in un raffinato gioco di seduzione.

Nella sala attigua era allestita una tavola enorme, coperta da una lunga tovaglia di pizzo di Burano. In mezzo c'erano piante odorifere, fra le quali, in bassi bacili d'argento pieni d'acqua, guizzava ogni sorta di pesci. La tavola era preparata con piatti d'oro e d'argento, coppe di vetro di Murano riccamente lavorate, forchette e coltelli e cucchiai d'argento ageminati d'oro, salviette accomodate in forma di barca e profumate con acqua odorosa, e già vi erano stati disposti gli antipasti: coppe piene di uova di quaglia, di scampi rosati, piatti di prosciutto e di salame, insalate di lattuga e carote, il tutto fra trionfi di verdura e di frutta delle isole della laguna. Non mancavano certo le grandi caraffe piene di vino, greco di Candia e malvasia di Cipro, oltre ai vini del Friuli e di Conegliano, che i servi andavano a spillare man mano dalle botti nella cantina. Dalla sala da pranzo partiva tutta una serie di altre sale e stanze, più o meno grandi ma tutte riccamente adorne: in alcune erano allestiti tavoli da gioco, altre servivano solo al riposo o alla conversazione fra una danza e l'altra.

L'ingresso del duca di Ferrandina, il personaggio del giorno, lo splendido vincitore del torneo, fu accolto da inchini e complimenti che impressero un movimento di onda alla folla ingioiellata che riempiva ormai la grande sala da ballo. Il duca portava una baùta che gli nascondeva il volto, ma bastavano il suo incedere e la splendida giubba di seta blu pavone tutta ricamata con filo d'oro zecchino e attraversata da una pesante catena d'oro lavorato a farlo riconoscere da quelli che lo avevano accompagnato in trionfo dopo il torneo. Al suo fianco c'era Fantino Diedo, il suo miglior amico, patrizio veneziano, e tutti e due avevano già cominciato evidentemente da qualche tempo a festeggiare la vittoria con abbondanti libagioni, come si capiva dal passo leggermente incerto e dagli occhi troppo lucidi.

Si incrociavano gli sguardi e i sorrisi, dame e gentiluomini sembravano eseguire un minuetto preordinato fin nei minimi particolari, incrociandosi, inchinandosi con movimenti lenti, ritmati e ripetuti, di straordinario effetto coreografico.

Quando arrivò la Modesta Veniero ci fu un mormorio di ammirazione, che la bella gentildonna accolse con un sorriso di condiscendente ringraziamento e un appena percettibile rossore sulle guance di magnolia. Il duca si volse e rimase a guardarla senza fiato, abbagliato dalla sua bellezza bruna, mentre la giovane attraversava la sala chinando leggermente la testa per salutare a destra e a sinistra, scortata dai suoi due cavalieri, uno dei quali sembrava interessato, più che a lei, a cercare qualcosa o qualcuno fra la folla.

Entrò Veronica, sola, e tutte le teste si girarono. Gli uomini con ammirazione, le donne con invidia. Lei camminava con fierezza a testa alta, il bel viso incorniciato dai riccioli d'oro pallido, fingendo di non sentire i commenti al suo passaggio e salutando con un sorriso dolcissimo solo quelli che si facevano avanti per riverirla. Marco la vide e sussurrò qualcosa a Zorzi e alla Modesta, prima di spostarsi verso di lei.

Attaccò la musica, e nella sala l'accalcarsi della folla si sciolse in un movimento ritmico e armonioso di coppie o di quartetti, a seconda del ballo: tutti quelli che non danzavano si spostarono nelle sale attigue o si sedettero sui divanetti lungo il muro a guardare le coppie che si erano formate e a commentare. Marco era riuscito a raggiungere Veronica in tempo per assicurarsi il primo giro di danza con lei e adesso, al suono della pavaniglia, sfioravano insieme, leggeri ed eleganti, il pavimento di pastelòn, guardandosi negli occhi, seri e compunti. Zorzi ballava con la Modesta, e ridevano tutti e due dell'amico.

Il duca si era rifugiato in un'altra sala in cerca di un bicchier di vino che lo aiutasse a orizzontarsi fra tante bellezze, e intanto chiedeva lumi a Fantino Diedo. Veronica gli era già nota, avendola vista al pomeriggio in campo San Stefano, dove non aveva lesinato gli sforzi per farsi notare da lei. Adesso voleva sapere chi era la bellezza bruna, se per caso fosse anche lei una delle cortigiane di Venezia, e come si poteva avvicinarla. Intanto mandava giù con evidente piacere calici su calici di vino frizzante e si pavoneggiava, felice dell'attenzione e dell'interesse che la sua persona suscitava in quello splendido e raffinato consesso.

Nel suo angolino Lucieta si era quasi appisolata, appoggiata a uno stipite, quando fu destata bruscamente da una mano maschile che le strinse una chiappa così forte e così improvvisamente da strapparle un grido. «Cosa fai qua solo solo, bel giovinetto», sussurrò una voce al suo orecchio, «vieni con me, vedrai che ti troverai bene...» Lucieta non dette il tempo allo sconosciuto di finire la frase, lo respinse con uno spintone e scappò veloce come il vento per i corridoi e le stanze, stravolta dalla paura e dal disagio di quel contatto prepotente.

Il molestatore, un azzimato patrizio veneto di mezz'età, alzò le spalle con rammarico e scese nelle cucine, dove erano radunati servitù e gondolieri, in cerca di notizie sul grazioso paggetto che lo aveva colpito, o perlomeno di un apprezzabile sostituto. Cominciò a chiacchierare, andando da un gruppo all'altro e chiedendo a tutti chi era quel bel paggio che stava così inopinatamente nascosto al piano di sopra. Pareva che nessuno lo conoscesse, e la cosa non mancò di incuriosire vieppiù il gentiluomo dalle strane inclinazioni. Non troppo strane, per dir la verità, allora, a Venezia, anzi molto diffuse. Era più strano il comportamento del ragazzetto, perché i paggi nella gran parte dei casi erano abituati a essere adibiti proprio a quell'uso dai loro padroni. La maggior parte subiva senza troppi traumi, anche se le personali propensioni sarebbero state diverse, come uno scotto che si doveva pagare per arrivare all'età adulta, e che nel frattempo portava qualche vantaggio. Qualcuno, nelle cucine, si ricordava che quel ragazzo era arrivato con Bepi, il gondoliere della Franco, ma Bepi, interrogato, negò di conoscerlo, e la cosa finì lì, con un certo disappunto dell'anziano signore.

«Forse», pensò, «aveva già un altro appuntamento in quella saletta, e aveva paura di farsi sorprendere. Ma lo ritroverò, per quanto possa tenersi nascosto.»

Lucieta, impaurita, arrivò correndo alla porta che dava sul salone da ballo e si fermò un attimo, guardandosi intorno in cerca di un nascondiglio. Si infilò nelle pieghe del maestoso tendaggio che inquadrava la porta e si appiattì contro il muro, tremante.

Nella sala l'atmosfera si faceva sempre più animata: gli ospiti erano arrivati tutti, compreso l'avogadòr della Repubblica Paolo Priuli, per una volta sorridente ed espansivo come se la festa avesse contagiato anche lui e gli avesse per una sera allontanato dalla mente la severa responsabilità annessa alla sua carica.

La Modesta e Zorzi si stavano ristorando con un calice di vino fresco, quando videro accostarsi a loro Veronica e Marco.

«Me la fai conoscere, Zorzi?» chiese la giovane patrizia. «Sono curiosa, ne dicono di tutti i colori, chi bene e chi male, ma a me piacerebbe parlare con lei, capire come fa a fare questa vita e a essere così bella e raffinata, e così serena...»

«Non è cosa per te, Modesta, se ti vedono parlare con la Veronica sai benissimo quante ciàcole e maldicenze possono fare. Qua c'è tutta Venezia... tuo marito Daniele su questi argomenti non è certo spiritoso; se viene a sapere che ti ho portata in giro, e fatta vedere a tutti insieme alla Veronica, mi ammazza», obiettò ragionevolmente Zorzi.

Ma la coppia si stava avvicinando, con Marco così perso nella contemplazione della sua dama che nemmeno si accorgeva della presenza dei due amici con cui era venuto.

Con un movimento rapido Modesta si accostò ai due: «Marco, caro, dove ti eri cacciato che non ti ho più visto! E chi è questa bella giovane che è con te? Mi pare che non l'ho mai vista, se no me ne ricorderei», e rivolse un sorriso e un leggero inchino a Veronica. «Patrona... io mi chiamo Modesta Veniero. Che bel vestito e come vi sta bene! La stoffa ha un colore meraviglioso, e i ricami sono quanto di più fine abbia visto: li avete fatti fare a Burano?»

Marco rimase per un attimo a bocca aperta senza saper che fare e che dire, e guardò stupito Zorzi che intanto faceva una comica smorfia alle spalle della vivace dama.

Veronica restituì sorriso e inchino con evidente piacere e ben dissimulata riconoscenza per il gesto della gentildonna che la ammetteva ufficialmente nella schiera della nobiltà: fino a quel momento solo i patrizi maschi l'avevano frequentata pubblicamente. Ricambiò con grazia gli elogi e ben presto la conversazione si fece vivace e interessante, come se i quattro fossero sodali da gran tempo.

Giunsero i valletti in uniforme di gala ad annunciare che il banchetto era servito nella sala adiacente, e il gruppetto si spostò, partecipando alla crescente euforia generale, alle espressioni ammirate davanti alla munificenza dell'imbandigione. Le due giovani donne, con i loro cavalieri, chiacchierarono piacevolmente e si intrattennero sulla squisitezza delle portate, sulla raffinatezza della decorazione della tavola e della sala; le abbondanti libagioni incoraggiarono una naturale propensione a un clima amichevole. Si mangiò e si bevve a lungo, in allegria, tra conversari animati, convenevoli e risa. Poi la delicata e lieve musica conviviale lasciò di nuovo il posto alle note più vivaci e scandite della musica da ballo, e allora la maggior parte dei commensali, soprattutto i più giovani, cominciarono a lasciare la mensa e a tornare nel salone.

Fuori, benché nessuno se ne fosse accorto, minacciava un temporale. Il cielo si era coperto di nuvole nere, le stelle erano sparite e l'orizzonte rossastro era illuminato a tratti da baleni lontani. Il brontolio sommesso dei tuoni era sovrastato dalla musica e dal brusio della conversazione. La laguna era diventata uno specchio di cristallo color dell'ardesia, su cui si riflettevano qua e là i bagliori intermittenti dei lampi.

Erano ripresi i balli, e la pavaniglia aveva lasciato il posto alla gagliarda, brioso ritmo accompagnato dagli incoraggiamenti a gran voce degli astanti «affinché le danzatrici s'ingagliardissero a far bei trotti, salti leggiadri, artificiosi fioretti, velocissimi rivolgimenti, dando del piede a tempo a tempo in terra». Poi i musici tornarono a una più lenta pavana (così detta perché i danzatori e le danzatrici imitano i movimenti lenti e impettiti del pavone quando fa la ruota) per far riposare i ballerini e favorire le conversazioni.

Il duca, con il passo incerto di chi ha ecceduto con il vino, era tornato anche lui nel salone da ballo, attratto dall'avvenenza delle dame. Con la sicumera del vincitore, con l'albagìa dell'uomo importante che ritiene di dover essere bene accolto in ogni situazione, si avvicinò ai quattro giovani, che avevano fatto una pausa nelle danze e chiacchieravano fra loro. Senza scusarsi per l'intromissione, rivolto a Veronica, cominciò: «Gentile signora Veronica, davvero vi fanno torto i vostri denigratori, siete bellissima, forse non ho mai visto una simile bellezza in tutta la mia vita, a parte la gentildonna qui presente, tanto che non saprei neanch'io quale scegliere se fossi invitato a dare un giudizio come Paride fra simili splendori!»

Marco e Zorzi, urtati da questa improvvisa intrusione, ma non volendo far questioni con l'ospite d'onore della festa, cercarono di allontanarsi con le dame fra inchini e ringraziamenti, ma il duca, con Fantino Diedo a fianco che cercava di presentare con la maggior grazia possibile le dame e i giovani patrizi all'amico, insisteva nel voler unirsi alla compagnia. Era o non era il vincitore di questa giornata? E una vera vittoria doveva concludersi con una vittoria più dolce, fra le braccia della più bella della festa. Non intendeva lasciarsi mettere da parte da due giovincelli, né ricevere rifiuti dalle due dame che l'avevano colpito per la loro venustà. Concesse un breve cenno del capo a Marco e Zorzi e continuò a sbrodolare sperticati complimenti alle dame.

Lucieta, che si era spostata, sempre nascosta fra i pesanti tendaggi che la tenevano nell'ombra, dove non poteva arrivare la luce delle candele, seguiva con appassionata curiosità lo svolgersi delle danze e dei dialoghi. Mai nella sua breve esistenza aveva visto una festa simile: i vestiti, la musica, la bellezza di quelle dame e di quei signori la incantavano. Le sembrava di essere entrata di soppiatto in una di quelle fiabe che le raccontavano da piccola, mediante l'incantesimo di uno stregone bizzarro. Era tutto troppo bello per essere vero, e anche se lei non partecipava alla festa, ma solo la spiava di nascosto, era pur sempre Veronica, in cui lei si specchiava, il personaggio principale in quella rappresentazione fiabesca. Si spostò ancor più vicino per seguire il gruppo di cui faceva parte la sua signora, anche per tentare di sentire cosa dicevano. I complimenti rivolti a Veronica la riempivano di gioia e nello stesso tempo le sembravano un atto dovuto. Ardeva della febbre di un amore e di una devozione totali, e seguire così, da vicino ma non vista, tutto quel che faceva e diceva l'oggetto della sua passione le dava un piacere un po' ebbro.

Intanto il temporale cresceva impetuoso: gli scoppi improvvisi dei tuoni sovrastavano la musica, i lampi si susseguivano sempre più vicini.

La musica riprese e il duca, benché barcollasse leggermente, chiese di danzare con Veronica. Lei gli tese la mano con un sorriso e un leggero cenno del capo, mentre Marco si faceva scuro in volto e ignorava il cenno d'invito della Modesta, che con un'alzata di spalle si rivolse nuovamente a Zorzi.

«Perché non fate questo ballo con me, bella signora?» si intromise Fantino Diedo.

«Perché, signor mio, è evidente che avete bevuto qualche bicchiere di troppo», replicò senza indugio la gentildonna, e si volse, ignorando le proteste querimoniose del Diedo.

Il temporale si era avvicinato ancora di più, adesso, e il rombo del tuono sovrastava a tratti la musica. Lampi sempre più vicini illuminavano con incrinature di luce accecante il cielo nero e si riflettevano sullo specchio di piombo fuso della laguna. Le tende si gonfiavano leggermente ai rèfoli sempre più forti del vento.

Il duca non sembrava accorgersi di niente, occupatissimo nel cercare di seguire il ritmo della musica e insieme di corteggiare la sua dama. «Siete bellissima, Veronica», le andava dicendo, «siete la più bella di tutte, e davvero per voi si può fare qualsiasi follia. Pensare quel che mi avevano detto di voi! La realtà è ben diversa, bella incantatrice.»

«E che cosa le avevano detto di me, signor duca?»

E qui il tenore alcolico del gentiluomo lo tradì, e lo fece cedere all'impulso di far vedere, con un motto di spirito, che era al corrente di tutto quello che si diceva di lei: «Che siete unica! E unica lo siete davvero, ma in bellezza, Veronica, ver unica puttana!»

Al grido sdegnato e carico di rabbia di Veronica accorsero i suoi amici, Marco per primo, mettendo mano al pugnale ingioiellato che portava alla cintura, e con lui subito Zorzi, seguito dalla Modesta e dal Diedo. Il duca guardò Veronica, che sprizzava furore dai bellissimi occhi, ma dopo il primo grido era rimasta per un momento muta e senza fiato dall'ira, e balbettò, con la serietà pensosa dell'ubriaco: «Se non mi volete, bella signora, e sì che è noto a tutti che le vostre grazie sono in vendita al miglior offerente, io mi accontento anche di questa splendida mora, che mi sembra più spiritosa e più accondiscendente di voi!» e si volse alla Modesta, abbrancandola alla vita con un braccio e brancicandole il seno abbondantemente scoperto con l'altra mano.

Mentre Marco Giustinian si avventava sul duca con il pugnale sguainato e Zorzi Contarini cercava di districare il suo dal fodero di gala, il duca, accortosi del pericolo, rapidissimo, spinse via con violenza la Modesta ed estrasse il ferro.

Il temporale intanto si era scatenato con una violenza inaudita, il vento era rinforzato e soffiava con raffiche sempre più frequenti e rabbiose, tanto che i valletti del casìn dei nobili, lottando contro la pressione dell'aria, non riuscivano a spostare, per chiuderli, i pesanti scuri del salone, alti sei metri. Una raffica di vento più furiosa delle altre increspò a un tratto la laguna, penetrò dalle grandi vetrate aperte e spense di un colpo tutte le candele della sala da ballo, mentre scrosciava una pioggia rabbiosa.

Alla luce intermittente dei lampi si svolse una battaglia breve e furibonda. Le persone intorno gridavano e fuggivano, urtandosi fra loro e creando ancora maggior confusione. Fantino Diedo si era gettato davanti al duca per proteggerlo, ma nel groviglio non si riusciva a capire da dove venivano i colpi. Fantino barcollò e cadde con un grido, colpito per errore a una gamba proprio dall'amico che cercava di proteggere.

I servi, rinchiuse alfine le vetrate, sferzate ora da una pioggia fitta e violenta, si affaccendavano a riaccendere le candele. Quando finalmente ci fu abbastanza luce, nell'improvviso sinistro silenzio che si era creato, si poté vedere Antonio Castriota, duca di Ferrandina, giacere a terra in una pozza di sangue che sgorgava copioso da una terribile ferita alla testa. Fantino Diedo, a terra vicino a lui, si lamentava debolmente. Intorno ai due si era fatto uno spazio vuoto, e gli invitati che avevano indietreggiato sconvolti, in preda al panico, si erano immobilizzati in un circolo intorno alla scena del delitto, la curiosità più forte della paura.

«Largo, largo», gridò accorrendo l'avogadòr Priuli. «Portatemi qui subito due lettighe, chiamate un cerusico», e si volse verso Marco e Zorzi che stavano lì accanto in piedi, raggelati e pallidissimi, con il pugnale ancora sguainato in mano, i vestiti schizzati di sangue fresco.

Fece un cenno ai suoi accoliti, già accorsi al primo rumore di zuffa, e li mandò a chiamare la ronda dei Signori di Notte, che incrociava lì sotto nella fondamenta.

«Aspettate qua, voi due», ingiunse ruvidamente ai due giovani, che restarono fermi, un po' perché ancora sbigottiti e confusi, un po' perché pensavano di poter chiarire quello che era successo e dire le loro ragioni. Ma appena entrati nella sala, all'ordine dell'avogadòr, i Signori di Notte li presero per le braccia e li trascinarono via ignorando le loro proteste.

Intanto i servi della casa avevano portato di corsa due barelle improvvisate e delle bende. Fasciarono strettamente la gamba del Diedo per fermare l'emorragia e senza molta speranza bendarono anche la testa e il collo del duca di Ferrandina, che aveva perso conoscenza. Fantino Diedo fu coricato con attenzione nella sua gondola e riportato al palazzo dove abitava con la famiglia, a Santa Fosca, per esservi curato senza indugio.

Il duca non sembrava trasportabile, per cui gli fu allestita una stanza lì al casìn dei nobili: fu adagiato con ogni precauzione sul letto, ma non riprese i sensi. Furono chiamati i migliori medici di Venezia e il responso fu unanime: non c'era niente da fare. Data la robustissima complessione fisica, il duca avrebbe lottato contro la morte per quasi due giorni, per poi spirare senza aver potuto dire neanche una parola.

Bepi cercava con lo sguardo Lucieta, mentre scioglieva le cime che legavano la gondola ai pali d'ormeggio del casìn dei nobili.

Veronica, sconvolta, lo chiamava dal pontile: «Fa' presto, Bepi, muoviti, voglio andar via!»

Mentre Bepi manovrava la gondola per portarla accanto ai gradini di legno, la ragazza uscì dall'ombra e con un agile salto fu al suo posto, pronta a porgere il braccio alla padrona che stava salendo. Prese il remo e, al comando di Bepi, si mise a vogare vigorosamente verso la sacca della Misericordia. Veronica si era rintanata, tremante, sotto il felze.

In un'altra gondola rientrava, sola e atterrita, la Modesta Veniero, ripensando con orrore alla profezia della zingara, e alla sorte dei suoi due giovani amici e accompagnatori.

Molti degli invitati alla festa, soprattutto le dame, se n'erano andati subito dopo la tragedia, ma i curiosi, e anche questi erano molti, erano rimasti per assistere agli sviluppi della situazione e per dare i loro suggerimenti e la loro versione degli avvenimenti.

I musici erano rimasti immobili sul palchetto, gli strumenti in mano, senza saper che fare, aspettando gli ordini dell'avogadòr. La festa ormai era finita, per il duca come per tutti gli altri.

I Signori di Notte avevano legato i due giovani patrizi e li avevano caricati sulla loro barca per portarli subito alle prigioni, a San Marco, nel palazzo Ducale e consegnarli al missier grando, il capo della polizia della Repubblica.

Paolo Priuli era rimasto per cercare di cavare qualche informazione dai presenti al delitto. Nessuno riusciva a dargliene un quadro preciso: al momento la confusione era stata massima, e per di più il temporale aveva spento le candele e i tuoni avevano soverchiato i rumori, le grida, le parole della colluttazione. Chi si era prudentemente allontanato appena aveva visto sguainare i pugnali, chi si era slanciato per cercare di fermare i contendenti, ma nessuno aveva potuto vedere come e da chi era stato sferrato il terribile colpo che aveva sfondato il cranio del duca. Tutti erano d'accordo sul fatto che il duca era ubriaco e quindi non in grado di difendersi con la solita e indiscussa maestria nel maneggio delle armi, e anche sul fatto che la provocazione era venuta proprio da lui, ed era grave, tale che gli accompagnatori delle dame offese non avrebbero potuto ignorarla in alcun caso.

L'avogadòr guardava pensieroso i pugnali sequestrati ai due giovani patrizi. Erano delle armi da parata, dalla lama damascata e dall'impugnatura d'argento e pietre dure, poco adatti a un duello vero e proprio. Le lame scintillavano, pulite e lucidate, alla luce delle candele. Il pugnale del duca era più pesante, ancora più prezioso e lavorato, e la sua lama era macchiata di sangue.

Uno dei presenti riferì la profezia della stròlega con abbondanza di particolari, e con il commento inevitabile: «Io non credo di sicuro a queste fantastiche predizioni, ma poi tutto quello che la zingara ha detto è successo davvero, è una coincidenza davvero strana...» Paolo Priuli si astenne dal commentare, ma pensò che sarebbe stato bene sentire in seguito anche la zingara.

Interrogò anche i servi presenti, ma ebbe sempre le stesse risposte: i due giovani erano stati visti affrontare il duca con le armi in pugno, prima che il colpo di vento spegnesse le candele. Insieme a loro c'erano il Diedo e le due donne: su questo tutti i testimoni erano d'accordo. Certo, la folla era fitta, tutto intorno. La gente si era allontanata, spingendosi, un momento dopo, mentre la luce veniva a mancare. Si erano sentite grida e imprecazioni, trepestio e rumori di corpi che cadevano, ma nessuno aveva visto niente, complice l'oscurità improvvisa.

L'avogadòr domandò se fossero state viste persone estranee nel palazzo durante la festa, ma neanche su questo riuscì ad avere una risposta chiara: forse sì, ma c'era tanta gente che andava e veniva, fra invitati, servi, gondolieri, che un estraneo avrebbe potuto infiltrarsi con estrema facilità e senza essere notato, e comunque nessuno ricordava qualcosa o qualcuno di particolare.

Il nobile Priuli sospirò: c'era qualcosa che non lo convinceva in questo delitto, e non sarebbe stato semplice arrivare alla verità. Era stato tutto troppo rapido e troppo semplice in apparenza: la lite, la violenza, i due a terra e gli avversari davanti a loro, in piedi, con i pugnali in mano. Flagranza di reato, si sarebbe detto, e se i due aggressori fossero stati gente del popolo, sarebbero stati condannati per direttissima, senza star tanto a pensarci sopra. Invece la faccenda era spinosa e delicata: la vittima era un personaggio importante e i due principali indiziati rampolli di due fra le famiglie più nobili e conosciute di Venezia.

Per di più l'opinione di tutti quelli che contavano sarebbe stata a favore degli imputati, che avevano reagito a una provocazione grave, difendendo l'onorabilità delle dame che erano in loro compagnia.

Si fosse trattato solo della Franco, ben conosciuta come cortigiana, pur se raffinata letterata e donna di mondo, ragionava tra sé l'avogadòr, la condanna dei due sarebbe stata più facile da accettare, ma c'era di mezzo anche la nobildonna Michiel, moglie di un Veniero, che aveva subito l'oltraggio più evidente.

Bisognava essere più sicuri e in possesso di prove inoppugnabili per condannare i due patrizi, o uno di loro, se si fosse potuto accertare quale dei due aveva colpito a morte il duca.

Mentre tutti sfollavano allontanandosi dalla festa trasformata in tragedia, e un corteo disordinato di gondole scivolava silenzioso sotto un cielo scuro in cui il vento sospingeva a tratti brandelli di nuvole, resti della buriana che aveva infuriato fino a poco prima, l'avogadòr, adagiato sui cuscini della sua gondola, stanco e preoccupato, cercava di catturare un'impressione, un pensiero che gli sfuggiva.

Aveva interrogato i testimoni, sì, come la sua carica gli imponeva di fare, aveva parlato con tanta gente, anche troppa, dai nobili signori degni di ogni fede ai servi spauriti, ma senza riuscire ad afferrare, in mezzo a tante parole, quelle che aprissero uno sprazzo di luce sulla scena buia del delitto. Lo infastidiva il pensiero che in questo caso era anche lui un testimone, era stato presente agli avvenimenti e tuttavia non sapeva darne una interpretazione certa, diversa da quelle che aveva ascoltato fin lì, meno confusa e dilettantesca. Non era tranquillo e sicuro del suo giudizio come gli succedeva di solito. Era stato presente, sì, ma non avrebbe saputo dire nemmeno lui come si erano svolti i drammatici fatti che avevano portato al ferimento del duca.

Troppo improvviso era stato lo scoppio di violenza: aveva colto tutti di sorpresa, mentre erano piacevolmente rilassati dalla musica, dal buon cibo e dal vino e si scambiavano inchini e complimenti come in un minuetto. La natura, fuori, aveva fatto da contrappunto e sottolineato lo svolgersi della tragedia con l'accavallarsi impetuoso di tuoni, lampi e vento di tempesta.

Che cosa aveva visto, che cosa aveva sentito, che gli dava questa sensazione di inquietudine?

Veronica, giunta a casa, si gettò sul letto e pianse fino a sfinirsi per l'umiliazione e la rabbia. La Paola e Lucieta tentarono invano di consolarla. Era convinta che ormai tutti, in tutta la città, conoscessero e si scambiassero fra grasse risate alle sue spalle i versi sciagurati del Maffio Venier; che la poesia dedicata con tanto astio a lei fosse ormai più celebre e conosciuta della popolarissima *Strazzosa*. Fra poco l'avrebbero musicata e cantata sotto le sue finestre.

La Paola mandò Lucieta a prendere delle pezzuole imbevute d'aceto di rose da metterle sulle tempie e sui polsi e a preparare una tisana di erbe di montagna, valeriana e passiflora, per cercare di calmarla.

A poco a poco, fra i singhiozzi, Veronica cominciò a rendersi conto che non era l'offesa subita da lei la vera tragedia della serata.

Ripensò al duca, a come le era apparso fiero e forte nel torneo, splendente di gioia e di orgoglio dopo la premiazione, galante e pieno di fascino quando le gettava fiori sorridendole in campo San Stefano. E poi steso per terra come un indumento vecchio abbandonato, un relitto che era appena poco prima un uomo, gli occhi arrovesciati e spenti, i capelli imbrattati di sangue. Così il destino, in un attimo, aveva trasformato un uomo potente e riverito in una cosa da cui si poteva solo distogliere lo sguardo per l'orrore.

E questo poteva succedere a tutti, in qualsiasi momento. Pensò a Marco e a Zorzi, i suoi amici che si erano lanciati subito a difenderla da che cosa... soltanto da parole, mentre loro stavano rischiando lo stesso destino che per avventura era toccato al duca, di essere spenti, di essere in un attimo trasformati in cose sanguinanti e inanimate, senza più occhi per vedere, bocche per ridere e per parlare, per dirle come sei bella, Veronica, come ti amo.

Le parole potevano ferire, pensò Veronica, e far soffrire molto, ma non potevano togliere la vita, non potevano togliere ogni possibilità di rispondere con altre parole, o con fatti, di dimenticare, di concentrare la propria attenzione su altre cose, anche piccole, di poco conto.

«Sono viva», pensò Veronica, «e il duca muore. Fosse morto invece al suo posto il Maffio Venier, maledetto! È stata tutta colpa sua. E sono vivi anche Zorzi e Marco, poveri giovani amici miei, e non so nemmeno cosa ne è di loro, se sono riusciti a scappare, se li hanno presi e messi in prigione.»

Pian piano si attenuarono i singhiozzi che la scuotevano.

Lucieta tirò un respiro di sollievo: era stata silenziosa tutto il tempo, ma la sua angoscia non era meno forte di quella della sua signora.

Finalmente Veronica, sfinita, si addormentò. Anche la Paola andò a dormire, mentre Lucieta si dispose a vegliare il sonno inquieto della padrona, accovacciata ai piedi del letto.

La mattina dopo i servi riordinavano il casìn dei nobili. Il maestro di casa assegnò le incombenze: chi doveva lavare le macchie di sangue sul pavimento del salone da ballo e lucidarlo, chi aiutare in cucina a lavare e riporre i piatti e le stoviglie, chi ripulire i lampadari dalle sgocciolature della cera.

Ménego fu mandato nella saletta attigua al salone da ballo a spolverare, raccogliere i bicchieri sporchi che erano sparsi un po' dappertutto, dare aria e strofinare i pavimenti. La saletta, detta anche sala delle armi, perché alle pareti erano appese armi da caccia e da duello particolarmente pregiate, era ancora al buio. Ménego aprì i pesanti scuri, e il sole, nell'aria limpida che segue la pioggia violenta, inondò la stanza e la illuminò tutta, rendendo evidenti anche i minimi particolari. Ménego cominciò a spazzare il pavimento e vide subito una striscia di macchie marrone che andavano dalla porta che dava sul salone a un angolo vicino al camino.

Sacramentò con convinzione e prese lo straccio imbevuto di cera, ma le macchie erano difficili da togliere, lo straccio asciutto non bastava... Ci voleva un secchio d'acqua e un altro straccio.

Alzò gli occhi: nell'angolo vicino al camino, dove terminava la striscia di macchie, c'era, per terra, una daga corta e pesante, affilatissima, ancora macchiata di sangue coagulato.

Ménego la raccolse, la considerò perplesso, poi alzò le spalle, andò a prendere giù nelle cucine il secchio con l'acqua, lavò per bene l'arma e la rimise al suo posto, nella panoplia da dove era caduta, o era stata tolta e gettata, chi lo sa.

Non erano fatti che lo riguardavano, ed era sempre meglio fare il proprio lavoro zitti e mosca e non immischiarsi nelle beghe dei signori. L'ultima cosa che desiderava al mondo era essere interrogato dagli sbirri o addirittura dall'avogadòr.

Quello stesso giorno tutta Venezia era a rumore per la tragedia del casìn dei nobili. I racconti si incrociavano e ogni versione arricchiva la storia funesta dell'assassinio del duca di particolari più o meno agghiaccianti. C'erano poi i commenti: chi invocava al più presto giustizia per il giovane e valoroso duca stroncato nel fior degli anni e chi invece prendeva le parti degli accusati, rei solo di aver difeso l'onore delle dame che si erano affidate a loro.

All'osteria della Cerva la notizia arrivò di buonora, portata da Checo, che era venuto da Burano con la sua sanpierota carica di pesce fresco per il mercato. Checo aveva incrociato altre barche di Murano, e fra le altre quelle dei servi che avevano finito di riordinare le sale del casìn dei nobili e tornavano a casa a riposare dopo quella notte spaventosa. Da una barca all'altra la storia rimbalzava, si precisava e diventava più particolareggiata e più avvincente. La curiosità era intensa, la voglia di raccontare, di sfogare la paura e lo sgomento e di apparire comprimari nel dramma che avrebbe appassionato tutta la città, anche più forte.

C'era chi aveva dovuto ripulire dal sangue sparso il salone da ballo, chi stava servendo da bere quando era scoppiata la rissa, chi aveva aiutato a medicare i feriti, chi si era tirato prudentemente in disparte spaventato dall'uragano, dal buio, dalle grida e dal rumore di ferri che cozzavano. Nessuno aveva visto davvero chi aveva vibrato il colpo fatale al duca, ma ognuno aveva una sua teoria che dispensava a tutti quelli che erano disposti ad ascoltarla come verità inoppugnabile.

Molti avevano visto e sentito la vecchia zingara, che salmodiava le sue profezie dalla riva di pietra d'Istria di San Michiel in isola. Era una cosa che aveva colpito moltissimo la fantasia dei gondolieri e dei servi, che credevano ai poteri sovrannaturali della vecchia stròlega, e anche se non capivano bene quello che andava dicendo, o forse proprio per questo, ci fantasticavano sopra. Nessuno però sapeva dire come era arrivata fin lì, nell'isola semideserta di fronte a Murano e al luogo della tragedia, e come era tornata indietro, visto che la mattina dopo di buonora nell'isola non c'era più traccia di lei. Questo rendeva ancora più fitto il mistero e dava più forza alle visioni e alle predizioni macabre della vecchia. L'avevano udita farneticare di una moltitudine di morti che avrebbero abitato l'isola di San Michiel in un futuro lontano, e di cui lei già sentiva le voci.

Il racconto di Checo fu dunque lungo, colorito e appassionante. Nello stanzone ancora buio dell'osteria tutti ascoltavano attentamente e trangugiavano ombre per dare sollievo alle gole che si seccavano al pensiero della tragedia appena compiuta e di quella che si doveva ancora compiere per riempire di morti l'isola di San Michiel e quella vicina.

La Luisa fremeva aspettando la conclusione con la mente piena di preoccupazione e di funesti presagi per il futuro del giovane patrizio che ormai aveva vagheggiato, sia pure con molte remore e incertezze, come amoroso...

«E così», finì Checo il suo racconto, «li hanno legati come salami e li hanno portati alla prigione, perché il missier grando e l'avogadòr e tutti quelli che c'erano e li hanno visti scagliarsi con le armi in pugno contro il duca sono sicuri che l'abbiano ammazzato loro, il duca, ma non sanno chi dei due, e allora vogliono farsi raccontare da capo tutto quello che è successo, i loro movimenti precisi, e come secondo loro si è svolta tutta la vicenda. Non vorrei davvero essere nelle loro brache!» concluse, e così, tratto un profondo respiro dopo tanto parlare, finalmente anche la sua gola ebbe il ristoro di una fresca ombra.

Checco sospirò soddisfatto di essere al centro dell'attenzione di tutti. Una volta tanto uno dei suoi racconti di grande effetto non era stato accolto da sbeffeggiamenti, ma ascoltato con grande partecipazione, e lui, l'unico che aveva avuto un primo resoconto in diretta della tragedia, anche se non era stato un testimone oculare, si sentiva la persona più importante dell'osteria.

La Luisa non perse tempo a far domande al Checo, consapevole che il pescatore aveva riferito fedelmente e minuziosamente tutto quello che aveva saputo. Quel racconto l'aveva lasciata sbigottita. Ma adesso bisognava ottenere un resoconto dai presenti alla festa se si voleva sapere qualcosa di più. L'angosciava il pensiero di Zorzi ai ferri, in una delle scure celle di palazzo Ducale, o peggio, nella stanza dei tormenti, al primo piano, dove avvenivano gli interrogatori.

Molte erano le dicerie, a Venezia, su quel luogo di trista fama: uno stanzone dal soffitto più alto degli altri, con delle travi da cui pende la corda, e tutto intorno gli alti scanni intagliati per i giudici che attendono la confessione. L'atmosfera adatta per terrorizzare gli imputati e convincerli ad ammettere le colpe.

Attenta per prima cosa, con il suo solido senso pratico, alle necessità materiali dei due sventurati prigionieri, la bella ostessa preparò alla svelta una cesta con panini caldi, baccalà mantecato e formaggio di Asiago. Aggiunse una fiasca di vino, coprì il tutto con un tovagliolo di bucato, poi chiamò Bortolo da parte, gli affidò la cesta con l'incarico di portarla a palazzo Ducale, di informarsi dove erano rinchiusi i due giovani e di fargliela avere.

Sapeva bene che c'era molta tolleranza alle prigioni, dove tutto quello che poteva portare aiuto e conforto ai carcerati era ammesso.

Molti cittadini veneziani abbienti avevano lasciato addirittura per testamento delle rendite perché fossero dati ai carcerati cibo e la possibilità di illuminare le celle. Giovan Battista Boncio, uno di questi, sempre ricordato nelle benedizioni di chi era passato per quelle segrete, aveva destinato una rendita di undicimila ducati perché i prigionieri avessero ogni giorno la loro razione di «vino puro».

La Luisa raccomandò a Bortolo di cercar di parlare direttamente con i nobili Giustinian e Contarini, cosa abbastanza facile se erano stati rinchiusi nelle celle al pianterreno che davano sul portico del palazzo verso il ponte della Paglia. Dalle finestre di quelle celle i carcerati potevano sporgere le mani tra le inferriate per elemosinare, o anche per fare piccoli commerci, vendere quello che riuscivano a costruire in prigione, mandare o ricevere lettere e pacchi da casa; ma era molto più difficile arrivare a quelli rinchiusi nelle celle interne. Bisognava passare per il tramite dei carcerieri: tuttavia la sorveglianza non era così ferrea, e nemmeno spietata, tanto che le evasioni si ripetevano spesso.

«Se non riesci a parlare con loro, passa a casa della Veronica Franco e fatti raccontare tutto da Bepi: lui era lì, e probabilmente ha anche delle notizie su che cosa faranno di loro. O ancora meglio, di' a Bepi che venga qua subito non appena può farlo, che troverà da bere ombre a volontà se mi racconterà per filo e per segno tutto quello che sa.»

Bortolo partì di corsa e la Luisa si fermò un momento sulla soglia a riprendere fiato, con la smania di sapere e la paura di quel che avrebbe saputo che si davano battaglia dentro il suo stomaco.

Un pensiero improvviso le attraversò la mente: fino a quel momento non si era preoccupata che della sorte di Zorzi. E il duca, poarocristo, che stava agonizzando a Murano senza nessuna speranza di guarigione, almeno a sentir Checo? E Marco che stava anche lui in prigione e correva gli stessi rischi di Zorzi? «Sono proprio matta», pensò la Luisa, «ma di cosa vado a preoccuparmi, cosa me ne importa di questi due deficienti che vanno a mettersi nei guai, e che guai, per due puttane», e si rese conto, scontenta e preoccupata, che gliene importava davvero troppo e che la sua tranquilla indipendenza ne era minacciata. «Bisogna che in un modo o nell'altro io lo tiri fuori dalla galera e che poi non ci pensi più», mentì a se stessa per calmarsi.

Rientrò nello stanzone dell'osteria, dove la reclamavano a gran voce e si accorse che c'era un solo tavolo libero. Era quello che recava ancora, ben visibile, lo schizzo che Tiziano aveva fatto della zingara, il giorno prima. Le persone lo guardavano con curiosità, ma giravano al largo, tanta era la malevolenza che spirava da quella figura.

«Aveva ragione la fattucchiera», disse qualcuno. «Il grande pesce bianco ha portato disgrazia e morte.»

Bortolo ritornò, dopo aver eseguito con successo il suo incarico.

I due giovani erano rinchiusi in una delle celle superiori, raccontò, presso gli uffici dei Signori di Notte, ma un carceriere compiacente aveva fatto avere loro il cesto, senza farsi pregare. Magari sarebbe passato uno di questi giorni all'osteria della Cerva a farsi offrire un'ombra. I due giovani patrizi, aveva riferito, ringraziavano la Luisa e mandavano a dire che non erano stati loro a colpire il duca, e quindi speravano di poterla venire a trovare e ringraziare presto.

Il carceriere aveva detto anche che stavano abbastanza bene, viste le circostanze: non avevano i ferri ed erano trattati con la prudenza dovuta ai rampolli di famiglie così note e stimate in città.

Si proclamavano innocenti tutti e due, ma insomma per il momento l'unico fatto certo era che il duca stava morendo, e non certamente di raffreddore.

Appena sveglia da un sonno agitato, Veronica domandò se ci fossero notizie di Marco e Zorzi. Lucieta, ancora con gli occhi gonfi e il costume da paggio tutto stropicciato, fu mandata a svegliare Bepi, che dormiva di gusto nella sua stanzetta al mezanìn.

La Paola, preoccupata di sua figlia più che della sorte dei due giovani, preparò degli impacchi d'erbe per applicarli sugli occhi e sul viso chiazzato di Veronica, e le ordinò di rimanere distesa. Mandò Lucieta a cambiarsi e a riprendere il suo ruolo di domestica, raccomandandole di prendersi cura di Veronica, di farle annusare essenza di melissa dei carmelitani scalzi e di massaggiarle polsi e caviglie con olio canforato. Quando Bepi fu pronto, lo mandò a chiamare Bartolomeo Gradenigo, sicura che il giovane patrizio avrebbe avuto tutte le informazioni su quello che era successo e su ciò che si prevedeva per il seguito, e sarebbe stato ben felice di metterne a parte le sue amiche.

«Digli di venire qua a casa, ma di non far sapere a nessuno che viene, e che la Veronica vuol sapere cosa è stato del Giustinian e del Contarini. Non fermarti da nessuna parte, corri subito a casa appena hai fatto l'ambasciata. Se ascolti in giro chiacchiere, che cosa dicono della Veronica, vieni immediatamente a dirlo a me, non dire niente a lei, per l'amor di Dio!»

Bepi eseguì, compreso del momento particolarmente delicato e dell'importanza della missione, senza nemmeno fermarsi per la solita ombra all'osteria della Cerva. Avrebbe avuto troppe cose da raccontare, troppe novità, avvenimenti, problemi, di cui parlare e da sviscerare con gli amici e con la Luisa per fermarsi solo un momento. Rimandò con un sospiro alla prossima occasione, che sperava vicina.

La Paola, vergognandosi un po' dell'ansia che la prendeva al pensiero di rivedere Bartolomeo, corse a pettinarsi. Sciolse il rigido cocòn che le tirava i capelli lasciandole troppo scoperto il viso, un po' appassito, e li raccolse in due bande morbide che le sfioravano le guance e mettevano in ombra le rughe intorno agli occhi e alla bocca generosa. Si massaggiò la faccia con l'olio di mandorle in cui erano stati in infusione petali di rosa, che preparava sempre per Veronica, e si mise un lungo vestito rosso, il più elegante che avesse, adattato da un vecchio vestito della figlia. Si guardò al grande specchio della sala con occhio critico, si fece una smorfia e le sfuggì un sospiro.

«Una vecchia in fresca, ecco cosa sono», pensò con rammarico, ricordando l'abbraccio frettoloso del giovane patrizio. «Lui non ci penserà nemmeno più, è inutile che mi illuda che la cosa si ripeta, è stato il capriccio di un giorno.»

Il giovane Gradenigo non si fece aspettare. Avuto il messaggio, si precipitò subito a casa Franco: anche lui voleva parlare con Veronica e sentire dal vivo la sua versione degli avvenimenti. Salì le scale baldanzoso, come al solito, salutò con un abbraccio affettuoso e con una complice strizzatina d'occhio la Paola, che gli fu grata di questo pur minimo segno che fra loro c'era stato qualcosa, e fu ammesso nello studiolo dove Veronica, allungata languidamente su un'agrippina, avvolta in una tunica di mussola bianca ricamata allo scollo e agli orli con un filo dorato, i capelli sciolti come una cascata di oro pallido sulle spalle da dea, si riprendeva dalle emozioni troppo violente di quella notte.

Veronica raccontò all'amico tutte le vicende di quella festa da incubo, rimproverandosi per la sua reazione incontrollata all'offensiva citazione dei malefici versi del Maffio, ma condannando astiosamente il duca per il suo comportamento da paltoniere. Rinnovò la sua convinzione che non potevano essere stati i suoi accompagnatori i feritori del duca, ma senza poterla spiegare. Era un'impressione, ma ben precisa, non solo la voglia di proteggere chi si era fatto avanti per difenderla dall'ingiuria ricevuta. Chiese aiuto e consiglio all'amico, confidando nelle sue relazioni.

Bartolomeo riferì che i due giovani amici erano rinchiusi nelle prigioni di palazzo Ducale, e che negavano anch'essi di aver inferto il colpo fatale al duca. Secondo la versione che avevano reso all'avogadòr, si erano slanciati ambedue nella rissa decisi a vendicare l'offesa recata alle loro dame, ma il buio improvviso e il groviglio di corpi, mantelli svolazzanti, grida, li aveva sorpresi e confusi e, per paura di colpire chi non c'entrava per niente, o addirittura le dame che intendevano difendere, si erano fermati con il pugnale sguainato in mano, senza vibrare colpo alcuno.

Quando i servi avevano riacceso i doppieri e la luce era tornata, si erano accorti con sgomento che c'erano due corpi a terra sanguinanti. Pareva non ci fosse dubbio che il Fantino Diedo era stato colpito per errore dal duca stesso che menava colpi all'impazzata al buio, cercando di difendersi dai suoi aggressori, ma chi avesse colpito il duca, se non erano stati Marco o Zorzi, era un mistero.

L'avogadòr, non avendo prove certe della loro colpevolezza, anche se sembrava abbastanza evidente che si trattava dei due unici indiziati, aveva delegato il giudizio al Consiglio dei Dieci, la massima autorità della Repubblica.

Veronica ascoltava, angosciata. «Scriverò una supplica, dirò che ero là e che, anche se non ho potuto vedere bene, nell'oscurità, sono sicura e posso giurare che non è stato nessuno di loro due.»

«Non occorrerà che tu scriva, Veronica», interloquì Bartolomeo, prontamente, «vedrai che ti chiameranno subito per interrogarti e per raccogliere la tua testimonianza, eri là ed eri parte in causa, vorranno ascoltare di sicuro quello che hai da dire. Preparati, che senz'altro ti chiameranno presto.»

E infatti, il giorno dopo arrivò a casa Franco il fante dei cai a convocare Veronica a palazzo Ducale, per essere sentita dai tre capi del Consiglio dei Dieci.

L'indomani, a ca' Veniero, il padron di casa, Daniele, di ritorno dal suo viaggio nel contado, fu informato inevitabilmente del dramma di cui parlava tutta Venezia, e della parte da comprimaria che vi aveva avuto sua moglie.

Era furibondo con la Modesta, più ancora che con i suoi due sfortunati accompagnatori: «Doveva andare alla festa, doveva per forza andare alla festa! Le donne perbene, le donne di rango, stanno a casa, e se una volta vanno a una festa aspettano che le accompagni il marito, non due ragazzotti senza giudizio!»

Daniele Veniero era fuori di sé pensando a come stavano commentando in tutta la città la parte che sua moglie aveva avuto in uno dei più grossi scandali degli ultimi anni.

«Questa era una casa onorata prima che io mi sposassi con voi. Non uscirete più fuori da queste mura, signora mia, tranne che con me e quando lo dirò io.»

La Modesta lo ascoltava pazientemente, senza rispondere, con aria imperturbabile. Era molto meglio lasciarlo sfogare e aspettare che gli sbollisse l'arrabbiatura. Farle tutta questa scena, senza pensare allo spavento che aveva provato lei, senza nemmeno informarsi di come si sentiva dopo un'esperienza così sconvolgente, preoccuparsi solo di quello che avrebbe detto la gente e nemmeno un po' di quello che sarebbe capitato ai loro comuni amici, rei di averla difesa! Suo marito era proprio privo di ogni sensibilità! Quanto alle sue minacce di segregazione, la gentildonna si sentiva abbastanza tranquilla: avrebbe senza dubbio ricominciato ad andare dove le garbava, ma un po' alla volta, in modo che Daniele non si irrigidisse su queste pretese ormai superate, buone per le loro nonne. Ci voleva un po' di diplomazia. Intanto era meglio rassegnarsi a stare un po' di tempo a casa: avrebbe potuto occuparsi di rinnovare il guardaroba, farsi cucire dei bei vestiti nuovi per il prossimo autunno, ricevere le amiche con cui fare qualche partita a carte e soprattutto seguire lo svolgersi degli eventi e contribuire a costruire le ciàcole che avrebbero imperversato, con il materiale a disposizione. Si sarebbero messe in fila, le gentildonne amiche sue, per poter sentire il racconto della testimone oculare, meglio ancora, del pomo della discordia, della donna che era all'origine della rissa che aveva avuto un epilogo così drammatico.

Entrò un servo per annunciare che il missier grando chiedeva di parlare con la nobildonna Modesta Veniero.

«Ecco», gemette il marito, «non mancava altro che ci venisse il missier grando a casa! Cosa dirà la gente, fra un'ora lo sapranno già tutti che è venuto per interrogare mia moglie, la moglie di un Veniero! Questa, una volta, prima del matrimonio con voi, era una casa onorata, su cui nessuno ha mai potuto dire una parola!»

Anche la Modesta era preoccupata: nella confusione di quel momento drammatico si era tirata istintivamente indietro, e non aveva visto davanti a sé che delle schiene che si agitavano. Non sapeva cosa avrebbe potuto rispondere alle domande che le avrebbero fatto, anche se pensava e ripensava alla sequenza degli avvenimenti di quella sera.

L'aggressione da parte del duca l'aveva sconvolta, anche perché del tutto inaspettata: lei non era certo abituata a essere trattata così, dato che a Venezia tutti conoscevano e rispettavano la famiglia onorata, per dirla con suo marito, a cui apparteneva. Si rendeva conto che parte della colpa era sua, perché l'equivoco del duca era nato solo dal suo capriccio di voler a tutti i costi conoscere Veronica e questo la metteva a disagio.

Il missier grando fu introdotto e si inchinò davanti alla coppia patrizia. Portava l'ordine di presentarsi al Consiglio dei Dieci, che aveva avocato a sé l'indagine, data l'importanza della vittima, e il peso che aveva sulla pubblica opinione e sul governo l'appartenenza dei giovani accusati alla più antica nobiltà veneziana.

Riferì che il duca era morto quella mattina stessa senza riprendere conoscenza e senza poter indicare il suo assassino. Sarebbe stato seppellito il giorno dopo a Murano, nella sagrestia di San Pietro, con tutta la pompa dovuta a un così gran personaggio.

Gli indiziati erano rinchiusi nelle prigioni di palazzo Ducale e continuavano a protestarsi innocenti. Era perciò necessario accertare la verità, anche se questo voleva dire coinvolgere nell'inchiesta una dama di gran riguardo come l'illustrissima consorte del nobile Veniero.

A questo discorso il nobile Veniero sbottò: «Mia moglie non andrà a presentarsi da nessuno, e non permetto a nessuno di venirla a interrogare qui in casa mia. È già stata fin troppo provata e sconvolta da avvenimenti che certo non sono dipesi dalla sua volontà, né dalla sua condotta, e che avrebbero dovuto essere evitati in un consesso civile. Trovo imperdonabile che ci si sia permessi di venire a importunare in casa propria persone del nostro rango e della nostra importanza. Qualsiasi cosa vogliate sapere sull'accaduto, sarò ben felice di rispondere io di persona all'avogadòr o al Consiglio dei Dieci, non appena mi sarò informato esaurientemente. E con questo abbiamo chiuso, porti i miei rispetti all'avogadòr».

Il missier grando piegò la testa in un inchino e si congedò, senza aggiungere nient'altro.

La Modesta si sentì sollevata: l'interrogatorio l'avrebbe messa in difficoltà e avrebbe forse dovuto ammettere particolari che preferiva tenere in ombra soprattutto perché non venisse a saperli suo marito. Tuttavia non poteva fare a meno di pensare a Marco e a Zorzi. I due giovani, qualora riconosciuti responsabili dell'assassinio del duca, che aveva onorato la Repubblica con la sua presenza e la sua partecipazione al torneo, sarebbero stati giustiziati pubblicamente a San Marco, in Piazzetta, fra Marco e Tòdaro, cioè fra le due colonne che reggevano (e tuttora reggono) i santi protettori di Venezia, davanti a uno dei panorami più dolci e classicamente composti del mondo, l'isola di San Giorgio, la Giudecca e la punta della Dogana, uniti e sfumati dai colori cangianti dell'acqua della laguna, là dove sfocia il Canalgrande.

Nemo, il gondoliere che era stato temporaneamente al servizio del duca, afflitto per la scomparsa di un cliente così generoso, andò a consolarsi all'osteria della Cerva e a riversare le sue pene nell'orecchio comprensivo della bella ostessa.

«Capisci, Luisa, era un gran signore: mi faceva lavorare, e tanto, non dico di no, non c'era ora, né di giorno né di notte che io non dovessi trovarmi là con la gondola pronta a portarlo in questo o quel palazzo, ma mi pagava bene e mi apprezzava, mi lodava, tutti quelli che conosco mi invidiavano di essere al suo servizio, e mi stimavano di più. Gli facevo anche da guida per Venezia, lo portavo nei posti migliori, trattavo con i mercanti quando voleva comprare qualcosa, la gente che voleva parlargli per domandargli piaceri o lavori veniva da me, lui voleva sempre avere il mio parere. Era ancora meglio che essere il suo gondoliere de casada. Non troverò più un lavoro così buono, mi toccherà portare su e giù i tedeschi dal fòntego a Murano, e quelli sono tirati, attenti al soldo come nessun altro. Che disgrazia, che disgrazia! Proprio a lui doveva toccare, che era il più forte di tutti! Dovevi vederlo, al torneo, lo aveva vinto con la mano sinistra, con una facilità che pareva tutto uno scherzo, non riesco proprio a capire come ha potuto farsi ammazzare così, in un batter d'occhi, come un pollo, in quella maledettissima festa.»

La Luisa ascoltava con un orecchio sì e uno no, e versava vino nei bicchieri. Si voltò verso Bortolo, come colpita da un pensiero improvviso: «Non hai ancora pulito quel tavolo?»

«No, padrona, mi dispiaceva cancellare un disegno così bello, anche se fa una certa impressione. Sono stato attento a non cancellarlo. Dobbiamo proprio lavarlo?»

Nel frattempo era entrato Pietro l'Aretino e, colto il dialogo al volo, aveva protestato con vigore: «Non si lava via un disegno del più grande pittore vivente, mia cara ostessa! Sarebbe un sacrilegio».

«Ma, signor Pietro, non vuole più sedersi nessuno, a quel tavolo, mette a disagio tutti, specie adesso dopo quello che è successo. Pensano che la zingara porti sfortuna nera e mai più vogliono appoggiare quel che mangiano o quel che bevono sopra lo schizzo della zingara, che là sembra quasi più vera che di persona! Pensano che come minimo gli resterà tutto sullo stomaco, se non di peggio.»

«Riservatelo a me quel tavolo, buona donna, mi ci siederò io, ogni volta che vengo qui a rifocillarmi, e di buon grado, ché la vicinanza dell'arte non può portar male, come dite, anzi può solo ricrear lo spirito delle persone elette.»

La Luisa non pareva persuasa, ma abbozzò: «Serva vostra, signor Pietro, come comandate sarà fatto. Spero solo che la gente non cominci a pensare che la mia osteria porti sfortuna». E si volse di nuovo a Memo, che brontolava imprecazioni variamente assortite, sottovoce, con la fronte appoggiata su una mano e il bicchiere ben stretto nell'altra: «Tu c'eri, Memo, quella sera, bisogna che tu mi dica bene come è andata, che mi racconti tutto quello che è successo, dall'inizio alla fine, senza tralasciare niente, che mi riferisca tutto quello che ti ricordi e tutto quello che ti torna in mente. Devo rendermi conto, finora ho una gran confusione in testa, ognuno mi riporta un pezzetto di storia a modo suo».

«Cosa vuoi che ti dica, Luisa, io ero giù in cucina, con gli altri gondolieri, quando c'è stata la rissa e il duca è stato ferito. Non ho visto e non ho sentito niente, anche perché è stato nel momento più violento del temporale, quando il vento minacciava di portarsi via le barche dagli ormeggi, e noi siamo corsi giù al pontile ad assicurarle. Se sapessi qualcosa te lo racconterei volentieri. Eravamo arrivati alla festa così contenti, il duca e i suoi amici avevano già bevuto abbastanza subito dopo la giostra, quando lui aveva vinto e aveva cominciato a fare tutti i giri del campo a cavallo, gettando fiori e confetti e uova piene di profumo alle dame, che gli battevano le mani e gli mandavano baci dai balconi e dai pèrgoli, e poi siamo andati a casa e lui si è tolto di dosso l'armatura, si è lavato via la polvere del campo e si è messo la giubba di gala per andare alla festa, e tutti gli portavano da bere, gli facevano complimenti e lodi sperticate, e lui era contento e allegro come una pasqua, e beveva, e gridava 'evviva! li ho polverizzati, li ho resi ridicoli, adesso sanno che è meglio non sfidare un Castriota!' e poi è montato in gondola, sempre con i suoi amici e portandosi dietro le bottiglie di vino e i bicchieri, e cantavano e scherzavano e ridevano, e bevevano e buttavano in acqua i bicchieri, e io vogavo. Quando siamo passati davanti a San Michiel c'era la vecchia strega seduta sulla riva davanti alla chiesa, e l'abbiamo sentita che parlava da sola di disgrazie e morti, non si capiva nemmeno che cosa volesse dire, ma abbiamo proseguito senza fermarci, e il duca e i suoi amici ridevano e la prendevano in giro, anche se io non ero molto tranquillo. Meglio non mettersela contro, quella là! Abbiamo visto una gondola che si è fermata lì davanti, con dentro la moglie del Veniero, Marco Giustinian e Zorzi Contarini, quelli che hanno ammazzato il mio padrone, pover'uomo! Si sono fermati a parlare con la zingara, chissà che cosa gli ha detto!»

«Non lo hanno ammazzato loro!» interloquì con decisione la Luisa, e Memo approfittò della pausa per bagnarsi l'ugola con un sorso ristoratore. Poi proseguì senza prendere in considerazione la protesta della Luisa: «E poi siamo arrivati al casìn dei nobili e loro sono andati nei saloni a far festa e io sono andato in cucina con gli altri gondolieri e non li ho più visti. Finché non mi hanno chiamato di sopra, dopo la buriana, par aiutare a portare il duca sul letto, povero cane, e pulire tutto quel sangue che era per terra, che pareva avessero sgozzato un bue!

Mariavergine, che impressione, Luisa! Se ci penso mi sento ancora i brividi giù per la schiena!»

Pietro l'Aretino stava ascoltando, interessato, e intervenne a domandare: «Ma non avete visto nessun estraneo che si aggirasse nelle stanze del palazzo, o notato qualche persona che non fosse nel posto dove avrebbe dovuto essere? Qualcosa, insomma, di diverso dal solito? È ben vero che i due giovani stavano altercando con il duca, che aveva mancato di rispetto alle dame che erano seco loro, ma c'era una folla, intorno, e molto vicino. Quando il duca è stato colpito le luci si erano spente, il buio totale, e chiunque avrebbe potuto metter mano alla daga e intervenire nello scontro. Mi piacerebbe sapere se fosse presente, quella sera a Murano, Giacomo da Mantova, anche se parmi alquanto difficile che abbia sentito il desiderio di partecipare alla festa in onore del duca, dopo il ruzzolone nella polvere che ha concluso la sua prova al torneo. Ma se avesse voluto vendicarsi, quale occasione migliore?»

La Luisa non perdeva una battuta.

Memo continuò: «Io questo Giacomo non lo conosco, ma c'era un signore che girava per i corridoi e che è venuto anche giù in cucina a chiacchierare con i gondolieri e con i servitori. Da quel che ho capito non cercava di ammazzare nessuno, era soltanto un pederasta che cercava qualche culo gentile».

«Non c'è penuria, a Venezia, di simili gentiluomini. Com'era questo? Giovane, vecchio, grasso, magro? Com'era vestito?» chiese Pietro, sicuro di individuarlo, dato che conosceva tutti e tutte le maldicenze che si facevano su questo o quello.

Alla descrizione del Memo assentì con un sorriso maligno: «Sì, dev'essere proprio lui, il Gilberto Condulmèr. È sempre in caccia, e più son giovani più gli piacciono. Ma non vedo perché avrebbe dovuto assalire il duca. Non gli faceva certo concorrenza, ché al duca piacevano le donne, e di molto! Era un uomo di gran vaglia, Antonio Castriota, e non meritava una fine così miseranda. Ho scritto un sonetto che lo celebra, in occasione della sua dipartita».

La Luisa sperò che non le venisse declamato il sonetto, e infatti l'Aretino non la stimò degna, per avventura, di questo onore. (Altri, che l'ebbero, stimarono il sonetto in questione «infelicissimo».) Con un sospiro di sollievo continuò l'interrogatorio del Memo: «Non hai visto nessun altro che poteva esser venuto da fuori?»

«Io no, ma questo signore stava cercando un paggio, un ragazzo che aveva visto di sopra e che gli era sfuggito dalle sgrinfie. Anche quello, non si capisce cosa avrebbe potuto aver a che dire col mio padrone, ma come loro chissà quanta gente poteva esserci che girava per il palazzo, con tutto il su e giù che c'era quella sera.»

Pietro l'Aretino aggiunse pensosamente: «Senza dubbio c'erano in molti ad avere odi o risentimenti contro Antonio Castriota: era un gentiluomo, forte e valoroso, generoso e grande amatore, ma aveva anche un grande senso di sé e chissà quanta gente ha calpestato nella sua pur breve esistenza».

Un servo dell'osteria del Sturiòn di Rialto, che si era fermato dalla Luisa per sedersi e bere un'ombra in santa pace, e si godeva quel cambiamento di situazione, da cliente servito e riverito invece che da servente, come tutti i giorni, intervenne nella conversazione, felice di poter dare un contributo e di rendersi interessante con informazioni fresche: «C'era anche il signor Giacomo mantovano, alla festa: in quei giorni stava all'osteria del Sturiòn, dormiva in una delle due camere che ci sono di sopra, e l'ho sentito chiamare una gondola e dire al gondoliere di portarlo a Murano, quella sera. L'ho anche visto andar via, era in maschera, con una zimarra lunga di raso e un berretto di velluto nero e il viso nascosto. Quello là ce l'aveva a morte col duca, non faceva che dire a tutti che voleva accopparlo».

La Luisa drizzò le orecchie a questa nuova possibilità. «È ancora al Sturiòn, questo signor Giacomo da Mantova? Lo hai visto tornare quella notte? Ha detto per caso qualcosa della festa?»

«Ah, Luisa, io non mi immischio nelle beghe dei signori, non so niente, non l'ho sentito dire niente, ma credo che sia partito subito, la mattina dopo la festa.»

«Avrà avuto paura che lo sospettassero, dopo tutte le minacce che aveva proferito all'indirizzo del povero Antonio Castriota», intervenne Pietro l'Aretino. «Lo hanno sentito per tutta Venezia, dire che voleva vendicarsi del duca. Non che spiegasse a tutti il perché di tanto odio, ma si è ben presto saputo che il duca, di passaggio a Mantova, aveva sedotto la sorella, Benedetta, l'aveva ingravidata e poi se n'era partito tranquillo, negando ogni responsabilità, e anzi insinuando di non esser stato il solo a godere delle grazie della pulzella. Mi sembra tuttavia improbabile che un giovane come quello, più prodigo di parole che di colpi di spada, abbia avuto il coraggio di aggredire il duca, tanto più che aveva già assaggiato la sua forza, al torneo, e mangiato la polvere.»

«Sarà anche vero», ragionò la Luisa ad alta voce, «ma ha pur sfidato il duca alla giostra, il che vuol dire che il fegato non gli manca, anche se è giovane e straparla. Le ha prese, alla giostra, ma alla festa il duca era ubriaco e al buio non poteva nemmeno vedere chi lo stava aggredendo! Può esser stato lui benissimo.»

Questa possibilità seduceva la Luisa, che se la rimuginava nella mente, e man mano le sembrava una traccia sempre più promettente. Non sarebbe stata una cattiva idea, pensò, andare di persona, appena possibile, fino all'osteria del Sturiòn, con qualche pretesto, e indagare in loco sui movimenti del giovane mantovano e sulla sua precipitosa partenza.

Veronica andò da sola, scortata da un paggio ammutolito dal terrore, a palazzo Ducale, per rispondere all'interrogatorio del missier grando. Bepi l'aspettò con la gondola all'imbarcadero sulla riva della Piazzetta. La bella cortigiana era visibilmente scossa e sofferente, ma espose con grande calma e precisione tutto l'accaduto come l'aveva visto e vissuto, arrossendo ancora di vergogna e di rabbia quando le toccò ripetere le parole offensive del duca, tremando al racconto dell'uragano, della rissa furibonda, della vista dei feriti.

Il missier grando fu conquistato dalla grazia, dall'intelligenza e dalla signorilità di Veronica e la congedò con la promessa che avrebbe riesaminato con grande attenzione la posizione dei due imputati. Riferì poi il colloquio all'avogadòr Priuli parola per parola.

L'avogadòr ascoltò attentamente, soddisfatto di avere un resoconto fornito con sincerità e spirito di collaborazione da uno degli attori della tragedia, anche se evidentemente si trattava di un resoconto di parte. Peccato non poterlo confrontare con la versione della Modesta Veniero. Non sarebbe stato lo stesso ascoltare Daniele Veniero, che aveva promesso di riferire quanto era successo dopo aver sentito la moglie: non era stato presente, lui, e certo la nobildonna gli avrebbe fornito una versione di comodo, sorvolando su quanto avrebbe potuto dar ombra al marito, o dargli modo di rimproverarla. Per fortuna la

Franco non aveva una posizione tale da permetterle di rifiutarsi, come era stato possibile alla gran dama. Eppure non c'era nulla, nel suo racconto, che potesse gettare un po' più di luce sulla vicenda.

Di ritorno a casa, Veronica si soffermò nel piccolo giardino cinto da mura coperte di rampicanti, per pensare con calma, senza l'assillo delle domande pressanti della Paola e degli sguardi pieni di sollecitudine di Lucieta. Era uno di quei giardini segreti di Venezia, di cui si intravedono solo le fronde che sormontano il colmo delle alte mura, incastonati come gioielli fra pietre e acque e rigogliosi di piante e di fiori. Il glicine che rivestiva il muro e si arrampicava sulla facciata della casa fino al pèrgolo della stanza di Veronica stava ormai sfiorendo: un tappeto di petali lilla copriva la ghiaia del vialetto sotto il rampicante, e un profumo dolcissimo, stordente, stagnava nell'aria tiepida. Non si sentiva nessun rumore, tranne il cinguettìo di qualche merlo appollaiato tra la vegetazione. Veronica si sedette su una panchina di pietra, si massaggiò i piedi indolenziti dalle altissime calzature alla moda, e ripassò nella memoria tutto lo svolgersi degli avvenimenti, da quella notte sfortunata al recente colloquio con i severi inquisitori della Repubblica, ai quali aveva risposto con estrema franchezza, esponendo con ordine tutto quello che ricordava, ma senza poter chiarire il mistero che avvolgeva il momento fatale. Era buio, lei era sconvolta e in lacrime, non sapeva chi poteva aver vibrato il colpo mortale.

Gli inquisitori parevano non avere dubbi: il colpevole era o Marco Giustinian o Zorzi Contarini. Non riuscivano soltanto a stabilire quale dei due.

Veronica aveva paura: se le cose non si fossero chiarite, molto probabilmente sarebbero stati giustiziati entrambi. Si accorse con sgomento che questo pensiero le dava un dolore intenso, un'angoscia che la attanagliava alla gola. La sua preoccupazione era per tutti e due, ma per Marco la pena era più profonda: era così giovane, e ingenuo, e scoperto nei suoi sentimenti e nei suoi slanci. Veronica sentiva che le sarebbe mancata terribilmente la devozione amorosa del giovane Giustinian, la sua ammirazione, le sue carezze cariche di una tremula gioia sensuale, i suoi sguardi adoranti. Fino a quel momento aveva accettato l'amore del giovane patrizio con piacere condiscendente, come qualcosa di naturalmente dovuto, non distinguendolo da quello di altri numerosi spasimanti, ma adesso tutto le appariva diverso: forse i suoi sentimenti per Marco erano sempre stati diversi, solo che lei non se n'era ancora resa conto. Con l'avvicinarsi di una fine tragica, cercata e sfidata al suo servizio, per difenderla da un'offesa, il giovane acquistava considerazione ai suoi occhi, si circondava di un alone romantico, e tutta la sua personalità assumeva più vividi contorni, si imponeva alla sua attenzione, richiedeva la sua tenerezza.

Riandò con il pensiero ai loro giochi amorosi, alla dolcezza con cui egli la carezzava dalla testa ai piedi, come se ogni centimetro della sua pelle fosse una cosa unica e preziosa, con intensità e insieme con delicatezza estrema, come se toccasse un vaso leggerissimo di vetro di Murano. Le tornò alla mente, in particolare, un lungo e pigro pomeriggio, nella sua stanza, sdraiati mollemente sul letto con nuovi libri di poesie che Marco aveva appena portato. L'incresparsi leggero dell'acqua del canale si rifletteva, colpito dai raggi del sole, in un mobile disegno luminoso ondeggiante sul soffitto bianco della stanza, tanto che sembrava loro di essere sospesi in un incantato mondo sottomarino.

Dopo la lettura, il lento piacere delle carezze con cui si sfioravano l'un l'altra lungo tutto il corpo, assaporato con molle voluttà, si era trasformato in un desiderio sempre più intenso, quasi doloroso. Il corpo tremante e teso fino allo spasimo del giovane patrizio le era sembrato in quel momento l'unica cosa al mondo cui aggrapparsi e stringersi sprofondando in un vortice pulsante che liberava forze ignote in un'estasi condivisa e assaporata intensamente fino allo scioglimento finale, e alla dolcezza dei corpi riconoscenti che riposavano l'uno sull'altro.

Improvvisamente Veronica avvertì una dolce pressione sulle caviglie coperte da una leggera e lunga veste di seta cremisi.

Era come una lunga carezza, insistita, qualcosa di morbido, cedevole, caldo e vivo. Abbassò gli occhi, sorpresa, e vide un grosso gatto nero che la stava guardando con rotondi occhi verdi e agitava mollemente la lunga coda morbida, mentre strofinava i fianchi sinuosi sulle sue gambe, avanti e indietro, avanti e indietro, con una specie di voluttà che gli faceva vibrare i lunghi baffi.

«Me lo ha mandato la strega», pensò Veronica, «vuole dirmi qualcosa.» Si chinò a carezzarlo, interrogandolo con lo sguardo come se la bestiola potesse risponderle. Il gatto le saltò in grembo, facendo le fusa, si accoccolò sulla sua spalla, le cinse il collo delicato con le zampe anteriori e le leccò con la linguetta ruvida la guancia. Sorpresa, Veronica cercò di prenderlo in braccio, ma il gatto era già balzato via e spariva fra i rami di glicine che incoronavano il muro di cinta, provocando una pioggia di petali profumati.

Veronica lo interpretò come un buon augurio, come il segno che le potenze misteriose che aleggiavano intorno agli avvenimenti di quei giorni non le erano avverse. Salì le scale di corsa, traballando sui tacchi altissimi, e chiamò a gran voce Lucieta: «Presto, Lucieta, apparecchiamo un cesto con delle cose buone da portare a quei due poveri ragazzi in prigione! Mamma, cosa c'è in casa? Cos'hai preparato per oggi?»

Entrò in cucina come un soffio di vento, proprio mentre la Paola sfilava dallo spiedo un fagiano rosolato a puntino, steccato con lardo e profumato di salvia e rosmarino.

«Ecco, questo qua va benissimo! E pane fresco, e vino di Cipro, e frutta! Io intanto vado a scrivere due parole, perché voglio che sappiano che non ci dimentichiamo di loro, che faremo tutto il possibile per tirarli fuori da lì.»

La Paola non ebbe il coraggio di obiettare, guardò con rimpianto il fagiano che aveva cotto con tanta cura e lo sistemò per bene nel cesto, insieme alle altre cose. Poi coprì il cesto con un tovagliolo di bucato e lo affidò a Lucieta, che si annodò il fazzolettone blu sui capelli e partì verso palazzo Ducale.

Veronica si sentiva più sollevata, ora che aveva superato il difficile momento del colloquio con il missier grando, aveva messo un po' d'ordine nelle sue emozioni e aveva deciso di far tutto quello che poteva per i due amici accusati. Perciò accettò con gioia il diversivo che le venne proposto di lì a poco. Aveva voglia di muoversi, di far qualcosa, di tirarsi fuori dal tran tran quotidiano.

Vennero a bussare alla sua porta Giovanni Da Mosto e Bartolomeo Gradenigo. La Paola andò ad aprire e li introdusse con entusiasmo, sperando che riuscissero a distrarre Veronica dalle sue preoccupazioni e dall'angoscia per la sorte di Marco e Zorzi. Sorvegliò attenta i movimenti e gli sguardi di Bartolomeo, che la salutò e l'abbracciò con la solita affettuosa distrazione. Aveva qualcos'altro in mente, da quello che la Paola sperava e temeva ogni volta che il giovane entrava nella sua casa: questa volta portava una novità allettante da proporre a Veronica. Tiziano Vecellio cercava una modella per una scena mitologica che doveva dipingere su commissione. Il tema della tela doveva essere *Venere che benda Amore*, e i due amici avevano proposto a Tiziano di portargli Veronica: quale migliore Venere poteva esserci?

«Dài, vieni, che ti distrai un poco», insisteva Giovanni. «Glielo abbiamo promesso, che ti avremmo portato, vuoi farci fare una brutta figura?»

Anche Paola insistette perché la figlia andasse con i due amici, attratta dal fatto della Veronica rappresentata come Venere dal pittore più famoso e apprezzato del momento.

Dopo essersi schermita più per convenienza e per civetteria che per altro, Veronica si lasciò convincere volentieri. Appassionata di tutte le arti, conoscere di persona il famoso pittore e vedere la sua bottega a Biri grando la incuriosiva e l'affascinava; per di più si sentiva lusingata di essere ritratta da lui come Venere. Sarebbe stata un'ulteriore affermazione della sua intatta bellezza, un'altra valida risposta alle calunnie menzognere del Maffio.

Si avviarono a piedi, perché la bottega del grande pittore non era lontana e la giornata era tiepida e ariosa, con sprazzi di sole fra grandi nuvole bianche che trascorrevano sopra i tetti sul cielo come su un fondale di un limpido azzurro luminoso. Dai balconi delle case pendevano gerani fioriti in tutti i toni di rosa e di rosso, sul fondo verde scuro delle foglie. Una voce femminile cantava, non si capiva dove, e altre riprendevano la melodia da altri balconi, da altre calli. Qualche donna si sporgeva per veder passare Veronica, e faceva cenno alle dirimpettaie, commentando con minuzia l'eleganza del vestito e del zendàl, il viso appena ritoccato sulle labbra e sugli zigomi da un velo di rosso, la pettinatura, e anche la compagnia dei due patrizi, con esclamazioni piene di ammirazione e di invidia.

«Tocca fare le puttane per star bene, in questo mondo», commentò con tono acido una di loro, che aveva riconosciuto la Veronica: «Noi donne perbene tutto il giorno a casa a lavorare, e anche ci va bene se non prendiamo un sacco di botte quando i nostri uomini tornano a casa ubriachi, e guarda quella!, vestita e riverita come una regina, da quando è andata a letto col re di Francia!»

«Corri, va là, a chi la racconti, se avessi potuto avresti chiavato anche tu col re di Francia, e con che gusto! È che, non dico il re di Francia, ma neanche l'ultimo dei suoi scudieri ti avrebbe guardata una seconda volta, gli sarebbe bastata e avanzata la prima!» fu la pronta risposta di una dirimpettaia, che sparì prontamente all'interno per evitare qualche lancio di ritorsione con proiettili impropri.

Ignari di tanta attenzione, i tre arrivarono alla bottega del pittore, ed entrarono in un enorme stanzone dal pavimento di trachite grigia, che prendeva luce da grandi lucernari sul soffitto. Sulle pareti erano fissate tele di tutte le dimensioni in vari stadi di lavorazione: vi erano scalette e impalcature di legno per dipingere le parti alte, scaffali carichi di pennelli, spatole e recipienti di vetro e di argilla di tutte le misure, pieni di colori. Su un tavolo erano allineati mortai e pestelli, ognuno pieno di polvere di un colore diverso; vicino, bottiglie d'olio e d'acqua ragia per diluirle. Sui cavalletti erano disposte le tele più piccole, e su un grande tavolo in fondo allo stanzone c'erano i fogli di carta e i carboncini per gli schizzi e i disegni preparatori.

Tiziano indossava una lunga zimarra di tela grezza tutta imbrattata di colori vari, come se avesse l'abitudine di pulirci i pennelli. Tracciava con mano sicura sui fogli disegni preparatori di figure in movimento, si fermava, sceglieva un colore da stendere su un fondale per uno dei suoi garzoni di bottega, spiegava a un altro come doveva graduare le ombre su un panneggio, correggeva con brevi tocchi di pennello qualche particolare.

C'era gente di tutte le età che lavorava in bottega, uomini fatti che rifinivano le grandi figure e i fondali dove dolci paesaggi veneti, fioriti di alberi, percorsi da fiumi, si stemperavano in una luce dorata fino alle montagne lontane che facevano da quinte sul cielo mosso e luminoso; ragazzi che stendevano i colori su grandi superfici, persino bambini che mescolavano i colori nei recipienti e pulivano i pennelli. La luce del primo pomeriggio spioveva dal soffitto inondando lo stanzone e mettendo in risalto i colori splendenti delle tele in lavorazione.

«Oh, che bene, siete arrivati, vi aspettavo», Tiziano posò il pennello e andò incontro con un sorriso ai due giovani patrizi che entravano dando il braccio alla loro candidata Venere.

«I miei omaggi, illustrissimi, servo vostro, signora Veronica: siete proprio voi, non è vero, la signora Veronica Franco? Vi ravviso dalle descrizioni dei vostri e miei amici. Venite avanti, alla luce, voglio vedervi bene. Mi scuserete se qui dentro è sporco un po' dappertutto, non c'è nemmeno una sedia o uno sgabello per farvi sedere, senza che vi sporchiate questo bel vestito che vi dona tanto», si inchinò con galanteria: «Grazie di esser venuta, mi avete fatto un grande onore, ero curioso da tempo di conoscervi di persona, anche se non avessi avuto la scusa del quadro».

Veronica si inchinò, rendendo omaggio al genio del maestro e lo ringraziò a sua volta per averle permesso di visitare la sua bottega e di ammirare i quadri in lavorazione. Girò qua e là guardando con occhi sgranati, si fermò incantata davanti a una grande tela che copriva quasi tutta una parete: nella parte superiore era appena abbozzata una bambina che saliva una grande scalinata che tagliava obliquamente la scena; ai piedi della scalinata era accovacciata una vecchia con uno scialle drappeggiato intorno alle spalle e una cesta d'uova che offriva la sua mercanzia ai passanti. La vecchia, dipinta con colori chiari e allegri, era di un realismo impressionante, e la sua mano tesa nel gesto abituale delle venditrici di Rialto pareva uscisse dalla tela.

«Che meraviglia!» esclamò. «Questa vecchia pare viva, verrebbe da andare a chiederle di venderci una dozzina di uova! E perché questa scala, e questa bambina dolcissima che la sale?»

«È la presentazione di Maria bambina al tempio. Ma ci devo ancora lavorare pareccchio», rispose il pittore. «La vecchia l'ho vista a Rialto e mi riempie bene questo spazio, qua a destra in basso, ai piedi della scala. Se no avrei dovuto dare tutta un'altra prospettiva alla scala e a tutto il quadro. E poi sono stufo di dipingere solo santi e madonne, mi piace ogni tanto dipingere cose e persone vere, quelle che tutti vedono per strada.»

Tiziano dette altre istruzioni ai lavoranti, poi chiese a Veronica se voleva provare a posare per lui: «Già che siete qua, facciamo qualche schizzo, tanto per vedere come mi potrebbe venir fuori la vostra figura nel quadro. Dopo, casomai, ci metteremo d'accordo sulla posa, che è una storia più lunga e più noiosa, così potrete vedere anche voi se vi va di perdere tanto tempo in questo modo».

La invitò a salire su una pedana, e cominciò subito a fare degli schizzi a carboncino, ritraendola in diversi atteggiamenti, di faccia e di profilo, mentre i suoi due accompagnatori curiosavano in giro e domandavano spiegazioni ora all'uno ora all'altro dei garzoni.

Il pittore suggeriva man mano a Veronica gli atteggiamenti che doveva prendere, seduta, in piedi, sporgendosi in avanti, tendendo le braccia, con la testa girata da un lato o curva, sorridente o seria. Tracciava schizzi rapidissimi, appena accennati, sui fogli che aveva davanti. Le fece sciogliere i capelli, togliere il zendàl, scoprire le spalle e il seno, cose che Veronica eseguì con grazia incantevole. Dopo un'oretta Tiziano si fermò, pensoso, e chiamò i due amici che si erano avvicinati per osservare il lavoro del maestro.

«Venite qua, anche voialtri, guardate», disse il pittore volgendosi con espressione imbarazzata a Veronica e ai suoi accompagnatori. «Non so nemmeno io cosa posso dirvi: guardate questi disegni. Non assomigliano a nessuna figura di donna che io abbia dipinto nei miei quadri. Lei è bellissima, fin troppo bella, un sogno. Ma pare fatta proprio della materia dei sogni, non di quella pesante e viva delle donne vere come le ho sempre dipinte io. È troppo sottile, troppo chiara, ha colori troppo delicati. Non riesco a darle volume, non riesco a vedere e a trovare il suo colore. È una donna da disegnare più che da dipingere. Guardate il collo, così lungo: è elegantissimo, è l'ideale per metterci delle collane di perle, ma a me disturba le proporzioni. Non so, forse un giorno ci sarà un pittore bravissimo, che vedrà e dipingerà donne disegnate nettamente, dal collo lunghissimo, e questi strani occhi obliqui divorati dalle iridi, ma io no, non sono capace, sono troppo vecchio per cambiare il mio modo di dipingere, ho bisogno di donne più in carne, di spazi e volumi per poter metterci sopra i colori.»

Veronica scese dalla pedana delusa, soffocando il dispetto sotto un sorriso. «Mi dispiace, caro signor Tiziano, di non essere di vostro gradimento. Questa sono e non posso cambiarmi. Jacopo Robusti me lo aveva fatto, un bel ritratto, peccato che l'ho regalato. Ma sono stata lieta di conoscervi e di vedere la bottega con i vostri quadri in lavorazione. Spero che troviate una donna adatta per farvi da modella. Io non lo faccio mai, di solito, avrei fatto proprio un'eccezione per voi, perché siete il più gran pittore di Venezia.»

«E voi siete certamente la più bella donna di Venezia», rispose galante il vecchio pittore, dispiaciuto di averla in qualche modo offesa, «ma, vedete, ogni pittore ha il suo modo di vedere le cose e le persone, e di rappresentarle nei quadri che fa. Voi siete forse troppo bella per me: non sarei capace di rendere sulla tela in modo credibile la vostra bellezza, che non sembra nemmeno reale, e invece mi riesce bene di dipingere donne più comuni, come posso spiegarvi, più terra terra, che poi nel quadro finito sembrano dee, ma per il colore e la luce che riesco a mettere nella loro carne. Ma ci dev'essere carne su cui stenderli, i colori. Mi sarebbe piaciuto vedere il ritratto che vi ha fatto il Tintoretto: bravo ragazzo, ha un bel tratto e ha imparato a adoperare bene la luce nei suoi quadri, diventerà un gran pittore se va avanti così.»

Si accomiatarono, ma Veronica, nella breve via del ritorno, era pensierosa, affascinata dai quadri che aveva visto e addolorata di non poter restare viva, giovane e bella per sempre in uno di quelli, circondata di luce e di colori smaglianti per tutti i secoli a venire.

A ca' Diedo, a Santa Fosca, c'era un via vai continuo di medici, guaritori, frati e indovini. Al piano nobile, nella sua stanza dal soffitto altissimo, affrescata splendidamente con le scene delle imprese degli antenati Antonio e Luigi Diedo, delle battaglie sotto le mura di Costantinopoli in cui si erano coperti di gloria e della battaglia navale in cui solo la perizia dei Diedo aveva permesso di condurre in salvo la flotta veneziana, il giovane Fantino giaceva sul letto gemendo, la gamba ferita gonfia e nerastra per l'infezione.

Non erano valse a nulla le cure fino allora praticate. I medici che si erano alternati al capezzale del ferito, benché fossero i migliori di Venezia ed esperti nel curare ferite d'arma da taglio, erano scoraggiati: l'unica soluzione, dato lo stato avanzato dell'infezione, sarebbe stata quella di tagliare la gamba, ma erano trattenuti dalla paura di infliggere ulteriori torture a un malato già condannato.

I familiari si erano rivolti anche ai guaritori e ai maghi venuti dall'Oriente, che esercitavano in gran numero in città, nella speranza di un salvataggio miracoloso, ma nemmeno le pozioni misteriose e i riti esoterici avevano dato risultati.

Vista la gravità del malato, considerata l'impossibilità di convocarlo a palazzo Ducale, l'avogadòr e uno dei capi del Consiglio dei Dieci decisero di spostarsi a ca' Diedo per sentire e mettere agli atti anche la sua deposizione, che rivestiva una particolare importanza, prima che fosse troppo tardi.

Sbarcati dalla gondola nera alla porta d'acqua del palazzo che affacciava sul rio di Santa Fosca, si fecero annunciare e salirono il grande scalone di pietra d'Istria fino alla stanza del ferito. Trovarono il patrizio che smaniava sul letto, con la gamba ricoperta di sanguisughe. Un medico le staccava man mano che si gonfiavano, dopo aver succhiato il sangue infetto, le gettava in un secchio e applicava le nuove, che si contorcevano fra le sue dita finché non si erano attaccate con la bocca viscida alla gamba gonfia.

Un servo rinnovava impacchi freddi sulla fronte febbricitante di Fantino. Su un tavolo erano allineate boccette di unguenti, bende pulite, e i vasi con le sanguisughe. Dalle finestre spalancate veniva una brezza leggera, che non riusciva a dissipare il pesante odore di marciume che aleggiava intorno al letto del ferito. In fondo alla stanza alcune donne sgranavano sottovoce avemarie e invocazioni di santi.

Alla richiesta degli inquisitori, Fantino acconsentì con convinzione, come se fossero venuti incontro a un suo desiderio, e rese la sua deposizione con lucidità e precisione, nonostante i dolori lancinanti che lo facevano sudare e smaniare.

«Sto morendo, non posso far altro che dirvi la verità, tutta intera, e se può servire a salvare qualcuno, sia pure un nemico, ne sono contento lo stesso, chissà che non acquisti qualche indulgenza davanti a Dio. Ce l'ho tutto stampato qua nella mente, quello che è successo quella notte. Eravamo ubriachi tutti e due, ma Antonio era talmente ciucco che non capiva più niente. Glielo avevo detto ben chiaro: lascia stare la Modesta Veniero, vai a rischio di combinare un disastro, è nobile, maritata. E anche con la Veronica, vai adagio, non è una puttana qualsiasi, è una donna libera che si prende soltanto gli uomini che sceglie lei, per una ragione o per l'altra, ed è fiera e si offende subito se non viene trattata come una gran dama. Non sai – gli ho detto – che ha sfidato addirittura a duello il Maffio Venier che aveva scritto quella poesia su di lei, piena di velenose invettive? Pare per di più che tiri di scherma assai bene. E poi stasera è col Marco Giustinian, che ne è innamorato pazzo, e guai a chi gliela tocca! Insomma, ho sprecato il fiato, non mi ha voluto nemmeno ascoltare, non dico darmi retta, ed è successo il putiferio. Io mi sono messo in mezzo, per cercare di fermarli, e così mi sono preso questo colpo di spada nella gamba, e proprio dal mio amico, che volevo solo difenderlo, e invece lui ha perso la testa e ha cominciato subito a tirar colpi al buio, senza vedere dove andavano a finire. Ma non ho sentito arrivare altri colpi, dall'altra parte, e io ero proprio là in mezzo. Mi è sembrato, anche se non posso giurarlo, perché non solo non vedevo niente per il buio improvviso, ma in quel momento ero stato ferito e stavo cadendo per terra, che il colpo che ha raggiunto Antonio Castriota sia stato inferto da dietro o di lato, e non dalla parte dove ero io, in mezzo fra il duca e Marco Giustinian e Zorzi Contarini. In fede mia, questo dovevo dirvelo, e sono contento che siate venuti qua a sentirlo dalla mia bocca, perché chissà per quanto tempo ancora sarò in grado di ragionare e di parlare. Mi resta poco da vivere, e quel poco malamente.»

I due inquisitori si alzarono, dopo aver annotato fedelmente tutta la deposizione di Fantino Diedo, presero congedo e lo ringraziarono, rendendogli omaggio per il suo coraggio, la sua sincerità, e la sua serena mancanza di rancore, e se ne andarono, ben consci che quello era un commiato definitivo.

Il racconto dello sventurato giovane li aveva resi pensierosi: per la prima volta si affacciava la possibilità concreta che nei tragici eventi della notte al casìn dei nobili ci fosse stato un altro attore, per ora sconosciuto, e che le proteste di innocenza del Giustinian e del Contarini avessero qualche fondamento di verità.

Questo voleva dire, per loro, che l'inchiesta era ancora in alto mare, ma anche che era possibile forse evitare un errore giudiziario che avrebbe colpito duramente due delle famiglie più importanti di Venezia.

Scesero il grande scalone, si imbarcarono sulla gondola che li aspettava, immobile sulla liscia acqua verde del rio, che rifletteva come in uno specchio la facciata rovesciata del palazzo. Quando posero il piede sulla gondola e il gondoliere prese il remo, la monumentale facciata capovolta si scompose, nello specchio dell'acqua, in tanti frammenti tremolanti, come per un silenzioso terremoto.

Sull'ultimo gradino del ponte che portava al campo Santa Fosca c'era un mucchietto di stracci neri e verdastri, come per una muffa antica, da cui spuntava la faccia rugosa della zingara, stranamente silenziosa. Tese una mano al passaggio della gondola, mormorando: «Un soldo, solo un soldo di giustizia, per carità di Dio!»

«Va' all'inferno, brutta strega», le gridò il gondoliere, minacciandola col remo.

All'osteria della Cerva c'era come al solito un certo affollamento, e la Luisa girava tra i tavoli cogliendo qua e là brani di conversazione e tendendo l'orecchio quando le sembrava di sentire qualcosa che avesse un qualche riferimento al delitto del casìn dei nobili. Sempre più si faceva strada nella sua mente la speranza che, riunendo tutte le testimonianze dei presenti alla festa e tutte le voci e le ipotesi che si andavano facendo, avrebbe potuto farsi un quadro chiaro degli avvenimenti e forse trovare una spiegazione diversa per il ferimento del duca, e così rendere possibile la liberazione di Zorzi Contarini e del suo amico. Si sentiva sicura della loro innocenza, aveva un'intuizione, o forse un desiderio, molto intensi che le davano la spinta a cercar di capire, di sapere di più.

Decise che la prima cosa da fare era scoprire quali altri personaggi avessero avuto la possibilità di compiere il delitto, o un preciso interesse per la morte del duca. In questo senso, pensò la Luisa, la prima mossa poteva essere quella di chiarire il ruolo del giovane mantovano che aveva uno dei motivi più validi di odio per la vittima.

Doveva andare all'osteria del Sturiòn, e cominciare da lì le sue indagini. Senza perder tempo, affidò a Bortolo, che era appena tornato dalla giornaliera visita alla prigione per portare vettovaglie e generi di conforto agli imputati, la gestione dell'osteria, e si avviò verso la concorrente, l'osteria del Sturiòn.

Passò il ponte di Rialto, guardandosi intorno, respirando con piacere l'aria tiepida della prima estate, contenta, nonostante le preoccupazioni, di allontanarsi per un po' dallo stanzone dell'osteria, dove passava le sue giornate, dalla cucina greve di odore di pesce, dagli avventori rumorosi che disturbavano così spesso il corso dei suoi pensieri, anche se movimentavano la sua vita ed erano per lei quasi sempre una lieta e allegra compagnia. Camminava a passi svelti e leggeri, ma i pensieri che intanto le scorrevano dietro lo schermo dei grandi occhi curiosi erano pesanti e avevano ben poco di consolatorio. Si rendeva conto di essersi messa in un'impresa superiore alle sue forze, anche se forse non al suo intelletto. Aveva paura che il suo slancio di ottimismo fosse ben poco giustificato. Era difficile, per una donna, e per di più una donna del popolo come lei, indagare nell'ambiente dei patrizi. È vero che raccoglieva molte informazioni, standosene tranquilla al lavoro nella sua osteria, dove tutti parlavano di tutto con grande libertà: le bastava ascoltare attentamente tutte le conversazioni e mettere insieme tutto quello che veniva detto. Ma anche se fosse riuscita a sapere qualcosa di veramente importante con cui poter dimostrare l'innocenza dei suoi protetti, come avrebbe potuto utilizzare praticamente le sue scoperte? Questo non le era ancora chiaro. Non poteva certo andare al Consiglio dei Dieci a dire, così, semplicemente: «Guardate che vi sbagliate, lo so io chi è stato a colpire il duca di Ferrandina. Lasciate andare il Contarini e il Giustinian e mettete ai ferri questo qui», che poi magari era pure un patrizio potente e rispettato.

Nonostante questi pensieri, e lo sgomento che le mettevano addosso, si godeva la passeggiata, passatempo per lei abbastanza raro, e intanto non perdeva niente di tutto quel che succedeva in strada, valutava e ammirava i vestiti delle donne che passavano, dava un'occhiata ai banchi di vendita allestiti lungo tutto il percorso, e nello stesso tempo pensava a come entrare in argomento al Sturiòn, quale pretesto prendere per sapere qualcosa di più sui movimenti del giovane mantovano, senza dar luogo a illazioni e pettegolezzi senza fine.

Non fu necessario: appena entrò nello stanzone fumoso dell'osteria, la accolsero come una vecchia amica, le fecero festa tutti, avventori, oste e servi, la insediarono a un tavolo con un'ombra davanti e un piatto di canocie, e cominciarono a tempestarla di domande, di benevoli sfottò e di chiacchiere: «Che buon vento ti porta fin qui, Luisa? Vuoi vedere che è finito il vino, nell'osteria della Cerva, e che le è toccato fare il ponte e venire fin qua per bere un'ombra?» E il padrone del Sturiòn: «Sei venuta a vedere come è fatta un'osteria vera, seria, invece che uno scherzo di bettola come la tua?»

La Luisa rispondeva sorridendo, e dispose subito, con naturalezza, la sua esca: «La mia, una bettola? Ma se è sempre piena, e tutti ci si trovano bene, anche perché li accolgo con garbo, almeno là c'è, oltre alle ombre e ai magnareti, anche una bella donna che gli sorride, invece di un brutto muso di un oste come qua! E poi ci viene sempre della bella gente, nella mia osteria: c'è stato anche il duca di Ferrandina, prima che lo ammazzassero, poveretto. Qua al massimo c'è venuto quel ragazzo di Mantova, gentucola... è ancora qua, per caso? Mi hanno detto che era anche lui alla festa al casìn dei nobili a Murano».

Lanciato così il suo amo, la Luisa, con l'aria di chi non è particolarmente interessata, non trascurava di guardarsi bene intorno, e di fare dei paragoni tra questa, più antica e più famosa, e la sua osteria: qui il soffitto era più alto, il foghèr più ampio, con una panca che correva tutto intorno, e anche la scafa di pietra rosa era più grande della sua, con i secchi di rame per l'acqua allineati sopra in bell'ordine: però il pavimento di mattoni era coperto di immondizia, lische di pesce, teste di gamberi, croste di pane, e pareva che la pulizia fosse affidata, più che altro, all'attività di due gatti soriani che razzolavano beati fra gli avanzi. Le tovaglie anche lasciavano parecchio a desiderare: sdrucite e macchiate, era evidente che non venivano cambiate da vari giorni.

La Luisa sorrise tra sé, pensando alla pulizia del suo locale e a Bortolo che sfregava il pavimento tutte le sere.

«Certo che ci hai fatto una bella improvvisata, Luisa, chi

mai ti aspettava qui da noi! Era ora che ti muovessi un po' da quel buco dove lavori. Qua vengono tutti, cosa vuoi fare, anche da Mantova, ma anche da tutto il mondo, e quello che ci dà ancora più soddisfazione, anche dalle altre osterie di Venezia, tipo l'osteria della Cerva!»

«Accontentatevi di queste spiritosaggini, intanto l'osteria della Cerva è quella dove viene tutta la gente più importante di Venezia, i patrizi, ma anche i poeti, i pittori come Tiziano! La vostra è un'osteria vecchia, sorpassata, fuori moda! Bella come locale, non lo nego, ma adatta per i fruttivendoli e i pescatori del mercato!»

Mentre scambiava battute col padrone la Luisa prestava orecchio, ostentando un'aria svagata, ai racconti e ai commenti che si erano scatenati appena aveva nominato Giacomo d'Armer: e non tardò a unirsi alla conversazione, chiedendo maggiori particolari. Che il giovane mantovano avesse sbraitato in continuazione minacce nei riguardi del duca, specialmente quando aveva un po' bevuto, la Luisa lo sapeva già: adesso apprese che effettivamente la sera fatale il giovane si era mascherato e si era fatto condurre alla festa a Murano. Quale fosse il suo intento non l'aveva confidato a nessuno, ma certo era armato con una corta daga che teneva appesa alla cintura. Era tornato a notte fonda, svegliando tutti all'osteria, perché voleva far su i bagagli e partire subito per Mantova.

Il servo che lo aveva aiutato a cambiarsi, preparare la sua roba e portarla giù alla barca che lo avrebbe traghettato in terraferma non ricordava di aver visto macchie di sangue sui suoi abiti, né sulla daga: riferì che sembrava spaventato, e al momento non aveva capito il perché. Aveva una gran fretta, come se dovesse fuggire da qualcosa o da qualcuno che lo inseguiva. Il perché era diventato chiaro la mattina dopo. Con tutto il parlare che aveva fatto di «ammazzare quel cane arrogante del duca di Ferrandina», era logico che temesse di essere sospettato e che preferisse sparire dalla città alla svelta.

Quelli che lo avevano conosciuto, lì al Sturiòn, lo ricordavano come un bravo figliolo, troppo giovane e impulsivo, capace di gran rodomontate a parole ma piuttosto impacciato quando si trattava di passare ai fatti, gentile d'animo in fondo, e impelagato, suo malgrado, in una situazione troppo difficile per le sue forze. La Luisa si rese conto che in realtà nessuno sospettava il giovane Giacomo dell'aggressione al duca: pareva che nessuno lo ritenesse capace di un gesto così abile e così deciso. Potevano indurre al sospetto solo le minacce che aveva proferito in abbondanza e la sua fuga precipitosa: ma questa era dovuta probabilmente al fatto che, avendo assistito alla tragedia, il giovane si era reso conto di poter essere uno dei maggiori indiziati del delitto.

Il padrone del Sturiòn aggiunse un particolare curioso, vedendo che la Luisa ascoltava interessata: raccontò che la sera, dopo il torneo, il mantovano era rientrato nella sua stanza ferito e tutto ammaccato per essere stato sbalzato da cavallo dal duca di Ferrandina. Giacomo era accompagnato dalla vecchia zingara, che lo aveva curato con impacchi d'erbe sconosciute, tirate fuori da una bisaccia ben nascosta fra le sue numerose sottane sbrindellate, e con strane formule magiche; curato tanto bene, in ogni caso, che poco più tardi il giovane era perfettamente sano e in grado di alzarsi dal letto, di vestirsi e mascherarsi per la festa. Tutti quelli che avevano assistito alla guarigione miracolosa ne erano stati molto colpiti. D'ora in poi le parole della vecchia sarebbero state ascoltate con attenzione, invece che prese per vaniloqui. Già si sapeva che molte delle sue profezie si stavano avverando: se a questo si univa ora anche la capacità di curare rapidamente le ferite... In futuro, entrando all'osteria del Sturiòn, avrebbe avuto senz'altro cibo e vino gratis a volontà: forse qualcuno non ci credeva proprio, altri avevano dei dubbi, ma era meglio tenersela buona, non si sa mai.

La zingara, andandosene, aveva detto: «Va' alla festa a Murano, stasera, Giacomo, vai e vedrai con i tuoi occhi avverarsi quello che volevi e speravi di fare, e che ti pareva ormai impossibile».

La Luisa si mostrò molto incuriosita dal racconto e chiese di vedere la camera che il giovane aveva occupato al piano di sopra dell'osteria, nella speranza di trovare qualche traccia, o di riuscire a capire qualcosa in tutto quell'imbroglio, ma neanche questo sopralluogo le suggerì niente di nuovo: la stanza era perfettamente vuota.

Allora salutò con effusione il padrone del Sturiòn e tutti gli avventori che avevano partecipato alla conversazione, ringraziò per l'ospitalità cordialissima che aveva ricevuto, promise di ricambiare ogni volta che le avessero fatto l'onore di entrare nel suo regno, alla Cerva, e se ne andò, dubbiosa e sfiduciata.

Sulla porta del palazzo Ducale che si apre sotto il portico, davanti alla riva e all'isola di San Giorgio, Bortolo e Lucieta si scontrarono, arrivando di corsa con i rispettivi cesti di vettovaglie. Lucieta, tutta rossa in viso, si scusò, e Bortolo le sorrise timidamente, replicando: «Ma no, sono io che devo domandare scusa, sono arrivato di corsa, senza guardare, ma è perché ho sempre tanto da fare, dove lavoro, e se perdo tempo devo poi stare sveglio la notte fin che ho finito tutto: non posso mai dire che lo farò domani, la mattina presto arrivano già i primi avventori e devo essere pronto a servirli».

Lucieta lo ringraziò con un faticoso sorriso sulle labbra tremanti: lei non aveva scuse da fare, era solo distratta, tutta presa dai suoi pensieri.

La guardia alla porta si mise a ridere guardando i due ragazzi: «Ecco qua la cena per i nostri prigionieri più fortunati! Date qua, date qua, figlioli, che da quando ci sono Giustinian e Contarini, in prigione, mangiamo meglio tutti. Gli portate da mangiare voi due, gli portano di tutto i servi delle famiglie, loro mangiano quello che possono, e il resto ce lo dividiamo fra noi e gli altri prigionieri. È molto meglio del nostro rancio. Grazie, e venite anche domani, mi raccomando!»

«Come stanno?» chiese Bortolo, consegnando il suo cesto alla guardia e ritirando il cesto vuoto del giorno prima, che l'uomo gli tendeva.

«Per essere dove sono non stanno poi tanto male: sono giovani, pieni di vita, si adattano ai disagi senza soffrire troppo; qualche volta li sento anche ridere, ma è un brutto posto, questo, per due ragazzi così, e poi, quel che è peggio, è non sapere per quanto potranno essere pieni di vita come sono: è probabile che sia ancora per poco. Li manderanno a morte, sono sicuro, ne ho visti altri come loro, e non c'è famiglia che tenga, con i capi del Consiglio dei Dieci.»

Man mano che l'uomo parlava Lucieta, da rossa che era, diventò pallidissima, sembrava che tutto il sangue le fosse defluito dal viso. Si volse senza parlare e cominciò ad allontanarsi lungo il portico come chi voglia sfuggire a qualcosa, senza nemmeno un cenno di saluto.

«Chissà da che grèbani viene quella là», commentò la guardia, pronta a iniziare una dissertazione sull'aspetto e il comportamento di Lucieta. Ma Bortolo salutò e ringraziò in fretta e rincorse la ragazza, raggiungendola quasi subito.

«Perché non mi aspetti? Vieni, che almeno facciamo la strada insieme. Io mi chiamo Bortolo, e tu, come ti chiami?», e vedendo che la fanciulla sembrava bloccata da una forte emozione, incapace di spiccicar parola, Bortolo continuò a parlarle con dolcezza e con calma, senza insistere per avere una risposta immediata.

«Lavoro all'osteria della Cerva; la mia padrona si chiama Luisa, è una brava donna e mi tratta bene, come un amico, quasi come un fratello più piccolo, e così io lavoro volentieri, con lei, anche se c'è tanto da fare. Non sono di Venezia, vengo dalla campagna, mio padre e mia madre hanno un po' di terra verso Tessera. Siamo in tanti fratelli, non hanno bisogno di me per i lavori dei campi, e io ero curioso di vedere anche altri posti, prima di tutto Venezia... guarda come è bella, dappertutto dove posi gli occhi. Non ci si stanca mai di guardare!»

Passarono davanti alla porta della Carta, un maestoso merletto bianco, i battenti del portone spalancati che lasciavano intravedere la scala dei Giganti; davanti alla facciata della basilica di San Marco, con i suoi cinque archi sostenuti da colonne finemente lavorate e scolpite, rivestiti di mosaici splendenti su fondo oro. Alzarono gli occhi per contemplare i quattro cavalli di bronzo dorato che, con la loro zampa alzata e il collo arcuato, sembrava volessero spiccare la corsa per l'azzurro spazio della piazza, creature soprannaturali fatte apposta per quella città che non pareva di questo mondo.

Lucieta cominciava a calmarsi, come se tutto lo splendore che la circondava fosse un balsamo per la misteriosa ferita che aveva nell'anima. La presenza di Bortolo non la innervosiva, lo percepiva come la creatura più simile a se stessa che avesse finora incontrato a Venezia, e gli era riconoscente per la discrezione con cui le stava vicino, senza pretendere risposta. I due ragazzi camminavano fianco a fianco senza più parole, guardandosi intorno pieni di meraviglia.

«Io vado a casa, a San Cancian», disse Lucieta dopo un po' che passeggiavano l'una accanto all'altro per le Mercerie, e la nube che le aveva oscurato gli occhi sembrava meno nera: «Sono a servizio dalla Veronica Franco». Non aggiunse altro, ma Bortolo intuì che lo aveva accettato e che era disposta a far amicizia con lui.

Passò un altro giorno, cambiò il tempo, cominciò a soffiare uno scirocco pesante da sud-est che sollevava brevi onde d'argento sulla superficie finora tranquilla della laguna. Nel cielo basso si accavallavano grandi nuvole scure, che sembravano sfiorare i campanili e spegnevano in toni sfumati di grigio i vivaci colori dei palazzi e delle chiese della città. Ben presto scrosciò una pioggia violenta, che frustava le facciate dei palazzi e delle case, erompeva con getti violenti dalle gorne, ricamava la superficie dei canali con innumerevoli cerchi concentrici e intersecantisi. La pioggia lavava e ripuliva la città, scolando poi in mille rigagnoli nei canali intorbidati per essere portata via dalla marea calante.

Certo c'era anche chi la malediceva con sentimento, vogando in alto a pope sulle barche, o spingendo con la spalla il lungo remo sulle fiancate delle peate, o peggio ancora, appeso nella cheba sul campanile come prete Agustìn. Chi poteva cercava rifugio e conforto negli accoglienti antri bui delle osterie, con la pioggia che batteva forte sui vetri e le lampade a olio accese anche di giorno, a rischiarare un po' l'ambiente, oltre alle braci sempre rosseggianti nel grande camino, con la grela pronta lì vicino per arrostire il pesce man mano che gli avventori lo chiedevano.

La Luisa aveva già preparato e scodellato una grande polenta fumante su un tagliere appoggiato sulla pietra del camino, vicino alle bronse, da dove chi entrava veniva a tagliarsi una fetta con l'assa di filo bianco legata al manico. Adesso stava infilando un trito di aglio e prezzemolo nelle seppie che Bortolo aveva già pulito, prima di sistemarle sulla grela e di arrostirle dai due lati.

Continuavano a entrare avventori, scrollandosi di dosso l'acqua e togliendosi i berretti grondanti. La Luisa salutava tutti e aveva per ognuno un sorriso e un invito particolare. Balzò in piedi, tesa come un segugio che ha fiutato una pista, quando vide entrare alcuni gentiluomini che avevano fatto parte del seguito del duca di Ferrandina, e che lei credeva già ripartiti, dopo il funerale. Li salutò con effusione, si rivolse loro con il maggior garbo possibile, li fece accomodare a un tavolo, servì loro di persona vino fresco, pane, salame e cipolline sottaceto.

«Illustrissimi, non sapete come sono contenta di vedervi, non sapevo come fare per esprimervi tutto il mio dispiacere per la morte del povero duca, se permettete che anche una povera donna come me vi faccia le sue condoglianze. È stata una grande disgrazia, e a noi veneziani dispiace che sia successo proprio qui. Non riusciamo a darci pace, in questa città che accoglie tutti quelli che vengono da ogni parte del mondo con amicizia e cortesia. Accomodatevi qua, riposatevi un momento, appena sono pronte le seppioline arrosto ve ne porto un piatto, intanto se posso permettermi, vi offro io un'ombra di vino. Questo è un salame che fa il padre di Bortolo in campagna con i suoi maiali, è il migliore che ho. Se volete qualcosa d'altro ditemelo, sono qua per servirvi, chiamatemi.»

La Luisa continuò poi ad andare su e giù indaffarata, ma cercando di restare sempre abbastanza vicina al gruppo da coglierne i discorsi. Sussurrò anche a Bortolo di stare attento per riferirle in seguito quello che avrebbero detto.

Per un bel po' le chiacchiere dei forestieri furono del tutto insignificanti. La Luisa si affaccendava su e giù, distribuendo sorrisi ma senza prestare attenzione a nessun altro. A un certo punto drizzò gli orecchi: la sua pazienza stava per essere ricompensata. Parlavano, inevitabilmente, della sera fatidica e si ripetevano l'un l'altro quello che avevano visto, quello che avevano fatto e quello che pensavano del tragico incidente che li aveva privati dell'amico e del compagno di tante battaglie e di tanti festini.

La bella ostessa colse una frase che la convinse a non perdersi il resto del discorso: «Ma avete visto anche voi quel giovane mascherato alla festa? Quello con la maschera nera da medico, col naso lungo, sotto un berretto di velluto verde scuro ricamato di piume colorate? A me pareva, dal modo di muoversi, di atteggiarsi, che assomigliasse molto a Bernardo Castriota».

«Certo che a Bernardo», aggiunse un altro, «conviene molto questa morte prematura del fratello. Prende la primogenitura, il titolo di duca, e prende soprattutto tutti i beni, le terre, i possedimenti di Antonio.»

«Non azzardatevi a dire cose del genere», si inserì un terzo: «Intanto nessuno di noi l'ha riconosciuto, e su un sospetto non si può certo non solo costruire un'accusa, ma nemmeno fare delle insinuazioni come questa che ho sentito. Ricordatevi che d'ora in poi il duca è Bernardo, e da lui dipendiamo e dipendono le nostre fortune».

«Sì, ma è tutt'altra pasta dal povero Antonio, è invidioso e vigliacco tanto il fratello era generoso e pieno di coraggio. Non mi meraviglierebbe se fosse stato proprio lui a cogliere l'occasione propizia e a dare il colpo fatale al fratello. Cosa ci faceva alla festa, lui che non doveva nemmeno essere a Venezia, e per di più mascherato in modo da essere irriconoscibile?»

Quello che aveva parlato prima sbuffò: «Fate attenzione a quello che dite. Se era irriconoscibile, come fate a essere sicuri che era lui? Non mi sembra prudente, fra l'altro, parlarne in un luogo pubblico come questo. Chiunque può ascoltarci e magari riferirgli i nostri sospetti».

Fuori stava spiovendo: sgocciolava acqua dai tetti e ogni tanto qualche brandello di nuvola rovesciava ancora brevi scrosci di pioggia sulla città; ma negli strati di nembi plumbei che avevano coperto il cielo si aprivano qua e là sprazzi di azzurro limpido e di luce calda e aranciata che annunciava il tramonto.

Il gruppetto si accomiatò e uscì, e la Luisa scambiò un'occhiata con Bortolo. La speranza di scagionare il giovane Contarini si riaccendeva, con un altro sospetto da aggiungere alla lista. La situazione non sembrava più così schematica come era apparsa al principio. Altri attori si aggiungevano a quelli che in qualche modo avevano avuto a che fare con il gruppo dei protagonisti e che erano presenti la sera della tragedia, e il quadro si faceva sempre più completo, anche se più complicato. La Luisa non dimenticava nemmeno il reciòn Condulmèr, che pure sembrava poco probabile come assassino, e il misterioso paggio da lui inseguito per le sale del casìn dei nobili. Anche se solo spettatori, era possibile che avessero visto qualcosa, e che potessero aggiungere una tessera utile allo scioglimento del mistero.

Bartolomeo Gradenigo era sempre informatissimo su tutto quello che succedeva: conosceva tutti, a Venezia, stava sempre in giro a far comarò, non avendo molto altro di che occuparsi. Per di più, nella sua numerosa famiglia, c'era un fratello di sua madre che era uno dei tre avogadori della Repubblica: da lui Bartolomeo riusciva a spremere informazioni in anteprima e a sapere molto di quello che si diceva nei meandri del palazzo. Naturalmente si precipitava subito a casa di Veronica (che in quei giorni non faceva che tormentarlo per conoscere i nuovi sviluppi dell'indagine) a raccontare quello che aveva saputo e farsi bello con le indiscrezioni raccolte qua e là. Si presentò quindi a casa Franco con allegra esuberanza, accompagnato come al solito dall'amico Giovanni Da Mosto, per riferire le ultime novità raccattate in giro sulla vicenda del casìn dei nobili, che appassionava tanto tutta la città ed era in quel momento, per Veronica, l'unico pensiero, quello che occupava notte e giorno la sua mente, con la preoccupazione per la sorte di Marco Giustinian.

Gli ospiti furono accolti come il solito a braccia aperte da madre e figlia, introdotti nella sala e riempiti di complimenti.

Veronica conosceva e frequentava molte persone a Venezia, anche fra la nobiltà, ma la sua posizione ambigua non le permetteva di entrare in confidenza facilmente; di solito stava sempre piuttosto in guardia, temendo le chiacchiere e le maldicenze. Con quei due giovani aveva invece stabilito una vera amicizia, forse grazie alla loro sincera ammirazione per la sua vita libera dalle convenzioni e per la spontaneità e la naturalezza con cui discutevano con lei di qualsiasi argomento. I due poi sembravano trovarsi perfettamente a proprio agio nella casa accogliente di Veronica, ci si muovevano senza nessun impaccio, e sapevano eclissarsi con delicatezza, senza prendersela, quando le circostanze lo richiedevano.

Lucieta fu mandata in cucina a preparare un rinfresco per gli ospiti. Era sempre più triste e silenziosa, come se qualcosa la rodesse dentro. Ogni giorno doveva andare alle prigioni a portare generi di conforto: cibarie raffinate, vino, libri, messaggi di Veronica, a Marco e Zorzi, e ogni giorno pareva che questo incarico le pesasse di più, la sprofondasse in un'angoscia sempre più viva per la sorte dei due giovani. Mangiava poco, di malavoglia, non dormiva la notte, o si svegliava gridando in preda a incubi. La Paola la guardava con preoccupazione, pensando che se la cosa non si risolveva avrebbe dovuto rimandarla a casa sua, in Friuli, e sarebbe stato difficile trovarne un'altra così docile e robusta, disposta a far di tutto in casa. Veronica invece, tutta presa dalla preoccupazione per la sorte di Marco, non se ne accorgeva neppure. Ma questo, invece che dispiacere a Lucieta, sembrava esserle di conforto: cercava di passare inosservata, di non essere costretta a trovare scuse o giustificazioni per quel suo strano atteggiamento, di non dover dare spiegazioni del cambiamento così repentino del suo stato emotivo.

Il suo unico conforto in quel periodo, la sola pausa di tranquillità, era quel tratto di strada fatto tutti i giorni, ormai, insieme a Bortolo. I due ragazzi si erano riconosciuti come simili in un mondo estraneo, e fra loro si era stabilito un sodalizio che era più di un'amicizia. Timidamente, con difficoltà, Lucieta aveva cominciato a parlare con Bortolo, a raccontargli com'era la sua vita prima e com'era adesso in casa Franco. Evitava soltanto, anche quando Bortolo glielo chiedeva, di spiegare il motivo del nervosismo e della tristezza che erano così evidenti in tutto il suo comportamento, e Bortolo, con l'intuito pronto delle anime semplici, non le aveva chiesto niente, aspettava con calma che fosse lei ad aver voglia di parlarne. Quando passavano per la Piazzetta, e vedevano il palco allestito fra Marco e Tòdaro per le esecuzioni, Bortolo sentiva la ragazza tremare e farsi più vicina a lui, come per trovare rifugio e protezione, e ciò gli sembrava strano, in una giovane forte come quella, abituata a fatiche e sacrifici, a vivere fuori dalla sua casa e dal suo paese, senza nessun affetto vicino.

Rientrando nella sala con il vassoio carico di calici di vetro di Murano e di coppe piene di pasticcini, Lucieta sentì quello che Bartolomeo stava raccontando a Veronica e alla Paola, e si affrettò a posare il suo carico prima che le sfuggisse di mano.

Il Gradenigo stava dicendo che la deposizione, in punto di morte, di Fantino Diedo, aveva instillato molti dubbi nella mente degli inquisitori sulla colpevolezza di Marco Giustinian e di Zorzi Contarini. Le esclamazioni di gioia di Veronica, che continuava a chiedere particolari, fecero sì che nessuno notasse il sorriso di sollievo di Lucieta, e il colore che le riaffiorava sulle guance.

«Qualche dubbio lo avevano già», continuò Bartolomeo, «perché non c'era sangue sulle armi che Marco e Zorzi avevano in mano, dopo il delitto, e sembravano anche armi poco adatte a infliggere una ferita così profonda come quella che aveva ucciso il duca. Ma potevano aver fatto a tempo a ripulirle, prima che arrivasse l'avogadòr e gliele togliesse di mano. Adesso, con quello che ha detto il Diedo, che gli è parso che il colpo fatale al duca sia arrivato da un'altra parte, perché lui stava proprio nel mezzo fra Marco e Zorzi da un lato e il duca dall'altro, stanno ripensandoci e cercano di accertare se per caso ci fossero anche altre persone nel palazzo che avrebbero potuto essere là al momento giusto e approfittare della confusione per uccidere il duca senza essere sospettate. Se Fantino non gli avesse messo in testa questi dubbi, li avrebbero già giudicati colpevoli e condannati a morte, senza nessun indugio, tutti e due.»

«Allora adesso li lasceranno liberi!» esclamò Veronica, piena di speranza e di entusiasmo.

«Bisogna andarci piano», intervenne Giovanni Da Mosto, «fin che non trovano qualcun altro da incolpare del delitto li tengono dentro di sicuro. Non è possibile che la Repubblica non scopra e non punisca in modo esemplare gli autori di un simile crimine, contro un personaggio tanto importante che era qui ospite di Venezia. Solo che non sono più così convinti che siano stati proprio loro, e stanno cercando di capire chi potrebbe aver attentato alla vita del duca, allargando le indagini, cercando informazioni un po' dappertutto.»

Riprese Bartolomeo: «Pare che alla festa ci fosse, e lo hanno riconosciuto, anche il fratello più giovane di Antonio Castriota, Bernardo, che poi è quello che ha più da guadagnare da questa morte. Per non parlare di Giacomo da Mantova, che tutti sanno che c'era e che odiava il duca e aveva raccontato a mezza Venezia che voleva vendicarsi. L'avogadòr manderà senz'altro qualcuno a Mantova per raccogliere la sua deposizione».

Lucieta ascoltava avidamente quelle notizie, si era fermata sulla soglia come persa in qualche suo pensiero remoto, tanto che la Paola la riprese e la mandò in cucina a preparare la verdura per il pranzo.

Veronica era eccitatissima. Le si apriva alla mente la speranza che potesse esserci un altro colpevole per la morte del duca: e comunque il proseguimento dell'inchiesta avrebbe potuto scagionare i due imputati. Si rivolse fiduciosa ai due amici, per cercare di concordare con loro le mosse da fare per tenersi sempre al corrente degli sviluppi delle indagini e magari collaborarvi in qualche modo. Aveva superato il momento dello scoraggiamento e della tristezza, e sentiva impellente il bisogno di fare qualcosa per aiutare Marco e Zorzi a uscire dalla difficile situazione in cui aveva contribuito a metterli. Bartolomeo e Giovanni erano d'accordo, il gioco degli investigatori li divertiva, oltre al piacere di far cosa gradita a Veronica.

«Allora, Bartolomeo, possiamo fare così: tu devi farti dire tutto quello che vengono a sapere su Bernardo Castriota e su Giacomo da Mantova. Tu, Giovanni, cerca di vedere la Modesta Veniero, di parlarle e sentire se per caso ha visto o sentito qualcosa più di me, e anche cosa ha sentito dire in giro. L'avogadòr e quelli del Consiglio dei Dieci avranno interrogato anche lei, e può darsi che con lei abbiano parlato un po' più chiaro che con me, che le abbiano detto qualcosa sui loro sospetti. Poi tocca cercar di capire se c'era qualcun altro, alla festa, quella sera, che avesse qualche conto in sospeso col duca.»

Contenta dei nuovi sviluppi e delle decisioni prese, confortata dall'aiuto dei due amici, Veronica si rilassò e prese in mano il liuto che poggiava su un tavolino vicino. «Adesso che sono più tranquilla, posso cantare. Mi accompagni, Nane?» Giovanni Da Mosto sorrise al nomignolo affettuoso, e acconsentì con gioia. Veronica pizzicò i primi accordi e poi si mise a cantare con voce dolcissima una canzonetta di Leonardo Giustinian:

O donne innamorate
Piàzzavi aldire alquanto
Questo mio pianto
E la mia vita ria.

Io sono un sventurato
Che vo pianzendo per la notte bruna,
Assai più sconsolato
Che amante fussi mai per donna alcuna.
Pianzo la mia fortuna,
Poi che me vedo tolto
El zentil volto
De la madonna mia.

L'aspetto grazioso
De una anzolella, che in sto mondo adoro,
Me sta celato e ascoso;
Per brama de vederlo ahimè, che moro!
O caro mio tesoro,
Lasso, come farazo!
Perduto e' t'hazo
Ma non per mia follia.

Accovacciato ai suoi piedi, Giovanni cantava con lei. La melodia era dolce e lenta, nel silenzio della stanza, accompagnata dal tenue rumore delle ultime gocce di pioggia fuori dal balcone semiaperto.

Bartolomeo approfittò del momento per sgusciare in cucina in cerca della Paola, ma vi trovò solo Lucieta che sgranava piselli, l'aria assorta, persa dietro chissà quali pensieri, e che non lo vide nemmeno.

Il giovane la guardò con attenzione e la valutò in fretta: «Un sacco d'ossa e troppo giovane. Non ci sarebbe nessun gusto», e svicolò in fretta dirigendosi verso la stanzetta della Paola, silenzioso come un gatto. Spinse la porta e la vide, davanti allo specchio, con le braccia alzate, che si pettinava i lunghi capelli chiari, fra il biondo e il grigio. La prese per la vita, da dietro, e si mise a ridere al suo grido soffocato di sorpresa.

«Ma va là che mi aspettavi, bella Paolota mia», e l'abbracciò con foga. «Sono la vostra serva, patròn Gradenigo, comandate che io faccio tutto quello che volete», balbettò la Paola, di nuovo con quella sensazione di sgomento – paura di essere giudicata e magari schernita e insieme speranza di essere ancora desiderata e di potersi abbandonare tra le braccia robuste del giovane Bartolomeo – che la stringeva alla gola. Non era gioia, era un gran rimescolio dentro, che le toglieva anche la sua solita disinvoltura e sicurezza di donna navigata, e la faceva sentire smarrita e incerta, combattuta fra la paura del ridicolo e la voglia di saper risvegliare un desiderio maschile, più ancora che di appagare il proprio desiderio del contatto fisico con un uomo, che da troppo tempo le mancava.

«Spogliati, se proprio vuoi fare quello che voglio io», rispose allegramente il giovane, senza il minimo imbarazzo. «Li senti come cantano? E fin che quelli cantano noi due possiamo farci una bella ciavada, e anche di gusto. Mi diverto di più che a cantare, e vedrai che piacerà anche a te, bella mia.»

E cominciò a togliersi tutti gli indumenti di dosso lanciandoli qua e là per la stanza. Poi si stese sul letto con un sospiro di benessere.

La Paola si avvicinò e si mise a carezzarlo con tenera lentezza, come se volesse assaporare ogni centimetro della sua pelle, e trattenerne la memoria nei polpastrelli. Gli carezzò le gambe muscolose, le spalle, le braccia, il ventre villoso, guardando con affetto e riconoscenza il membro del giovane che si induriva e si ergeva sotto il tocco lento e sapiente delle sue mani.

Bartolomeo l'afferrò e se la premette addosso con forza. «Dài, cavalcami tu questa volta, apri le gambe, Paolona mia, che mi hai fatto venire una gran voglia di mettertelo in mona.»

Fuori si sentiva solo il tubare e qualche frullo d'ali dei colombi. Dalla sala veniva il suono dolce del liuto e delle due voci ben modulate. Il letto cigolava mettendo una nota stridula in quella pace, rotta dopo pochi minuti dall'ansimare e dalle grida soffocate dei due.

La Paola rotolò di fianco, represse la voglia di appoggiare la testa sulla spalla del giovane e di assaporare la piacevole stanchezza che l'aveva invasa: si alzò subito, sia pure con fatica e con rimpianto e si rassettò in fretta, mentre Bartolomeo, steso pacificamente sul letto, la guardava sorridendo, rilassato e soddisfatto come un gatto che si è appena lappato il suo piattino di latte: «Andiamo d'accordo noi due che è un piacere, vecchia mia. Altro che le ragazze! Rifacciamolo presto, se anche a te piace come a me».

La Paola non sapeva cosa dire, agitata da troppe emozioni quasi dimenticate: scappò via, chiudendo bene l'uscio, inseguita dalla risata soddisfatta di Bartolomeo.

Dopo la pioggia Venezia splendeva, nell'aria tersa percorsa da una leggera brezza. Era una di quelle giornate radiose in cui tutti i colori parevano più intensi, il cielo più alto e lontano. Dalle mura di mattoni rossi dei giardini spiovevano sui rii le chiome verdi degli alberi e i tralci fioriti dei rampicanti. L'acqua rifletteva, rovesciate come in uno specchio, le facciate colorate dei palazzi e ogni volta che un remo o un'onda rompevano la superficie splendente, i riflessi si frantumavano in mille scaglie di colore fra barbagli improvvisi di sole. Dalle altane si vedevano, al di là delle distese di tegole rosse dei tetti e delle selve di alti camini, le montagne del Cadore, con le cime ancora coperte di neve, così vicine nell'aria trasparente che pareva sorgessero dall'acqua azzurra della laguna, circondando la città.

Bortolo e Lucieta si incontrarono, come al solito, sotto il portico di palazzo Ducale che dà sulla riva. Consegnarono le loro ceste alla guardia, che li salutò allegramente, come due vecchi amici, e si avviarono, di comune accordo, verso il ponte della Paglia, invece che verso la piazza e la strada più breve per tornare alle rispettive case. Era troppo piacevole camminare per Venezia in quell'aria magica. Sembrava di essere isolati dal mondo reale, dentro una sfera di cristallo. Godevano del sole, dello spettacolo sempre diverso che offriva la città, del movimento delle loro giovani gambe sciolte, di stare insieme. Voli di gabbiani incrinavano l'aria trasparente sopra la laguna. Non c'era niente di male ad allungare e variare un po' la strada per casa. Si inoltrarono per un dedalo di calli, ponti, sotoporteghi, campielli, fino ad arrivare al campo San Giovanni in Bragora, che si spalancò davanti a loro pieno di sole.

Lucieta, camminando, raccontava a Bortolo le ultime novità sulle indagini, che aveva ascoltato da Bartolomeo Gradenigo. Forse erano anche quelle notizie che la rendevano, quel giorno, più serena, pensò Bortolo, e, guardandola con tenera preoccupazione, disse: «La Luisa, la mia padrona, sarà molto contenta di sapere quello che mi hai raccontato, perché non fa che pensare a quel Zorzi, mi pare che se ne sia innamorata; ma anche tu, Lucieta, ti vedo più serena, sei contenta che forse liberano quei due giovanotti: quelli sì che sono fortunati, hanno tutto e tutte le donne sono dalla loro parte».

«Sì», rispose Lucieta, «sono contenta, perché avevo pena di saperli in prigione, così giovani, e che magari gli avrebbero tagliato la testa, anche se non hanno fatto nulla di male.»

«Questo non lo sappiamo», replicò pensosamente Bortolo, «e ancora nessuno può dirlo di sicuro, fuorché loro.»

«Non hanno fatto niente, ti dico», ripeté Lucieta con una specie di rabbiosa affermazione, «e poi, anche se lo avessero davvero ammazzato loro, sarebbe stato giusto, con quello che il duca ha detto alla mia padrona; l'ha offesa, umiliata e disprezzata davanti a tutti in quel modo, mentre lei cercava solo di essere gentile!» E si chiuse a riccio, con gli occhi lucidi, cercando di trattenere le lacrime.

Bortolo preferì non insistere, e cercò un diversivo: «Vieni con me, Lucieta, ti porto a vedere una cosa meravigliosa!» e la condusse, lungo una fondamenta fiancheggiata dal muro di un orto, fino alla porta della scuola di San Giorgio degli Schiavoni. Suonò un campanello di bronzo appeso accanto alla porta, e al prete che venne ad aprire domandò rispettosamente il permesso di vedere i quadri con le storie di San Giorgio e San Gerolamo che erano raccolti nella scuola. Il prete sorrise, era fiero di mostrare a tutti l'opera del maestro Vettor Carpaccio, a cui li avevano commissionati, e per di più gli faceva un gran piacere che fossero due persone giovani e umili a chiedere di vedere i capolavori, invece che i soliti pittori e intenditori d'arte.

Entrarono esitanti, guardando in su verso le pareti rivestite di quadri e Lucieta restò senza fiato davanti alla serie di scene, piene di personaggi, di animali, di paesaggi, che raccontavano le storie di San Gerolamo e di San Giorgio. Non aveva mai visto rappresentazioni più vive, piene di luce e di colori, ricche di particolari, e le pareva che le passassero davanti agli occhi le storie che aveva sentito raccontare, e di capirle meglio che attraverso le parole. Certo ne era più direttamente coinvolta. Fissò ammirata e curiosa il grande leone, reso mansueto come un cagnolino, che San Gerolamo, vecchio, curvo e con la lunga barba bianca, appoggiandosi a un bastone, portava nel chiostro dei frati, e i frati atterriti che scappavano da tutte le parti, con le bianche tonache svolazzanti che mettevano sprazzi di luce sulla tela. Si incantò davanti al lungo telèr orizzontale in cui San Giorgio sul suo grande cavallo bruno e il drago si fronteggiavano, e sembrava che la lancia del santo chiuso nella splendente armatura penetrasse proprio in quel momento – mentre lei e la bella principessa lo guardavano insieme con ansia – nella gola del drago. Lo zampillo di sangue, vivido e rosso, che ne schizzava fuori e si spargeva sull'erba sembrava ancora liquido e vivo. Sul terreno, intorno al drago dalle grandi ali color dell'acciaio, c'erano i miseri resti delle fanciulle, pasti precedenti della fantastica creatura, e Lucieta rabbrividì d'orrore, guardandoli. Sullo sfondo il paesaggio era armonioso e pieno di pace e sollevava lo spirito dalla visione dei teschi e delle membra spezzate sparsi per terra. Due navi veleggiavano su un mare dai riflessi verdazzurri, suggerendo una fuga possibile da tutte le brutture e le crudeltà del mondo. Da un lato del dipinto la bella principessa che avrebbe dovuto essere la prossima vittima del drago guardava senza scomporsi, le mani giunte e l'occhio attento, il biondo eroe battersi per lei.

«Come è bella!» esclamò Bortolo, ammirato e partecipe.

«Sì», disse Lucieta esitante, come se parlasse a se stessa in sogno, «è bella, ma la mia padrona è ancor più bella, non esiste un pittore al mondo capace di dipingere una donna bella come lei, non avrei mai nemmeno potuto immaginare che potesse esserci al mondo una donna bella come lei...» Bortolo la guardò un po' stupito dal tono più ancora che dalle parole, e Lucieta arrossì e passò ad ammirare un altro quadro.

Checo entrò nell'osteria della Cerva con un gran cesto gocciolante sul braccio. «Guarda cosa ti ho portato oggi, Luisa!» Posò il cesto su un tavolo vicino al foghèr e cominciò a estrarne frutti di mare di tutti i tipi, avvolti in grandi foglie di fico.

«Appoggia qua, sulla scafa, Checo, che stai sgocciolando dappertutto!»

Checo obbediente spostò il suo carico sulla lunga scafa di granito grigio e cominciò a mostrare alla Luisa i peoci nerobluastri, allungati e lucenti, le bevarazze piccole e grigie, i caparozzoli tondi e rigati, le ostreghe simili a pietre piatte e rugose, i piccoli e delicati canestreli dalla conchiglia di Venere scanalata e rosea.

«C'è tutto quello che occorre per fare un magnifico cassiopipa! E poi ti ho portato anche le granceole, guarda che belle, piene di corallo!»

«Come se non sapessi che le granceole non le voglio», sbuffò brusca la Luisa, «c'è troppo lavoro per pulirle, queste bestie maledette!» Intanto le granceole avevano preso a uscire dal cesto, barcollando sulle esili lunghe zampe in giro per lo stanzone dell'osteria. Gli avventori si misero in caccia ridendo, prendendole per il grosso guscio arancione tutto bitorzoluto, mentre quelle agitavano invano le zampe pelose.

«Dài, Luisa, metti su a bollire una pignatta d'acqua, che se no queste scappano via di nuovo! Vogliamo le granceole, sono troppo buone!»

Brontolando la Luisa appese alla catena che pendeva sopra il fuoco un pentolone d'acqua e ci gettò dentro un pugno di sale, una cipolla, una carota, una costa di sedano e un rametto di alloro: «E Bortolo che non torna più, oggi, dove sarà andato, o avranno messo dentro anche lui!»

Uno degli avventori le fornì subito una spiegazione: «Si è trovato la morosa: ogni giorno, quando vengo in qua, lo vedo che cammina per la strada insieme a una ragazzotta, una servetta, con un fazzoletto legato in testa. Deve venire dalla campagna, come lui».

«E intanto mi tocca far tutto da sola!»

Col braccio la Luisa si tirò su dalla fronte sudata una ciocca di capelli ramati, poi si volse per salutare con effusione Bepi, il gondoliere tuttofare della Veronica Franco, che era appena entrato: non si faceva vedere all'osteria da molti giorni, fin da prima del delitto al casìn dei nobili e la Luisa lo aspettava con ansia per interrogarlo e sapere se aveva qualche informazione in più.

«Finalmente, beato chi ti vede, Bepi, dove eri finito?»

«Taci, taci, Luisa, non si campava più, Bepi di qua, Bepi di là, quelle donne mi facevano correre come una lepre, e nemmeno un momento per tirare il fiato e venire a bere un'ombra in santa pace.»

Con un sospiro di sollievo e di profonda soddisfazione Bepi si sedette vicino al camino e al tavolone dove la Luisa stava armeggiando per metter su il cassiopipa. Aveva tutta l'aria di chi è riuscito a ottenere un pomeriggio di tutto riposo ed è deciso a sfruttarlo nelle occupazioni che gli sono più congeniali. Visto che Bortolo non era nei paraggi, sollecito come sempre nel rifornire di ombrete tutti quelli che entravano, e che la Luisa sembrava più interessata a preparare alla svelta tutte le provviste che aveva portato il Checo che a servire i clienti, Bepi si alzò con un profondo sospiro e andò a prendersi un bicchiere e a riempirlo alla brocca posata sul tavolone.

La Luisa gli sorrise divertita: «Così mi piacciono i clienti, che non occorre nemmeno far la fatica di servirli!» e continuò a sbucciare gli spicchi d'aglio e a buttarli nella pentola di cocciò. Aggiunse olio e peperoncino piccante, e appena il tutto cominciò a sfrigolare gettò i frutti di mare. Si alzò una nuvola di vapore; la Luisa scostò la pentola in un angolo del focolare, la coprì e la lasciò a pipàr. Solo allora si volse per cominciare a chiacchierare tranquilla con Bepi, Checo e gli altri presenti.

Si spalancò la porta ed entrò la vecchia zingara. Ci fu un momento di sgomento: sembrò a un tratto che nell'osteria, nonostante il fuoco acceso nel camino, facesse freddo. Tutti fecero largo al suo passaggio, mentre lei borbottava: «Morte, morte, ho sentito la morte che sta passando qua vicino. Io la sento, è come una corrente d'aria fredda gelata, che ti sfiora il collo e corre giù per la schiena. Ne è morto un altro, adesso, proprio in questo momento, Lei è passata da Santa Fosca e si è portata via il Diedo», e avanzò, zoppicando, verso un tavolo in fondo, mentre tutti le facevano largo.

Si fermò a un tratto, come folgorata. «Cos'è questo!» gridò, guardando il tavolo con il suo ritratto che Tiziano aveva tracciato con tanta verosimiglianza: «Sto guardando il mio doppio, mein Doppelt, maledizione di tutti i demoni! È salito su dall'inferno, mi vuole trascinare con sé, mi porta la mia condanna a morte! È finita, è tutto finito. Non mi vedrete mai più».

Detto questo si voltò e sempre zoppicando, più vecchia e sinistra che mai, uscì dalla porta e svanì nell'ombra della calle. I più coraggiosi corsero fuori per vedere dove andava, ma non riuscirono a scorgerla: un attimo e nella calle non c'era più nessuno.

«Bisognerà proprio cancellare quel disegno», sospirò la Luisa. «Per fortuna che se n'è andata via, io non ho il coraggio di cacciarla fuori, quando viene, ma mi fa venire i brividi, quella vecchia pazza!» e andò a rimescolare il cassiopipa, che mandò un odorino confortante a sgelare l'ambiente.

La Luisa riprese a sondare con mille domande Bepi, un altro dei testimoni del delitto che finora non aveva potuto sentire, e per questo tanto più gradito. Per un bel po' non riuscì a cavarne niente che non sapesse già: il racconto di Bepi ricalcò pari pari quello del Memo. Neanche lui aveva potuto capire niente di quello che era successo, se non dopo il fattaccio; per di più non aveva nemmeno potuto sentire i racconti degli altri, perché la sua padrona, la Veronica, aveva voluto andar via di corsa, per evitare la curiosità morbosa dei presenti.

«Guarda che l'acqua bolle», avvertì: «Butta le granceole, Luisa, prima che scappino di nuovo!»

La Luisa eseguì, coprì la pentola con un coperchio per evitare che le granceole si inerpicassero fuori e poi seguitò subito con le sue domande: «Ma hai visto il vecchio reciòn, quello che è sceso in cucina a cercare un paggio che girava per il palazzo? Lo conoscevi già, ti pareva che volesse nascondere qualcosa, che il paggio non fosse che una scusa per guardarsi intorno?»

«Ma, Luisa, quel vecchio lo conoscono tutti qua a Venezia proprio perché quello che gli interessa sempre e soprattutto sono per l'appunto i paggi: lo sapevano tutti che era sempre intento ad annusare in giro per cercarne di nuovi, ma con quello che ha trovato di sopra quella sera – ed era quello per forza, perché era l'unico che non fosse in cucina con noialtri – avrebbe avuto una brutta sorpresa. Brutta per lui, s'intende!»

«E perché, che cos'era questa sorpresa?» chiese la Luisa, interessata. Anche gli altri avventori tesero le orecchie, specialmente Checo, sempre curioso e in cerca di nuove storie da poter raccontare.

«Eh no, non posso mica dirtelo, Luisa, ho promesso di stare zitto e di non dire niente a nessuno, l'ho promesso proprio a lei, morissi qua se dico una bugia!» E Bepi si trincerò in un dignitoso silenzio, continuando a sorseggiare il suo calice di bianco.

La Luisa tacque per un momento, ma era ben lontana dal darsi per vinta e dal rinunciare a sapere chi era il paggio misterioso e perché avrebbe dovuto procurare una brutta sorpresa al vecchio pederasta. E poi, chi era quella lei alla quale il gondoliere aveva promesso segretezza? Così l'ostessa cominciò, senza parere, ad avere le maggiori attenzioni per Bepi, a lusingarlo sulle sue provette abilità, conosciute da tutti, sia al remo, sia nella società, come uomo di mondo, capace di mantenere segreti, ma anche infallibile nel giudicare le persone di cui potersi fidare e con cui poter discutere anche gli argomenti più delicati.

Bepi era sempre più soddisfatto di essere lì, in così gradevole compagnia: ecco finalmente chi sapeva apprezzarlo nel suo giusto valore, dargli tutta l'attenzione che meritava. Si spostò man mano, seguendo i movimenti e i piacevoli discorsi della Luisa che andava a rimestare il cassiopipa, fino al foghèr, e poi un po' più in là, verso la porticina che dava sulla scala. Quando la Luisa gli rinnovò con voce carezzevole la sua richiesta, gli sembrò giusto e opportuno rivelare solo a lei, in un orecchio, il suo piccante segreto, che d'altra parte già da un pezzo scoppiava dalla voglia di raccontare.

«Devi sapere che non era un paggio vero, quello là che si era nascosto di sopra perché si vergognava, Luisa: quella era la Lucieta, una ragazza friulana che è a servizio dalle mie padrone, e la Veronica si diverte a farla vestire da uomo, si veste anche lei da uomo e tutte e due si esercitano a tirar di scherma insieme. E quando andiamo da qualche parte con la gondola, la Lucieta mi fa da prodiere, sempre vestita da paggio, e bisogna vedere come voga bene, è robusta e ha una forza nelle braccia come un rematore provetto! Sembra proprio un ragazzo, chiunque si sbaglierebbe a vederla.»

La Luisa sorrise al pensiero dell'omosessuale che, credendo di insidiare un ragazzino, aveva corso il rischio di trovarsi invece fra le mani una fanciulla, e per di più abbastanza forte da potergli rifilare un manrovescio di quelli che lasciano il segno.

Ma Bortolo, che nel frattempo era entrato, silenziosamente come al solito, e alle spalle della Luisa aveva sentito tutto, non rideva, e aggrottava la fronte pensieroso. L'immagine di Lucieta, scontrosa e impaurita, che girava nascondendosi a tutti per le sale del casìn dei nobili gli occupava la mente, dandogli un leggero senso di malessere. Si mise subito a rassettare, tolse le granceole dalla pentola e le mise a scolare sulla scafa, aggiunse un cassiòl del brodo delle granceole nel cassiopipa e cominciò a lavare i piatti e i bicchieri che si erano ammucchiati, senza parlare.

Seduto sul suo scranno nell'ampia stanza di palazzo Ducale, l'avogadòr guardava pensoso fuori dalla finestra, fissando senza vederla la vera da pozzo al centro del grande cortile. Nella vicenda del casìn dei nobili c'erano particolari che non gli tornavano, nonostante quella che sembrava una flagranza di reato. È vero, il Giustinian e il Contarini erano stati sorpresi con le armi in pugno davanti al duca steso a terra e agonizzante. Aveva dovuto farli arrestare, ma non era soddisfatto. Si interrogò a lungo: era forse perché erano figli di persone non solo conosciute e stimate, ricche e potenti, ma soprattutto amici personali suoi e di ogni altro alto funzionario della Repubblica? Questo aveva il suo peso, ma non era determinante. L'avogadòr era persuaso che il suo lavoro consistesse nella ricerca della verità, e solo la verità poteva soddisfarlo. In questo caso, invece, il quadro che risultava dalle descrizioni di tutti i presenti dava l'impressione di una scena di teatro, di apparenza più che di verità; un gruppo in posa, in costume di scena: il moribondo, il ferito, i due cavalieri combattenti, le dame sgomente intorno, la luce appena riaccesa nei lampadari che abbagliava dopo il buio. I pugnali sguainati, pugnali da parata, dalla lama finemente cesellata, dall'impugnatura adorna di pietre dure, scintillanti alla luce dei doppieri, senza una macchia. Fantino Diedo che si contorceva sul pavimento, maledicendo l'amico e non i suoi aggressori, prima di accorgersi che era stato colpito più duramente di lui. Troppa gente, troppe comparse intorno.

Paolo Priuli sospirò; non poteva permettersi incertezze e non poteva trascinare troppo a lungo l'inchiesta: il Consiglio dei Dieci e il Doge reclamavano una pronta conclusione. Anche il fratello del duca, giunto a Venezia (quando? prima o dopo l'omicidio? L'avogadòr non era ancora riuscito ad avere notizie precise dei movimenti del nuovo duca di Ferrandina, e questo aggiungeva alla sua inquietudine un dubbio sottile), reclamava che gli assassini del fratello ricevessero pronta e severa punizione.

Doveva prendere una decisione: ne andava del prestigio della famosa giustizia della Serenissima. Chiamò l'armigero di guardia alla porta e lo incaricò di portargli Zorzi Contarini nella stanza degli interrogatori.

Dalle alte finestre lame di sole illuminavano le corde che pendevano dal soffitto, i tavolacci a cui erano saldate strisce di cuoio: la ruota, in fondo, si intravvedeva nell'ombra. Paolo Priuli sedeva su un alto scranno con le spalle alla finestra e guardava impassibile le guardie che spingevano uno Zorzi sporco, pallido e scarmigliato, con le mani legate dietro la schiena, fin davanti a lui.

L'avogadòr congedò le guardie e per lunghi minuti rimase immobile, senza parlare, fissando l'imputato. Zorzi muoveva nervosamente le mani, cercando di allentare i nodi che gli stringevano i polsi e girava uno sguardo spaurito qua e là, riportandolo poi con un certo sollievo alla finestra, alla luce, alla libertà che si poteva immaginare là fuori.

«Che cosa volete ancora da me?» chiese infine, con voce arrochita dallo sforzo di renderla sicura: «Vi ho raccontato già tutto quello che ho visto, tutto quello che so. Non sono stato io! E neanche Marco!» aggiunse subito, temendo che la sua protesta di innocenza suonasse come un'accusa all'amico. «Non potete tenermi qui, non ho fatto niente di male!»

«Tutti ti hanno visto affrontare il duca con l'arma in pugno», obiettò tranquillo l'avogadòr. «Ti sarà difficile provare che non sei stato tu, o il tuo amico, o tutti e due insieme. Ti conviene confessare, ti risparmierai la tortura.»

A Zorzi si interruppe il respiro in gola, con un ansito animalesco. «Non sono stato io, le ripeto, illustrissimo», continuò con voce rotta, «io mi sono fatto avanti per figura, perché non si poteva permettere che un foresto insultasse una delle nostre dame impunemente, senza che nessuno gli dicesse né ai né bai! E poi dovevo stare a fianco di Marco, che quello quando si tratta della Veronica non ragiona più. Ma non ho colpito nessuno! Me ne sono stato là come un mona, col pugnale in mano, quando si sono spente tutte le luci, e avevo paura di far male a qualcuno che non c'entrava per niente. Per di più la Veronica mi aveva abbrancato l'altro braccio e mi inzuppava la spalla di lacrime. Anche se avessi voluto, non potevo far niente!»

«Qualcuno ha colpito il duca a morte», rispose freddamente l'avogadòr, «qualcuno deve essere stato, non certo un angelo sceso apposta dal cielo glorioso di Venezia per vendicare l'onorabilità delle puttane. Portatelo via!» accennò alle guardie, prevenendo le proteste del giovane e accantonando per il momento l'uso dei tratti di corda o della ruota, che ripugnavano intimamente alla sua natura razionale. «E portatemi l'altro.»

Marco entrando cercava invano di scrollarsi di dosso le mani ruvide delle guardie. Si piantò davanti allo scranno dell'avogadòr a gambe larghe, con un'aria di sfida. I capelli gli spiovevano sulla fronte e sugli occhi lucidi e furenti. Spuntoni di barba scura creavano ombre sulle guance incavate. Non aspettò le domande dell'avogadòr, non sopportò in silenzio quello sguardo impassibile.

«Non potete farmi dire quello che non so, quello che non è stato!» proruppe. «È tutto inutile, non sono stato io, anche se avrei voluto uccidere quel grosso maiale arrogante e spocchioso che si credeva tutto permesso, nemmeno con la tortura riuscirete a farmi dire quello che volete voi, non sono stato io e non è stato Zorzi, ma se qualcuno non mi avesse preceduto l'avrei fatto volentieri!»

Paolo Priuli lo fissava sempre, immobile, e lo lasciava parlare, attento a ogni sfumatura della voce, a ogni espressione.

«Non può esser stato nessun altro», mormorò infine con voce neutra che si contrapponeva alla foga e alla passione dell'imputato. «Ho interrogato tutti quelli che si trovavano lì intorno e sono concordi nel descrivere il vostro scontro con il duca. Poi si sono spenti tutti i candelabri e nessuno ha potuto vedere il fendente colpire il duca, ma non poteva venire che da voi. Un solo colpo, veloce e violento, inferto da un braccio giovane e robusto.»

«Non potevo essere io», continuò sconsolato Marco, «avevo sguainato il pugnale e mi stavo avventando sul duca, è vero, ma si sono spente le luci e Fantino mi è rotolato davanti, impedendomi di arrivare a vibrare il colpo. Non volevo ferire Fantino, e non riuscivo a capire perché stava cadendo e gridava di dolore. E Zorzi era accanto a me, non più avanti né più vicino al duca. Torturatemi pure, se questo è il vostro mestiere, ma questa è tutta la verità. Non so chi l'abbia ammazzato e non posso dirvi altro.» Chinò la testa sul petto, sfinito, e non parlò più.

Il buio permaneva, l'assoluta certezza non c'era. Né l'uno né l'altro degli interrogatori avevano aggiunto una tessera al disegno incompleto che l'avogadòr vedeva con la mente. Rimasto solo, assorto, pensieroso, alla fine Paolo Priuli richiamò la guardia e chiese se era ritornato l'uomo che aveva mandato a Mantova sulle tracce del giovane sconfitto nel torneo, quel Giacomo d'Armer che tutti avevano sentito minacciare il duca. Mandò un altro dei suoi uomini a informarsi sul fratello minore del duca di Ferrandina: era necessario sapere esattamente quando era arrivato a Venezia, dove aveva preso alloggio, e avere notizie dei suoi movimenti.

Preoccupava il Priuli non aver nemmeno potuto interrogare la moglie di Daniele Veniero, per il rifiuto deciso del marito, che era personaggio troppo influente per poterlo obbligare a fare qualcosa che gli dispiacesse. E così non aveva potuto confrontare la deposizione della Modesta con le altre e forse raccogliere qualche elemento in più.

«Ne so quanto prima», pensò sconfortato il magistrato, rinunciando a adoperare metodi più forti, ma certo non più sicuri, per cavare qualcosa di più dai due giovani. Richiamò il fante dei cai per spedirlo in giro per la città a raccogliere ogni voce, ogni pettegolezzo che potesse dare una traccia alla ricerca di un eventuale colpevole rimasto nell'ombra.

A casa Veniero, in campo Santa Maria Formosa, l'atmosfera era ancora burrascosa. I servi andavano e venivano silenziosi per i grandi saloni e le scale, senza fermarsi a scambiar due chiacchiere, ed evitavano anche di lanciarsi i soliti richiami o battute scherzose da una parte all'altra della grande corte interna, dove, vicino al pozzo di marmo bianco scolpito con lo stemma dei Veniero, cresceva un grande albero di fico.

Alla Modesta il marito aveva proibito persino di affacciarsi al pèrgolo che dava sul campo, e per prendere un po' d'aria la gentildonna doveva stare sul balcòn verso la corte.

La giovane dama non aveva ancora il coraggio di protestare, troppo poco tempo era passato dalla fatidica sera della festa al casìn dei nobili. Accolse quindi con grande sollievo il diversivo offertole dalla visita di Giovanni Da Mosto, che si era presentato a renderle omaggio, secondo il disegno studiato con Veronica, e lo salutò con effusione.

Si sedettero nel salotto privato della Modesta, arricchito da preziosi tappeti multicolori e da tendaggi dai toni più sfumati. Sui davanzali delle alte finestre c'erano piante e fiori in grandi vasi di terracotta decorata. Sul ripiano superiore di un armadietto di linea semplice e severa faceva bella mostra una collezione di vasi e coppe di Murano finemente lavorati, in vetro di vari colori. Vicino a un tavolino ricoperto da un drappo di damasco rosso con frange dorate sedeva la governante della Modesta, intenta a un complicato ricamo.

Dopo la serie di convenevoli di rito, la Modesta cominciò a chiedersi il perché di questa visita e a immaginare che fosse la curiosità sugli avvenimenti della festa a portare da lei il giovane Da Mosto, ma non volle dargli la soddisfazione di introdurre lei stessa il discorso, e continuò a chiacchierare volubilmente del tempo, dell'ultimo ballo di moda, la gagliarda, e della processione che si sarebbe fatta la domenica in piazza San Marco.

Giovanni Da Mosto assentiva, mostrandosi interessato e divertito, e intanto si chiedeva come fare per portarla a parlare della famosa serata senza offenderla, o farle rivivere momenti spiacevoli e angosciosi.

La bella Modesta pareva così lontana da quella violenza che si faceva fatica a credere che vi avesse assistito. Era vestita e acconciata con semplicità, come si conviene a una giovane signora che ha deciso di assumersi il ruolo della moglie sottomessa e devota, con un semplice vestito di seta verde acqua diritto e ampio, dalla scollatura contenuta e dalle maniche ricamate a fiori, ma gli occhi neri lampeggianti e il sorriso pronto rivelavano tutta la sua vivacità: e anche l'inquietudine di una donna piena di vita e di curiosità nel sentirsi confinata in un ruolo prestigioso, sì, invidiatole da molte, ma pure insopportabilmente codificato, privo di spazi aperti alla fantasia e all'avventura.

In quella un servo introdusse, con un profondo inchino, un altro visitatore: un anziano gentiluomo elegantissimo e profumato, dalle movenze appena un po' più affettate del normale, che portava un cestino di gelsomini e nontiscordardimé.

«Carissima Modesta, sono venuto solo per portarvi questi fiori che mi sembrano sbocciati per esaltare la vostra grazia, e per sentire come state dopo gli sconvolgenti avvenimenti in cui siete stata vostro malgrado coinvolta», poi abbozzò un inchino anche nella direzione di Giovanni: «Patròn», sussurrò con grazia, lanciandogli una lunga occhiata di ammirazione.

La giovane patrizia presentò l'amico a Gilberto Condulmèr, il nuovo venuto, accompagnando le parole con un gesto elegante della mano. «Forse vi conoscevate già? Che bella sorpresa avervi qua, illustrissimo. Grazie, per i fiori e per il complimento, sono bellissimi, e che profumo! E il complimento è degno della vostra cortesia!»

Chiese dell'acqua alla governante e si affrettò a disporre subito il mazzo in una coppa di Murano, che riguardò soddisfatta e appoggiò vicino a sé sul tavolino.

«Sono venuto a vedere come stavate, cara Modesta, come vi sentivate: non ho fatto altro che pensare a voi, da quella sera, deve essere stato un colpo terribile! Ero sconvolto anch'io che ho assistito da lontano, ma per voi, per la vostra persona così delicata e non avvezza certo alle scene violente, che tragedia! Ho aspettato finora per lasciarvi il tempo di calmarvi e di riprendervi per quel che è possibile, ma ci tenevo a presentarvi tutti i sensi della mia simpatia e il mio rammarico per la brutta avventura che vi è capitata. È stato proprio un caso raro e sfortunato che una gran dama come voi si sia trovata là in mezzo, in quella festa a cui avrebbero dovuto partecipare soltanto gentiluomini del più alto rango, fra due ubriachi e due energumeni cosiffatti!»

«Caro Condulmèr, se sapeste la paura che ho avuto! Non avrei mai pensato di potermi trovare in un tal frangente! Ma d'altra parte i due ubriachi e i due energumeni, come li definite, erano proprio gentiluomini del più alto rango.»

Giovanni Da Mosto ascoltava tutto soddisfatto: non aveva dovuto mostrare nessuna curiosità indiscreta e poteva beneficiare tranquillamente del dialogo dei due che alla festa avevano partecipato. Tese l'orecchio, interessato ai commenti che senz'altro sarebbero seguiti, e divertendosi alla leggera ironia delle risposte della Modesta: ma il maturo gentiluomo non aveva fretta di sviscerare l'argomento, sembrava piuttosto propenso a indugiare nei convenevoli e nei complimenti alla bella padrona di casa.

«Vi ho portato una lode che Giambattista Dragoncino da Fano ha scritto per voi, cara Modesta, e che vi piacerà. Ascoltate:

Modesta 'l nome e 'l titolo Veniera
afferma 'l bello e 'l bon ch'in te si trova,
la modestia è virtù, che 'l vitio impera,
quel Veniera in te Venere rinova,
e sei la dea de le bellezze altera,
e fai di Vener paragone e prova;
se Vener sei, sei di beltade honesta
e non lasciva, perché sei Modesta. »

« Vi ringrazio molto caro amico della vostra gentilezza, e mi toccherà ringraziare anche il Dragoncino, ma questo è proprio troppa attenzione e troppe lodi per la mia modesta persona », disse la bella signora, calcando la voce sul « modesta », con un sorriso di cui soltanto Giovanni, che stava trattenendosi dal ridere della sperticata adulazione di quei versi, colse la leggera ironia. « Lasciatemela, che la farò leggere a Daniele. Ho la sensazione, chiamiamola pure intuito femminile, che il Dragoncino voglia qualcosa da lui, se non da me, girano tanti ruffiani per la nostra bella Venezia! »

Il Condulmèr incassò, imperturbabile, e cambiò registro con grazia, rivolgendosi al giovane patrizio: « Voi non c'eravate alla festa al casìn dei nobili? Peccato davvero, era una festa bellissima, come se ne vedono di rado: un'eleganza da lasciare a bocca aperta, con decorazioni di fiori e luci e drappi di seta e d'oro dappertutto! C'era il fior fiore dell'aristocrazia, le dame più belle, tutte con vestiti elegantissimi e gioielli che brillavano più delle luci dei lampadari di Murano, per non parlare dei gentiluomini, splendidi come uccelli del paradiso. La cena, poi, una meraviglia, c'era di tutto e apparecchiato come a corte, di una raffinatezza che pareva perfino un peccato sedersi a tavola a mangiare e disfare quei capolavori! E poi purtroppo è successo quel fattaccio inqualificabile e il povero Antonio Castriota, che era un nobiluomo, il più importante della festa, di antica nobiltà, discendente da Scanderbeg – non dico che non sia andato a cercarsela, intendiamoci, ma non si può parlare male dei morti... –, ed era così giovane ancora, e così forte, un bell'uomo se mai ce ne fu uno. Cosa gli sarà saltato in testa di comportarsi in quel modo indegno con la Modesta, qua, poverina, che in tutta Venezia non c'è una dama più onorata di lei! Se ci fosse stato Daniele Veniero, lo avrebbe ucciso lui, non ci piove sopra! »

La Modesta interruppe quel flusso di parole, un po' seccata che si ricordasse la parte da lei avuta nel dramma, che avrebbe preferito dimenticare, e soprattutto far dimenticare a suo marito e al resto delle malelingue veneziane: « Ma voi dove eravate, che non vi ho visto per niente, alla festa? È vero che c'era tanta di quella gente... e dopo, quando è successo quel che è successo, non avevo più testa né occhi per vedere niente... volevo solo scappare via da là ».

« Ah, io giravo di qua e di là: troppa gente e troppo rumore mi danno fastidio, mi ero ritirato in una delle sale da gioco. Quando si sono spente le lampade per quella terribile ventata stavo parlando con un giovane tanto ben educato e cortese che avevo conosciuto proprio là alla festa: un bel ragazzo, Giacomo, si chiama, e non è veneziano, veniva da Mantova. Aveva bevuto più di qualche bicchiere e pareva che si sentisse male, che avesse qualcosa che lo tormentava, così io, che mi lascio intenerire facilmente, gli ho fatto compagnia per quasi tutto il tempo; poi è scoppiato il temporale e siamo restati fermi là in attesa che accendessero di nuovo i lampadari. Fin nella sala da gioco è arrivato tutto quel gridare e il rumore di lotta, e quando siamo tornati nel salone grande per vedere cosa fosse successo ci hanno detto che il duca era come morto e il Diedo ferito a una gamba. Giacomo è restato sbalordito, sembrava fuori di senno, ha cominciato a far discorsi strampalati, dicendo che gli stava bene al duca, e che la strega glielo aveva detto, e poi è scappato via come se fosse inseguito dai fantasmi, senza dirmi niente, e non l'ho più visto. Sono andato a cercarlo, il giorno dopo, all'osteria del Sturiòn, ma era già partito per Mantova. »

Era evidente la delusione del nobile Condulmèr per aver perduto così in fretta una possibile preda appena scovata.

La sua attenzione si spostò sul giovane Da Mosto e, trascurando la bella Modesta, si rivolse al patrizio, con un benevolo sorriso e grande cordialità, dicendosi felice di averlo conosciuto e invitandolo a una festa a casa sua per la settimana dopo. Giovanni Da Mosto declinò gentilmente l'invito, adducendo vaghe scuse e si congedò: voleva andare subito a riferire a Veronica le sue scoperte, dirle che si potevano eliminare dalla lista dei sospetti Giacomo da Mantova, e lo stesso Condulmèr (anche se nessuno aveva preso sul serio la sua candidatura al ruolo di assassino).

Si allontanò per il campo Santa Maria Formosa con gli occhi pieni della splendente bellezza bruna della Modesta e del cordiale sorriso di commiato ricevuto, che sembrava accennare a un invito: gli restò dentro una gran voglia di ripresentarsi presto a casa Veniero.

La sera tingeva d'indaco e di viola il cielo sopra i tetti della città e la maggior parte della gente si avviava verso casa, prima che cadesse il buio. Gli ultimi avventori uscirono dall'osteria della Cerva, e la Luisa e Bortolo cominciarono a rimettere ordine e a lavare piatti e bicchieri. Bortolo prese il pentolone d'acqua calda dal foghèr, la soda, una spazzola di saggina e, sfregando le stoviglie senza fermarsi, mise al corrente la Luisa delle novità che aveva saputo da Lucieta.

«Dici davvero, Bortolo? Mariavergine, questa sì che è una bella notizia! Allora, se il Diedo ha detto che non sono stati loro, può darsi che li liberino presto?»

«No, da quello che ho capito, non era sicuro nemmeno lui, nella confusione del momento gli è parso che il colpo fatale per il duca sia arrivato da un'altra parte, non da dove erano Giustinian e Contarini, ma non può giurarlo. Li tengono di sicuro ancora in prigione, ma intanto stanno cercando chi potrebbe essere il vero colpevole, non sono più sicuri come prima di avere risolto il caso. Tutto sta a vedere se lo trovano, questo vero colpevole, ma non pare tanto facile. È stato abilissimo nell'approfittare dell'occasione che gli si presentava, ed è riuscito a vibrare un solo colpo, rapidissimo ed efficace, con uno straordinario sangue freddo.»

La Luisa rifletteva, assorta, quando si spalancò la porta dell'osteria ed entrò Memo, tutto affannato, annunciando l'ultima novità: la morte di Fantino Diedo.

«Lo sapevamo già da oggi a mezzogiorno», disse la Luisa, senza scomporsi. «Poveretto, quello poi non c'entrava per niente, voleva solo metter pace, e guarda cosa gli è capitato. Si è trovato nel posto sbagliato nel momento sbagliato.»

«Non potevate saperlo a mezzodì», replicò Memo, stizzito che la sua notizia venisse accolta con tanta indifferenza. «È morto un'ora fa, lo so bene, sono io che sono andato a prendere in fretta e in furia con la mia gondola e ho accompagnato là al palazzo un altro cerusico, che avevano chiamato a consulto perché quel povero giovane stava sempre peggio; ma non c'era più niente da fare, quando siamo arrivati c'era già là il parroco di Santa Fosca che gli dava l'olio santo, e i medici hanno potuto solo chiudergli gli occhi e confermare che era proprio morto.»

«A mezzodì è stata qua la strega, e ha detto che vedeva e sentiva passare la morte del Diedo», riferì la Luisa un po' scossa: «Io credevo che avesse saputo da qualcuno della sua morte. Per fortuna ha detto anche che non la vedremo mai più, che deve morire anche lei. Comincia a farmi paura. Ha detto che per lei era finita dopo che ha visto il disegno del Tiziano, su quel tavolo, e si è spaventata da morire, come si fosse vista in uno specchio. A qualcosa è servito, questo disegno della malora, oltre che a farmi perdere i clienti».

Memo considerò la cosa con gravità, ed ebbe un leggero brivido: «Bene, non è facile da credere, ma quella vecchia vede davvero cose che noi non possiamo vedere, e troppe volte sono vere. Possiamo crederle, d'ora in poi non la vedremo più. Ma visto che sono qua possiamo anche berci su un'ombra, è il rimedio migliore contro la malasorte», e il gondoliere si accomodò sulla panca vicino al foghèr.

«Dài, Luisa, ho capito che ormai hai chiuso bottega, ma potete continuare a fare tutto quello che stavate facendo anche se me ne sto qua seduto per un momento a guardarvi, non farmi quell'aria disgustata. Vuoi saperne un'altra di nuova? Mi hanno chiamato quelli del seguito del povero duca di Ferrandina: sono tutti ancora qua a Venezia, ed è arrivato anche il fratello del povero duca, Bernardo, si chiama, per i funerali in pompa magna che il Consiglio dei Dieci ha deciso di organizzare. Sono a posto per un bel pezzo, e mi pagano bene.»

«Ecco qua la tua ombra, Memo. Io sono sempre pronta a venirti incontro e a far un piacere a un amico come te, ma anche tu fammi un piacere, intanto che stai con questa gente tieni le orecchie bene aperte, vedi se puoi ascoltare quello che dicono, e se riesci a sapere se il fratello del duca, che adesso diventa lui duca, era qua anche il giorno del torneo; e se poi è andato anche lui alla festa al casìn dei nobili, e cos'ha fatto in questi giorni. Quello sì che si è sistemato, con la morte del fratello! Visto che stai tutta la giornata con loro e non fai che chiacchierare con tutti, dalla mattina alla sera, saprai bene farti raccontare le cose che ci interessano. Tu mi ripeti per filo e per segno tutto quello che vieni a sapere e ci sarà sempre un'ombra pronta per te qua, a qualsiasi ora.»

Con un sospiro, scolato il suo bicchiere, Memo si alzò e si avviò, salutando la Luisa e Bortolo: «Stai pur sicura, Luisa, che tornerò presto a raccontarti tutto quello che vedo e che sento: tienimi il posto! Non capisco cosa stai cercando di combinare, ma mi fido di te, un giorno o l'altro mi racconterai tutto, va bene?»

La Luisa finì di asciugare i bicchieri pesando e soppesando le scarse probabilità di riuscire ad arrivare a qualche risultato: anche questo del Memo poteva rivelarsi un aiuto, un'altra tessera per far sì che il mosaico prendesse forma pian piano. Per il momento era ben lontana dall'intravedere un disegno preciso: si ammucchiavano fatti, indizi, chiacchiere, in un amalgama ancora mobile e confuso. Il fatto che fossero confermati i dubbi sulla colpevolezza dei suoi protetti, e per di più da una testimonianza in punto di morte, era l'unica certezza che la induceva a sperare che fosse possibile individuare il vero colpevole e scagionare i due giovani.

Continuando a rimuginare sui fatti si rivolse a Bortolo: «Bepi mi ha detto che la Lucieta lo ha accompagnato alla festa, quella sera, vestita da paggio: lei gli ha fatto da prodiere, pare che sia bravissima e che sembri proprio un ragazzo. Tu hai fatto amicizia, non è vero, con quella servetta? Mi dicono che fate sempre la strada insieme quando tornate da San Marco. Bisogna che tu la faccia venire qua, uno di questi giorni, e più presto è meglio è. Può darsi che abbia visto qualcosa e che abbia magari paura di dirlo: Bepi mi ha detto che è stata tutta la sera in giro per le sale del palazzo, perché non voleva farsi vedere, si vergognava di stare con gli altri, si nascondeva, aveva paura di essere riconosciuta e presa in giro. È forse l'unica che può aver notato qualcosa di insolito ed è stata zitta o perché ha paura, o perché non si è resa conto dell'importanza di quello che ha veduto. Mi pare che sarebbe utile parlare con lei».

«Non so se riesco a convincerla a venire», disse Bortolo pensieroso, «e non so se abbia voglia di parlare di quella sera. È spaventata e stranita, quando ci pensa le viene sempre da piangere, ma spiegarsi, non se ne parla. Lei parla sempre poco, è timida, ma è una brava ragazza. Ha un'adorazione per la sua padrona, nemmeno fosse la Madonna Nicopeja. Io posso provarci, a portarla qua, ma devi stare attenta a non spaventarla, se no non riuscirai a cavarne niente.»

Quando la Luisa spalancò la finestra della sua stanza, sopra l'osteria, la luna splendeva sui coppi e tracciava sull'acqua dei canali lunghe scie d'argento tremulo. Guardò verso San Marco: lontano, sopra i tetti, nella sera chiara, si scorgeva il campanile che svettava come un'ombra pallida sulle case ormai immerse nel buio, ma non la mole di palazzo Ducale. Chissà a cosa pensavano i prigionieri, stesi sui loro tavolacci, nelle celle buie. Quanto a lei, pensava sempre più a uno di loro.

Frate Pancrazio, quella mattina, dopo la preghiera e la messa nella chiesa di San Michiel in isola, uscì nella luce incerta dell'alba e attraversò il chiostro zoppicando un po': era anziano e l'umidità della laguna si faceva sentire sulle sue povere vecchie gambe. Prese la vanga, il rastrello, una brìtola dallo sgabuzzino dove i frati conservavano gli arnesi per coltivare l'orto, li mise su una carriola e si avviò senza fretta verso i filari di carciofi e di fagioli che crescevano rigogliosi all'interno dell'isola.

Il cielo si rischiarava sempre più, una leggera brezza faceva stormire dolcemente le foglie pallide dei pioppi e il profilo di Venezia emergeva come un miraggio dallo specchio d'acqua ferma della laguna, dai colori di madreperla: sul pastello azzurro dell'orizzonte si disegnavano netti come in un codice miniato cupole e camini, tetti, altane e campanili. Voli di colombi e di gabbiani tracciavano arabeschi capricciosi fra fiocchi di nuvole sfilacciate che il sole stava sciogliendo a poco a poco.

Fra' Pancrazio spinse la sua carriola cigolante lungo un vialetto fin quasi a una delle rive dell'isola, dove attraccavano le barche che portavano i rifornimenti e le suppellettili al convento. A un tratto si fermò: aveva scorto con la coda dell'occhio, nell'angolo del campo, dietro un cespuglio di biancospino, un mucchio di terra smossa che il giorno prima non c'era. Il frate appoggiò la carriola e andò a vedere. Dietro il mucchio di terra c'era una buca oblunga, non molto profonda, e dentro la buca, coricato sul fondo in posizione fetale, c'era un mucchietto di stracci e d'ossa da cui emergeva una testa a cui erano attaccati ciuffi di capelli grigi e scarmigliati, una faccia dagli occhi sbarrati nel vuoto che assomigliava già a un teschio, con la pelle incartapecorita tirata sugli zigomi e sui denti giallastri scoperti in un ghigno orrendo.

Fra' Pancrazio gridò: « Signore Iddio, misericordia! » Si fece un segno di croce rapidissimo e corse, zoppicando ancora di più, verso il convento, chiamando a gran voce i confratelli e il padre priore.

Tutti i frati si affollarono intorno a quella fossa squallida che sembrava una tomba appena abbozzata. Qualcuno riconobbe la vecchia zingara, di origine e di religione incerte, che la sera della festa a Murano si era piazzata sull'approdo principale dell'isola di San Michiel, predicendo che quello sarebbe stato in futuro il regno dei morti.

Pareva che, sentendosi prossima alla fine, fosse venuta, non si sa come, proprio lì, a scavarsi la fossa, e vi si fosse rannicchiata dentro, in attesa della morte che aveva predetto. Non aveva certo ricevuto i sacramenti, e probabilmente, secondo i frati, era in peccato mortale quando si era rifugiata nella sua ultima dimora, e che peccato! La stregoneria era forse il più grave dei peccati correnti.

Il padre priore decise di benedire comunque la salma trovata sulla terra consacrata del convento; gli sembrava inutile infierire o trovare cavilli per disfarsi di quei miseri resti: la spruzzò abbondantemente di acqua santa e ordinò di ricoprirla di terra, lì dove aveva scelto di morire e di essere sepolta.

Era dubbioso sull'opportunità di piantare una croce sul tumulo, e alla fine, dopo aver pregato a lungo per essere illuminato sul problema, decise di lasciar perdere.

Fra' Pancrazio, addetto all'orto, con cristiana pietà temperata da una ragionevole dose di prudente superstizione, piantò sulla tomba due file di piantine d'aglio, disposte a croce.

Quando entrò il Checo, affannato, facendosi largo tra i frequentatori mattutini dell'osteria della Cerva – ortolani e facchini del mercato, venditori ambulanti e carpentieri, barcaioli e marangoni – e cominciò a dire ad alta voce: « Volete che vi racconti l'ultima novità, ma straordinaria, incredibile? Sapete cosa è successo? » Ottenne solo una reazione infastidita. Si levarono alcune voci di scherno: « Ma va' là che tu ne hai sempre una di nuova e di straordinaria da raccontare! Cosa sarà mai successo stavolta? È nato un vitello con tre teste? Bevi e taci, Checo, che è meglio, cosa ti sei messo in mente di essere, la gazzetta? »

Ma il Checo non aveva la minima intenzione di tacere: la notizia che portava stavolta era troppo ghiotta, non poteva assolutamente tenersela per sé, o sarebbe scoppiato. Inghiottì la sua ombra in un sorso, ringraziando la Luisa che gliela aveva prontamente versata, e con l'ugola lubrificata riprese il suo racconto: « Non ci crederete mai e poi mai! Stamattina sono passato con la mia barca prima a Murano, dove ho preso su il mio amico Ménego, che vi può confermare il mio racconto parola per parola, e poi al convento di San Michiel in isola, per portare il pesce ai frati, come faccio ogni venerdì. Sto per accostare con la barca alla riva dietro il convento, appoggio il remo e cosa vedo? Un gran gabbiano tutto nero, ma nero come un corvo, che vola via dall'orto dei frati e va via bordeggiando con lenti colpi d'ala sopra la laguna, verso il mare aperto. Gridava e si lamentava come un'anima del purgatorio. Una bestia simile non l'avevo mai vista, e mi sono fermato un momento a guardarla, insieme con Ménego, e ci siamo fatti il segno della croce. In quella sento un gran grido – «Mariavergine benedetta!» –, di gran furia afferro la cima e lego la barca alla bitta della riva del convento. Salto su, faccio gli scalini che portano all'orto dei frati, con Ménego sempre dietro, e cosa vedo? La zingara, morta stecchita, dura come un baccalà, dentro una buca nell'orto. Pareva morta da un secolo, a vederla, come i santi nelle chiese. Se sapeste che impressione! I frati, poveretti, erano atterriti, e secondo me era meglio se la bruciavano, ma hanno detto che era morta sulla terra del convento, loro non sapevano se era in peccato o no, e così l'hanno benedetta e l'hanno seppellita lì dove l'hanno trovata. Non la vedremo mai più, proprio come aveva detto ieri».

Il racconto fu accolto con l'interesse che senza dubbio meritava. La zingara e le sue predizioni avevano fatto presa sulla fantasia popolare e avevano scosso più di uno spirito critico. La sua scomparsa, invece di sollievo, creava un certo disagio, come fosse venuto a mancare un lato oscuro ma necessario dell'anima.

La Luisa pensò che era stato il disegno di Tiziano a provocare quella morte: ma si guardò bene dall'attirare l'attenzione su questo fatto, per paura che la sua osteria si guadagnasse la nomea della malasorte, a causa di quella figura che ancora spiccava, sinistra e come animata da una vita propria, sul tavolo in fondo, vicino alla finestra.

Era l'unico libero, come al solito, e gli sguardi di tutti vi si posavano di sfuggita ogni tanto, come se ne fossero attratti e respinti allo stesso tempo. I commenti, le supposizioni e le domande si intrecciavano nella conversazione che accomunava ormai tutti i tavoli.

Entrò Bortolo, e fu immediatamente messo al corrente della notizia, ma come al solito non prese parte al dialogo, si limitò a incamerare il dato. La Luisa lo interrogò con lo sguardo e lui si affrettò a rispondere, sapendo bene quello che le interessava. «La Lucieta verrà più tardi, quando avrà finito con i lavori di casa. Ma mi ha raccontato una cosa che non sapevamo: uno dei signori che vanno sempre a trovare la sua padrona ha parlato ieri col signor Condulmèr, che sarebbe poi quel reciòn che l'ha molestata, quella sera al casìn dei nobili, credendo che fosse un ragazzetto. Questo signore ha detto che al momento del fattaccio, quando si sono spente le candele e hanno ucciso il duca, il signor Giacomo da Mantova era insieme a lui, in un'altra sala, stavano chiacchierando e si bevevano un bicchiere in santa pace.»

La Luisa digerì la notizia, e cancellò Giacomo dalla sua lista dei sospetti, non senza rammarico. Sarebbe stato un colpevole ideale, e più facile a incriminare e a perseguire che Bernardo Castriota, che ora era diventato un uomo importante, con il quale la Serenissima avrebbe tenuto a mantenere rapporti amichevoli; ci sarebbero volute prove inoppugnabili per indicarlo come colpevole e sostenere l'accusa davanti al Consiglio dei Dieci.

Assorta nei suoi pensieri, la Luisa non vedeva Checo che le faceva cenni sempre più affannosi dal tavolo dove si era seduto con Ménego. «Luisa, Luisa, vieni qua, ascolta un po' quello che dice questo mio amico, ti può interessare senz'altro!» la chiamò infine, e lei, ancora soprappensiero, si diresse verso di loro con la brocca del vino, chiedendo: «Volete un'altra ombra? Eccomi, non sia mai detto che la Luisa lasci qualcuno con la sete, nella sua osteria!»

«Ma no, Luisa, per bere, abbiamo bevuto abbastanza, e fatto diversi brindisi alla memoria della vecchia strega, che Dio l'abbia in gloria! Volevamo parlare con te, perché Ménego, qua, ha una storia che non ha raccontato ancora a nessuno, e che mi pare che a te dovrebbe far piacere. Dài, Ménego, racconta alla Luisa quello che hai visto al casìn dei nobili.»

«Come?» esclamò lei subito all'erta, «c'eri anche tu, Ménego, quella sera, alla festa a Murano?»

«E come no, io sono uno dei servitori del casìn, sto lì, per quello è la prima volta che mi vedi qua a Venezia, in osteria da te, giusto perché mi ha portato Checo, oggi che non c'era niente da fare, perché nessuno ci va ancora, al casìn, dopo la tragedia. Certo che c'ero, quella sera, e non ti dico che faticata è stata, preparare tutto, con tutta quella gente, e doveva essere tutto perfetto! E poi c'ero anche la mattina dopo a pulire e mettere ordine in tutto quel casotto.»

Ménego si fermò, incerto. Si era già quasi pentito di aver confidato all'amico il suo ritrovamento di quella mattina, e non gli andava di raccontarlo anche a una donna, che si sa come sono fatte, non c'è modo migliore di farlo sapere in giro che raccontare qualcosa a una veneziana. Guardò la Luisa rabbuiato, e alle insistenze del Checo rispose brontolando che era tutto lì, che lui non aveva visto niente.

La Luisa gli sorrise sfoderando tutto il suo fascino, gli versò ancora da bere, si sedette con loro e cominciò a chiacchierare, informandosi di come era il lavoro che Ménego faceva al casìn dei nobili, come lo trattavano, quali erano le sue mansioni, se lo pagavano discretamente, finché a poco a poco la diffidenza iniziale di Ménego si allentò, e quasi senza accorgersene venne a parlare di quella mattina, mentre stava pulendo la saletta delle armi.

«Ecco, sono entrato dalla porta che dà sul salone da ballo, là dove è avvenuto il fattaccio, e proprio sulla porta ho visto queste macchie a goccia sul pavimento, scure, che poteva anche esser vino, per quello che ne sapevo io, ma poi, pulendo con lo straccio bagnato, perché se no non venivano via, ho seguito le macchie fino all'angolo, e lì c'era per terra la daga sporca anche quella, e allora ho capito che doveva essere sangue. Mi sono spaventato, non sapevo cosa fare. Ho guardato sul muro, e il posto dove prima c'era quella daga era vuoto: qualcuno l'aveva staccata da lì. Allora l'ho presa, l'ho pulita bene con lo straccio bagnato e l'ho rimessa a posto. Per carità, non dite niente a nessuno, io l'ho detto solo a voi che siete degli amici, se no va a finire che passo dei guai: non voglio mica che mi chiamino a palazzo Ducale per interrogarmi. Soprattutto adesso che sono stato zitto tutto questo tempo, magari credono che abbia qualcosa da nascondere, e mi danno un po' di tratti di corda per tirarmelo fuori.»

A casa Franco l'atmosfera era tesa. Veronica smaniava al pensiero del suo amato Marco ancora rinchiuso nelle celle di palazzo Ducale, girava per casa trovando da ridire su tutto, strapazzando Lucieta che, secondo lei, ci metteva troppo tempo a tornare dalle prigioni e non portava abbastanza notizie, soprattutto abbastanza notizie incoraggianti, e poi toccava tirarle fuori le poche parole che diceva con le pinze, benedetta ragazza; strapazzando Bepi che non riusciva a trovare, girando per la città, altri elementi o anche altre voci che potessero in qualche modo essere utili per scagionare i due giovani accusati; strapazzando sua madre che le stava sempre intorno, preoccupata, per tentare di calmarla e di trovarle qualche altro motivo di interesse.

Si animava solo, Veronica, quando arrivavano i suoi amici a portare qualche novità, ma per il momento le novità non erano davvero incoraggianti, visto che avevano soltanto scagionato uno dei principali indiziati, fra quelli che avrebbero potuto prendere il posto di Marco e Zorzi.

Alla fine Veronica si rinchiuse nella stanza che le serviva da studiolo, si sedette al tavolo e cominciò a riversare la sua irrequietezza e il suo scontento in una lunga poesia, in cui l'amore si mescolava, con un certo doloroso compiacimento, proprio con il presagio di morte che avrebbe voluto scongiurare. Ma lei sentiva che non era altro che un artificio retorico augurarsi, sia pur solo sulla carta, la morte, non potendo evitare quella dell'amato: in realtà non voleva davvero essere riunita a lui nel sepolcro, voleva vivere insieme con lui, ridere, cantare, far l'amore.

Si accorse ben presto, rileggendo, che l'accorata sincerità che aveva mosso la sua penna si traduceva, sul foglio, in una serie infinita di luoghi comuni, di cose già dette, che potevano tutt'al più servire, come le canzonette che cantavano i gondolieri, la sera, da una sponda all'altra del Canalazzo, a solleticare i precordi di chiunque nutrisse in quel momento sentimenti d'amore e provasse piacere a drammatizzarli quel tanto da sentirsi unico e solo al mondo con le sue pene. Scagliò allora a terra con rabbia la penna d'oca e andò ad affacciarsi al balcone, sempre più inquieta. Sotto il balcone la gondola, nera e lucente, galleggiava immobile sull'acqua verde e oro del rio. Un granchio si arrampicava sugli scalini ricoperti d'alghe scivolose della riva. Sullo specchio liscio e scuro dell'acqua si intravedeva ogni tanto il guizzo fangoso di un cefalo.

Tutto era uguale, un giorno dopo l'altro, e intanto ogni giorno che passava uguale all'altro allontanava da lei il ricongiungimento con Marco, le scavava minuscoli segni indelebili sulla pelle fresca e perfetta, li avvicinava, Marco e lei, in modo diverso, alla morte.

Chiamò Lucieta, che accorse asciugandosi le mani sul grembiule, raccolse la penna d'oca, la pulì e la rimise al suo posto, vicino al calamaio di cristallo e d'argento e rimase a guardarla, in attesa di sentire cosa volesse da lei.

Veronica camminava su e giù per la stanza. Scalciò via gli alti zoccoli dorati per sentirsi più libera nei movimenti: «Ma perché stai lì a guardarmi con quegli occhi smarriti, senza mai dire nemmeno una parola! È mai possibile che tu non abbia mai niente da dirmi, proprio tu che vai ogni giorno alle prigioni, e ci metti anche un sacco di tempo, cosa fai, non si capisce, se non parli mai con nessuno... Non servi a niente, solo a farmi venire il mal di stomaco, a guardarmi in continuazione con quell'aria da cane bastonato. Non sei nemmeno capace di farti raccontare cosa dicono, come stanno là dentro, se è possibile far loro avere qualcos'altro che gli serva. Hai fatto comunella solo con quel ragazzo dell'osteria, mi hanno detto, che viene dai grèbani come te. Fra voialtri vi capite, si vede... ti sei innamorata per caso di quel magnamaroni?»

Lucieta chinò il capo senza rispondere. Troppe cose erano cambiate intorno a lei, e troppo in fretta, perché potesse ritrovare un filo logico che la conducesse attraverso questa tempesta di pensieri, sentimenti, paure, rapporti incomprensibili che erano piombati di colpo a turbare la sua anima semplice. Era confusa e impaurita e non sapeva nemmeno cosa augurarsi, cosa sperare in quella confusione angosciosa che le occupava la mente, tanto meno come tradurla in parole, come spiegare a qualcuno la tempesta che le si agitava dentro.

«Ascolta, Lucieta, dimmi se ti piace», cominciò Veronica, con uno dei suoi bruschi cambiamenti di umore, prendendo i fogli che aveva scritto. Forse una mente candida era in grado di cogliere meglio del suo smaliziato spirito critico quello che poteva esserci di autentico e di ben detto nei versi appena vergati. Cominciò a leggere.

L'ammirazione e lo sconcerto si alternavano come nuvole e sole negli occhi chiari di Lucieta, che ascoltava tutta presa, come avrebbe ascoltato il fluente latino della messa in San Marco, lontana le mille miglia dal capire cosa stava dicendo la sua amata padrona.

Una sola cosa le fu chiara, ancora di più di quanto non fosse stata prima: e cioè che Veronica adesso amava Marco in modo appassionato e totale, e che questo amore non lasciava spazio per nessun altro amore, nemmeno in qualche ritaglio di tempo e di sentimento, in qualche angolino nascosto, per un piccolo gioco amoroso come quello che l'aveva stregata e resa così diversa dalla ragazza arrivata dalla montagna, quello che l'aveva cambiata, le aveva fatto conoscere piacere, gioia, dolore, le risorse infinite del suo giovane corpo e gli abissi che si potevano scavare nel cuore e nella mente.

«Cosa te ne pare, Lucieta?» chiese Veronica, interrompendo quel momento di dolorosa introspezione. Lucieta pareva impietrita, la fissava senza rispondere e senza emettere il più piccolo suono o fare il più piccolo movimento. Improvvisamente si voltò e scappò via, giù per le scale come una volpe inseguita dai cani.

La Luisa si volse per vedere chi entrava, e accolse con un sorriso Pietro l'Aretino, pensando che avrebbe occupato quell'inquietante tavolo vuoto, là in fondo. E infatti Pietro vi si diresse, scuro in volto, brontolando qualcosa fra sé e sé. Era persino più trasandato del solito, sempre con la stessa lunga e ricca zimarra di broccato, ancora più sporca e macchiata della volta precedente, briciole nella barba e unghie lunghe e nere. Sul petto gli brillava la pesante catena d'oro dono di Carlo V, e spiccava con uno strano contrasto sui merletti grigiastri della camicia. Mentre la Luisa si affrettava al suo tavolo, per chiedergli cosa desiderasse e per metterlo al corrente delle ultime novità, grugnì con aria torva: «Da bere, in quantità, donna, e lasciami in pace! Non voglio più vedere e sentire donne, per un bel pezzo!»

La Luisa non replicò, scosse le spalle e si allontanò verso altri clienti. Gli mandò Bortolo con una gran caraffa di vino di Cipro e un cesto di bussolai. Pietro inghiottì in un sorso solo il primo bicchiere, poi si lanciò senza por tempo in mezzo in un'invettiva contro il gentil sesso, chiamando a testimone Bortolo, che lo ascoltava impassibile e composto, aspettando solo la fine dello sproloquio per occuparsi delle sue altre incombenze.

«Donne, donne! Tutte astute come volpi, subdole come gatti, feroci come faine, spietate come iene, false e infide come serpi! Ragazzo, tu che sei giovane e ancora non le conosci abbastanza, tienti lontano da queste belve dal gentile aspetto. L'aspetto è infatti l'unica cosa gentile che sia in loro, ché l'animo è invece un groviglio di vipere! Sta lontano dalle donne, finché sei in tempo, sono il popolo nemico, sempre in agguato per suggerti il sangue e pugnalarti alle spalle! » E si affrettò a ingurgitare un secondo bicchiere, spargendo un po' di vino anche sulla barba arruffata.

« E che ti è successo che ti vedo così sconvolto? » chiese Maffio Venier, che era entrato nel frattempo e si era avvicinato al tavolo dell'amico. Prese una sedia e si sedette, attingendo anche lui alla brocca di vino. Bortolo ne approfittò per allontanarsi.

« Raccontami tutto! È la prima volta che ti sento inveire con tanta rabbia contro le donne, tu che sei sempre stato un prediletto, oltre che un amatore, del gentil sesso! Mi pare impossibile che una donna qualsiasi ti abbia ridotto in questo stato. Nemmeno quella gatta rabbiosa piena di boria di Veronica sarebbe capace di tanto, con un ammaliatore del calibro di Pietro l'Aretino! »

« Quella fetida puttana della Zaffetta, altro che Veronica! L'ho raccolta dalla strada, le ho dato di tutto, casa, vestiti, gioielli, servi, l'ho coperta di complimenti e di regali, l'ho trattata come una regina, ho scritto poesie per lei, e per tutto ringraziamento, quando trova uno più ricco e più potente di me, non ci pensa su neanche un momento – e mica lo fa capire, oh no! –, comincia a incontrarlo di nascosto, per essere ben certa che la cosa vada a buon fine, prima di lasciare l'uovo sicuro di oggi per la gallina di domani! E io, Pietro l'Aretino, temuto e onorato da re e imperatori, faccio la figura dell'uovo, per non dire altro! »

Maffio ascoltava lo sfogo con simpatia e un certo, ben celato divertimento. L'invettiva, declamata ad alta voce, aveva attratto anche l'attenzione di padrona e clienti dell'osteria, che orecchiavano facendo finta di niente. Il grande sbeffeggiatore, l'Aretino, ingannato e sbeffeggiato a sua volta da una sciacquetta come l'Angela, neanche particolarmente furba, era una novità da non perdere e da godersi fino in fondo, prima di darle adeguata pubblicità con amici e conoscenti.

«Ma a me sembra impossibile», riprese Maffio incuriosito e goloso di particolari con cui infiorare i racconti che già pregustava avrebbe confidato, facendosi promettere il segreto, a tutti quelli disposti ad ascoltarlo. «Sei proprio sicuro di quello che dici? Come hai fatto a saperlo? E chi ha potuto trovare, che sia meglio di te, qua a Venezia?»

Dalla barba dell'Aretino uscì una specie di ringhio da bestia feroce. «Ah, ha trovato una buona sistemazione, non dubitare, la maiala! Ha fatto bene i suoi conti, prima di far su tutta la sua roba – ed era tanta, ed erano tutti regali miei e dei miei amici! – e di svignarsela di notte come una gatta rognosa! Chissà dov'è, adesso, magari è già arrivata a Ferrandina.»

«A Ferrandina! Non dirmi che se n'è andata via col Bernardo! Lo ha agguantato al volo, bisogna dirlo, non la facevo così sveglia, la Zaffetta! Pareva tanto affezionata a te, e così premurosa! Certo, è il suo mestiere. Ma com'è che ha potuto conoscerlo?»

L'Aretino si versò ancora del vino e ne chiese dell'altro a gran voce. «Devo annegare l'umiliazione e il rimpianto! Non che lo meriti, quella mezza calzetta che si credeva chissà cosa perché aveva delle belle tette e l'Aretino, il principe dei poeti che le dedicava versi! Dovrei scuotermela dai calzari come la polvere, per non dir di peggio, della strada dove è passata la mandria dei buoi, dovrei ringraziare la mia buona stella che me l'ha tolta di mezzo senza tante storie! È solo il mio animo nobile che rimpiange l'affetto donato senza riscontro, generosamente! No, non son certo io l'umiliato, ma lei, che si umilia a cercare il maggior profitto in un uomo più giovane, che la getterà via come spazzatura quando se ne sarà stancato!»

Pietro riprese fiato e ingurgitò un altro bicchiere. Maffio ne approfittò per porre le sue domande circostanziate, mirate ad arricchire di particolari il quadro della tragedia, che nel suo insieme era già ben chiaro, a lui come a tutti i presenti: «Ma come ha incontrato il Bernardo, se nemmeno tu lo conosci e a casa tua non è mai venuto, che io sappia? Qualcuno ha fatto da ruffiano?»

«Lo conobbe proprio il giorno del torneo, quando Bernardo arrivò e si mescolò alla folla senza farsi riconoscere, per vedere come andava a finire la tenzone, forse sperando nella morte prematura del fratello maggiore che poi, per uno strano caso, non tardò ad arrivare. In quel momento si celebrava invece il trionfo di Antonio, e tutti gli si affollavano intorno festeggiandolo, tanto che lui non si accorse nemmeno della presenza di Bernardo. Angela era venuta ad assistere al torneo con me, ma io mi fermavo qua e là a parlare con questo e con quello, lo sai anche tu che quelle sono le occasioni migliori per avvicinare e mantenere i contatti con personaggi importanti, e intanto Angela pure girava da un crocchio all'altro, civettando o facendo le sue chiacchiere vane con le sciacquette amiche sue. Non so come lui l'abbia avvicinata senza che io me ne accorgessi, chi glielo abbia presentato, fatto sta che si misero d'accordo di rivedersi la stessa sera alla festa al casìn dei nobili. La sera io ero stanco, non avevo voglia di andare fino a Murano a far notte bianca, già avevo preso i contatti che mi interessavano, ma la Zaffetta tanto mi pregò e disse che ci teneva ad andare alla festa che ce la mandai con una gondola e un servo e me ne andai a dormire. Vuoi saperne una di bella? La mattina dopo ne parlava tutta Venezia della tragedia che era successa alla festa, dell'uccisione del duca, e solo la Zaffetta non ne sapeva niente! Non se n'era accorta, disse la scema, come se si fosse potuto crederle! Dal servo che l'aveva accompagnata, e che Bernardo aveva ben ricompensato perché tacesse, ho saputo poi che appena si sono incontrati, alla festa, se la sono svignata insieme e sono andati a far le loro maialate chissà dove. Poi l'Angela è tornata quatta quatta a casa, fingendo di essere stata alla festa; solo quando ha saputo che Antonio Castriota era morto, e che Bernardo diventava duca ha fatto i suoi bagagli in gran fretta e in gran segreto e lo ha raggiunto! Così funziona il cuore delle donne, amico mio, sempre che si possa chiamare cuore quel muscolo che nascondono dietro le tette, che il Signore ce ne guardi, perché mai dovremmo desiderare la loro compagnia?

Che se ne vada col suo duca e con tutti i diavoli dell'inferno, quella laida troia verminosa! »

Il racconto aveva destato grande interesse e partecipazione in tutti gli astanti. Bortolo, senza una parola, rifornì di vino il tavolo, dove il disegno di Tiziano cominciava già a confondersi sotto i cerchi umidi lasciati dai bicchieri.

La Luisa, andando su e giù con piatti e brocche, rimuginava su quanto aveva sentito e, restìa a eliminare il suo maggior indiziato per l'assassinio del duca, si riprometteva di confrontare quanto aveva appreso dallo sfogo di Pietro con le notizie che senza dubbio le avrebbe portato Memo. Se anche lui avesse confermato che nel momento fatale Bernardo se la stava bellamente spassando con la Zaffetta, avrebbe dovuto ricominciare tutto da capo, cercare ancora – ma come, dove, perché? – qualcuno che avesse avuto l'opportunità e il movente per aggredire il duca.

L'avogadòr Priuli, nella sua stanza a palazzo Ducale, camminava su e giù rimuginando le ultime notizie. Il suo messo era tornato da Mantova e aveva riferito esattamente il suo colloquio con Giacomo d'Armer. Il giovane si era detto del tutto estraneo al fatto, benché riconoscesse di aver profferito minacce in gran quantità all'indirizzo del defunto. Aveva dichiarato di essere stato sì al casìn dei nobili al momento dell'aggressione al duca, ma di non aver assistito al delitto. Era in una saletta da gioco a bere e conversare con un patrizio veneziano, tale Gilberto Condulmèr, che gli aveva dimostrato simpatia e comprensione.

Pur essendo già sicuro che il vecchio patrizio avrebbe confermato le dichiarazioni del giovane d'Armer, l'avogadòr mandò il fante dei cai per convocarlo a palazzo Ducale. Non poteva trascurare di verificare niente, anche se cominciava a dubitare che si sarebbe mai arrivati a conoscere la verità, in questo caso così complesso.

Quando il fante dei cai si presentò, chiese rispettosamente di essere ascoltato su alcune voci che aveva sentito circolare per Venezia, e riferì che Pietro l'Aretino andava dicendo a tutti che Bernardo Castriota non si trovava al casìn dei nobili nel momento fatale in cui suo fratello era stato colpito, ma bensì nel letto della Zaffetta, nota cortigiana e amante in carica, almeno fino a quel momento, dello stesso Aretino.

«Un altro indiziato che si rivela del tutto estraneo al fatto!»

pensò l'avogadòr. «Per fortuna, questo qui non c'entra, sarebbe stato troppo imbarazzante accusarlo del delitto, vista la sua posizione, per poter scarcerare quei due ragazzi imprudenti.»

Il fante dei cai ritornò, dopo aver lasciato a palazzo Condulmèr la richiesta che il patrizio si recasse al più presto a palazzo Ducale per conferire con l'avogadòr, ed era accompagnato da un individuo male in arnese, che presentò al Priuli come un informatore ordinario dei Signori della Notte.

«Chiedo scusa, ma è meglio che lo senta direttamente vossignoria. La sua testimonianza mi pare importante, ma non sono in grado di valutarla da solo, anche perché sono chiacchiere da osteria, cose sentite dire e non so se capite perfettamente o romanzate», e si ritirò con un inchino. «Vossignoria mi chiamerà quando lo riterrà opportuno, sono qui ai suoi ordini.»

«Sentiamo, che cos'hai da dire?» L'avogadòr interpellò bruscamente il figuro, che tormentava nervosamente fra le mani un berrettaccio unto e bisunto. Non sperava di cavarne granché, ma qualsiasi cosa era meglio di niente, a quel punto delle indagini.

«Ero all'osteria della Cerva, sa, illustrissimo, quella vicino a San Bortolomio, e bevevo tranquillamente un'ombra, ma ascoltavo senza parere quello che dicevano ai tavoli vicini. Me ne stavo da solo, zitto zitto, e allora ascoltavo come faccio di solito, tante volte si sente qualcosa che può servire, a me, ma anche alla giustizia, sono un buon cittadino e servitore della Repubblica, io, e non chiedo niente per le informazioni che vi porto, bontà vostra se qualche volta mi ricompensate con qualche ducato, bisogna pur vivere...»

«Vieni al dunque», lo interruppe l'avogadòr, «mi hai già fatto perdere fin troppo tempo. Cosa hai sentito sull'assassinio del duca? È di questo, vero, che si tratta?»

«Sì, in un certo senso, ma io non so, può anche darsi che mi sbagli, ma ho voluto venir subito a dirvelo. C'era un servo del casìn dei nobili, all'osteria, che diceva che la mattina dopo l'omicidio stava pulendo il palazzo, con gli altri, ma è entrato da solo nella sala delle armi, che ha una porta che dà proprio nel salone da ballo dove c'è stato il delitto, e lì ha trovato per terra una daga insanguinata, e l'ha ripulita e rimessa al suo posto, perché era stata presa proprio da una panoplia che è in quella sala. Questo è tutto quello che ho sentito e la Luisa, che è l'ostessa, diceva che lei ne era sicura anche da prima, che non erano stati il Giustinian e il Contarini ad ammazzare il duca e che questa era la prova, e ho sentito che lo chiamava Ménego.»

L'avogadòr chiamò subito il fante dei cai, che aspettava dietro l'uscio e gli diede ordini secchi e veloci: «Butta fuori questo parlatore e dàgli due scudi. Va' subito a Murano al casìn dei nobili e porta qua un servitore che si chiama Ménego. Se poi non basta chiameremo anche questa ostessa intrigante che pare ne sappia più di me sul delitto di cui mi sto occupando. Saranno anche innocenti, questi due sconsiderati del Giustinian e del Contarini, ma finché non trovo il colpevole restano dentro».

Fuori dalla porta dell'osteria della Cerva la calle faceva angolo con un sotoportego, e qui, in una rientranza del muro, confondendosi nell'ombra, immobile, stava Lucieta, troppo sconvolta e spaventata per entrare finché c'era tanta gente nell'osteria. Non voleva farsi vedere in quello stato, da nessuno, e cercava di calmarsi e di riprendere il controllo di sé prima di entrare a cercare Bortolo, che era l'unica persona con cui avesse un po' di dimestichezza, ormai, in quella città ridivenuta straniera, diversa, incomprensibile. Piangeva silenziosamente, senza singhiozzi, appiattendosi al muro rugoso del sotoportego tanto che sembrava che fosse il muro stesso a gocciolare umidità.

Bortolo, che era uscito un momento per buttare nel canale un secchio d'acqua sporca, la sfiorò senza vederla, e trasalì quando una piccola mano gelata lo afferrò al polso: « Madonna che spavento che mi hai fatto prendere! Cosa fai qua da sola al buio, vieni dentro. Ma perché piangi in questo modo? Cosa è accaduto, Lucieta, su, calmati, stai tranquilla che qualsiasi cosa sia successa cercheremo di trovare una soluzione, ne parliamo con la Luisa, quella è una donna esperta, che sa sistemare tutto, vedrai che troveremo insieme il modo per darti un po' di pace. Non puoi continuare a tormentarti così ».

Lucieta rifiutava di muoversi, incollata al muro ora singhiozzava più forte, dicendo che si vergognava, che non voleva vedere nessuno, parlare con nessuno. Bortolo la prese dolcemente per mano, rassicurandola, sussurrandole piano parole di conforto come si fa con un animale selvatico spaventato: «Stai buona, Lucieta, non piangere, non aver paura: ti faccio entrare dentro per la porta del magazzino qua dietro, non ti può vedere nessuno. Tu aspetti in camera mia che vadano via tutti, così intanto ti calmi e ti dài una sciacquata alla faccia, e poi quando non c'è più gente in osteria vengo su io con la Luisa e parliamo insieme con calma, vedrai che con lei ti troverai bene, è una che capisce e se ti può dare una mano lo fa volentieri».

Lucieta si lasciò condurre attraverso il magazzino, su per una scaletta a pioli, con la rassegnazione di un animale condotto al macello. Arrivati nella stanzetta dal soffitto basso, arredata solo con un pagliericcio, dove la notte dormiva Bortolo, e una cassetta di legno, si accasciò in un angolo e chiuse gli occhi. Bortolo la guardò con pena mista ad affetto, poi scese la scala in fretta per andare in osteria a occuparsi del suo lavoro. Sussurrò alla Luisa: «È arrivata la Lucieta. È in uno stato da far paura, non voleva nemmeno entrare, l'ho convinta e l'ho messa di sopra in camera mia. Bisognerà star attenti a come le si parla, è capace di chiudersi come un'ostrica e di non dire nemmeno una parola. È spaventata a morte, e non si riesce a capire perché».

La Luisa si irrigidì: «Bisogna che la facciamo parlare, quella ragazza sa qualcosa, o ha visto qualcosa che le pesa sullo stomaco e non ha il coraggio di sputarlo fuori. Ma adesso che sappiamo che non è possibile che siano stati né il Giacomo né il Bernardo, ad ammazzare quel duca della malora, bisogna tirarle fuori il rospo, se vogliamo salvare il collo a quei due idioti che si sono fatti prendere e mettere in gabbia come due pollastri. E io sono sicura che c'è qualcosa che ci sfugge, che non sappiamo ancora immaginare e che questa ragazza ha visto o sentito». Bortolo prudentemente non replicò, ma era più preoccupato per Lucieta, lui, che per i due giovani prigionieri, che avevano già tanti dalla loro parte. Sperava che la Luisa non fosse troppo brusca e insistente, nel suo proposito di cavar fuori da Lucieta il suo segreto, che si rendesse conto che la ragazza aveva soprattutto bisogno di essere capita e aiutata.

Pian piano l'osteria si svuotava, Bortolo aveva preso la grande scopa di saggina e spazzava con energia fra i piedi degli avventori più restii a muoversi.

La Luisa si avvicinò al tavolo in fondo dove Maffio Venier stava ancora consolando con un misto di luoghi comuni il grande Aretino, abbandonato come un maestoso relitto di galeone sul tavolo dove il vino versato tracciava scure sinusoidi da fondo marino.

«Illustrissimi, non so come scusarmi con due gentiluomini della vostra fatta, abbiate pazienza, ma è ormai ora che chiuda per la notte. Sarò ben contenta di servirvi domani, e lo potrò fare molto meglio di adesso che ho finito tutto quello che avevo preparato per oggi, se domani vorrete onorarmi di nuovo», e con un'impeccabile riverenza li congedò.

Rimasti soli, la Luisa e Bortolo si guardarono con un sospiro. Bortolo pensava con ansia a Lucieta e a questa sua insospettata fragilità e la Luisa, benché si ripromettesse di essere dura e di far di tutto pur di spremere la verità da quella creatura impaurita, provava un imbarazzo che era insieme pietà all'idea di interrogare la ragazza così sconvolta e tormentata: d'altra parte, pensò rapidamente, bisognava coglierla nel momento di massima debolezza per farle sputar fuori tutto quello che sapeva, sempre che sapesse davvero qualcosa.

«Va' a chiamarla», disse a Bortolo, «che io intanto le apparecchio qualcosa di caldo da mangiare», e si diresse verso il focolare.

Quando Bortolo scese accompagnando una Lucieta tremante e spaurita, la Luisa suo malgrado si commosse, le andò incontro senza una parola e l'abbracciò stretta come fosse una figlia o una sorella più giovane. La trasse vicino al focolare dove lucevano ancora scarse bronse fra la cenere e le mise tra le mani un piatto di pasta e fagioli. Si girò a cercare la brocca per versarle un bicchiere di vino, e le sorrise dicendo: «Sta' tranquilla, figlia mia, mangia qualcosa che ti rinfranchi, sacco vuoto non sta in piedi; non aver paura, qua siamo tutti tuoi amici, vogliamo solo darti una mano. Adesso siediti qua, sta' pure zitta se non ti senti di parlare; quando starai meglio e ne avrai voglia, potrai raccontarci che cosa ti tormenta in questo modo, se pensi che ti sia utile consigliarti con noi».

Si girò e cominciò a sfaccendare per lo stanzone, senza guardarla né parlarle, per darle modo di abituarsi un po' alla volta al luogo estraneo, in compagnia della presenza amica di Bortolo, che le si era seduto vicino e le teneva un braccio sulle spalle, in silenzio. Solo quando Lucieta ebbe vuotato la sua scodella e bevuto il vino la Luisa si avvicinò e si sedette di fronte a lei.

La ragazza aveva ripreso un po' di colore, ma aveva sempre gli occhi molto gonfi e l'aria spaventata di un animale in trappola. Bortolo le teneva una mano, come a guidarla in un passaggio difficile.

La Luisa le si rivolse con un tono severo e affettuoso insieme: «Bisogna che ci racconti tutto, Lucieta. Non puoi tenerti tutto dentro, diventi matta se continui così. A tutto c'è rimedio, vedrai che insieme riusciremo a trovare un modo di uscire da questa situazione e di aiutarti, ma dobbiamo sapere cosa ti angustia e cosa ti è successo. Cerca di concentrarti e di raccontarmi per filo e per segno tutto quello che ti ricordi di quella sera al casìn dei nobili: dove sei andata, che cosa hai fatto, dove ti trovavi al momento del dramma, e cosa hai visto, cosa hai sentito».

A questa richiesta, pur fatta in modo così amichevole e affettuoso, Lucieta si irrigidì e scosse solo il capo mormorando appena, con un filo di voce: «Non posso, non posso...» Poi si chiuse in un mutismo ostinato come di animale terrorizzato, che si guarda intorno per cercare una via di scampo. Nello stanzone si creò un momento di silenzio sospeso come se l'aria si fosse rappresa in un blocco di vetro e nemmeno il respiro potesse attraversarla con un fremito.

Anche la Luisa e Bortolo restarono zitti e fermi per diversi minuti, cercando di immaginare quale doloroso segreto potesse essere quello che Lucieta custodiva con tanta ostinazione e che la spaventava in quel modo, e senza saper come fare per sbloccarla e farla sfogare.

«Lucieta, se non sappiamo cos'è che ti fa tanta paura non possiamo nemmeno aiutarti, lo capisci anche tu, non è vero?» riprese la Luisa con dolcezza. «Non può essere così brutto e così irrimediabile come lo vedi adesso, se siamo in tre a pensarci troveremo senz'altro un modo per uscire da questa situazione!»

La ragazza tremava e piangeva, sotto gli sguardi carichi di affetto e di pena dei due che la interrogavano, poi, proprio per quegli sguardi, che rompevano la sua solitudine, che le dicevano che c'erano due persone al mondo che si preoccupavano per lei, che desideravano aiutarla, cedette di schianto.

«No, non c'è modo di uscirne, anche se siete così buoni da volermi aiutare, non sapete, è molto peggio di quello che potete pensare! Certo che so chi ha ammazzato il duca! Sono stata io!» sbottò Lucieta, appena trovò la forza di emettere il fiato. «Sono stata io, che Dio mi perdoni! Sono io la colpevole di tutto. Non volevo che quei due poveri signori restassero in prigione, non volevo che li condannassero a morte, ma non ero capace di parlare, non ci riuscivo proprio, e poi non sapevo a chi dirlo, a chi rivolgermi, e avevo una gran paura perché pensavo che di sicuro, se avessi parlato, avrebbero preso me e mi avrebbero subito condannata a morte, sono una povera contadina, magari a essere squartata. Sono andata a confessarmi e il prete mi ha ordinato, come penitenza, di andare a raccontare tutto all'avogadòr o al missier grando, ma non ho trovato il coraggio. Ho pensato che l'unica persona cui potevo forse dirlo era Bortolo, che mi avrebbe capito e forse anche potuto perdonare, e così finalmente sono venuta qua e mi sono tolta questo peso dal cuore, se no non potevo più vivere.»

Lucieta raccontò fra i singhiozzi tutta la sua odissea: il sogno e l'incubo di quella sera al casìn dei nobili, dove era andata allegra, remando col suo costume da paggio, tenendo il ritmo con Bepi, anche lui in alta tenuta, fiera di accompagnare la più bella e invidiata della festa, la sua amata padrona. La Luisa e Bortolo ascoltavano allibiti, in silenzio, senza saper cosa dire. Raccontò della festa sontuosa, di come le era sembrato di essere passata, senza accorgersene, per un'invisibile porta magica, dalla sua vita di ogni giorno in un racconto di fate, a cui assisteva incredula e abbagliata: raccontò della bellezza splendente e fragile di Veronica, l'amatissima Veronica, che danzava come la regina di quelle fate fra l'ammirazione e l'omaggio di tutti, l'insistenza del duca, il re di quella festa, per danzare proprio con lei, e poi d'improvviso l'oltraggio e lo scherno, il dolore e la rabbia di Veronica, il suo impulso irrefrenabile di difendere la padrona, e punire il fellone che l'aveva colpita così duramente nell'orgoglio. Disse della sua forza e della sua destrezza con le armi, acquistata alla scuola di Bastiano Bellotto, e della sua reazione istintiva, animalesca, sorretta dalla fiducia nella sua abilità di combattente.

Raccontò come era balzata fuori con l'agilità di un gatto, mentre si spegnevano le luci, dal drappeggio delle pesanti tende che la nascondevano, il feroce colpo di daga contro il fellone che aveva osato ingiuriare e umiliare la sua dea, il pronto ritrarsi nell'ombra con l'istinto naturale di rifugiarsi nella tana dell'animale selvaggio.

Raccontò la confusione e le grida, il dolore di Veronica, il ritorno a casa, l'angoscia nella notte fonda, le gocce nere d'acqua che piovevano dal remo ogni volta che lo tuffava e le parevano il sangue del duca, i singhiozzi di Veronica che la straziavano; la notizia della prigionia dei due innocenti, l'alternarsi di paura e rimorso che l'aveva ridotta quasi alla follia in quei lunghi giorni di attesa, di dubbi, di paure.

Raccontò anche di aver raggiunto la consapevolezza che per Veronica lei non significava niente, non era niente di più che un gioco nuovo che l'aveva divertita per un po', mentre per lei Veronica era tutto il mondo, quello nuovo che aveva scoperto qui a Venezia, e che adesso si rivelava irreale. Si era resa conto che i pensieri e i sentimenti della sua adorata padrona, nei quali aveva pensato o sperato di avere una piccola parte, andavano tutti a Marco Giustinian, che prima sembrava far parte della quotidianità tanto da apparire perfino noioso, ma che ora era in pericolo. Le parole le uscivano a cascata, come un fiume inarrestabile che avesse rotto gli argini contro cui premeva da tanto tempo. Quando ebbe finito, si nascose il viso fra le mani e ricominciò a singhiozzare.

«Adesso so quello che devo fare, l'unica cosa possibile; mi dispiace solo non aver avuto il coraggio di farlo prima. Vado subito alla prigione e racconto tutto alla guardia, quella che mi conosce: mi porteranno dal fante dei cai, a lui farò la mia confessione, dirò tutto con tutti i particolari, e così libereranno il signor Giustinian e il signor Contarini e la Veronica sarà contenta. A me non importa più di niente, mi taglieranno la testa, mi squarteranno, come vogliono loro, io voglio solo morire, non posso più vivere così.»

La Luisa non ebbe un attimo di esitazione. Aveva trovato il suo assassino, ed era questa adolescente disperata. Ma tutto in lei si ribellava all'idea di consegnarla alla dura giustizia della Repubblica.

«Adesso basta piangere, Lucieta, hai pianto già troppo, ti devi riposare per tenere la mente lucida. E non vai proprio in nessun posto, resti qua e non ti muovi finché non avremo pensato bene e trovato cosa si può fare. Non parlare con nessuno, non farti vedere da nessuno, fuorché da Bortolo. Non sei in grado di andare in nessun luogo e di far niente, in queste condizioni: è meglio che tu faccia solo quello che ti diremo di fare, adesso noi possiamo meglio di te decidere che cosa ti può giovare o può danneggiarti. Fidati e vedrai che qualche soluzione la troveremo. Bortolo, tu apparecchiale un letto in soffitta e dàlle una delle mie camicie, deve andare subito a dormire, che è sfinita. Io penso che andrò fin dalla Veronica Franco. Bisogna che parli con lei, ha il diritto di sapere la verità: poi decideremo insieme che cosa fare, ma sono sicura che anche lei sarà d'accordo con me, che dobbiamo trovare un posto dove nascondere questa povera figliola, per prima cosa, e poi trovare un modo per far sapere all'avogadòr come si sono svolti davvero i fatti per poter scagionare e tirar fuori dalla prigione quegli altri due mone.»

Mentre Bortolo conduceva di sopra la fanciulla singhiozzante, che tirava pateticamente su col naso, parlandole con dolcezza e rassicurandola con piccole carezze affettuose, la Luisa si gettò sulle spalle lo scialle ricamato e uscì in tutta fretta.

La Paola andò ad aprire la porta brontolando: «Dove sarà andata a finire la Lucieta che non apre più nemmeno la porta, questa ragazza sta diventando sempre più stramba, non c'è mai quando c'è bisogno di lei, mi tocca sempre far tutto da sola».

La Luisa sgusciò dentro, si tolse lo scialle, scrollò i capelli e chiese con buona grazia di poter parlare subito con Veronica.

La Paola la guardò sospettosa: «Chi è lei e cosa vuole da mia figlia, signora? Non sono ore da andare a disturbare la gente a casa propria. Aspetti qua che vado a chiedere alla Veronica se vuol vederla lo stesso».

«La prego, signora, dica a Veronica che sono la Luisa dell'osteria della Cerva e che devo dirle delle cose importanti, che sono venuta a sapere, sul delitto del casìn dei nobili, cose che riguardano sia lei sia me, e vedrà che mi vorrà ascoltare senza perder tempo.»

La Paola si allontanò, preoccupata. Sorvegliava con attenzione gli sviluppi della vicenda, ma aveva paura che Veronica ne venisse coinvolta ancora di più, e non era per niente persuasa, lei, dell'innocenza dei due prigionieri. Ogni ritardo nella soluzione del caso, nella conclusione di questa storia che occupava tutti i pensieri della figlia, diventava per lei una grossa preoccupazione, anche perché rappresentava una perdita del tempo di Veronica, tutta presa dalla speranza della liberazione di Marco. Persino l'esecuzione dei due patrizi, con il dolore che avrebbe dato alla figlia, sarebbe stata per lei una liberazione. Tanto, si sa, poi il dolore con il tempo passa, i morti si dimenticano e ci si consola in qualche modo. Il mondo è pieno di uomini.

Appena la Luisa fu entrata nello studiolo, la Veronica, ben conscia dell'avversione della madre per tutta la faccenda, e temendo che con qualche indiscrezione mettesse a repentaglio una eventuale mossa concordata per la liberazione dei due che le stavano a cuore, la congedò in fretta.

La Paola si allontanò, seccata di essere estromessa quando c'era da sapere qualcosa d'interessante: «Lo so, io vado bene solo quando c'è da lavorare, da correre di qua e di là, ma mai che mi si dica niente, che mi si consulti quando c'è qualcosa di importante da decidere; in questa casa conto come il due di coppe a briscola», si lamentò, e si dispose a origliare.

Veronica accolse la Luisa con trasporto, impaziente di sentire che cosa aveva da raccontare di nuovo, sulla vicenda che le teneva occupata la mente da tanto tempo, quella donna che lei non conosceva se non per sentito dire, ma che aveva la fama di essere una persona di gran buon senso e di viva intelligenza, anche se popolana e incolta.

«Mettetevi seduta qua, signora Luisa, raccontatemi, cosa avete saputo di nuovo sul delitto? So che anche voi siete interessata come me alla sorte di questi due giovani che sono in prigione, anche se sono sicuramente innocenti: me lo ha detto la mia serva, la Lucieta, che ogni giorno, quando va per ordine mio alla prigione a portare un cesto si incontra col vostro garzone. Io ho tanto cercato e domandato, e conosco tanta gente, anche importante, ma finora non sono riuscita a sapere niente che li possa aiutare. Quando vi ho vista ho sperato che mi portaste una buona notizia: che si è scoperto, per esempio, che è stato davvero il fratello, il Bernardo Castriota, come dicono in molti, ad assassinare il duca...»

La Luisa trasse un lungo respiro e si buttò: doveva fidarsi della complicità di Veronica, non aveva altra scelta. «No», disse, «Bernardo non c'entra per nulla, lo hanno accertato: quella sera era con la Zaffetta, e non vi dico come l'ha presa Pietro l'Aretino, perché potete ben immaginarvelo. C'è qualcosa che nessuno si aspettava, o poteva immaginare.»

Le riferì della confessione di Lucieta per filo e per segno, ripetendole tutto il racconto, e aggiunse di essere convinta che la fanciulla, sconvolta e pentita dell'enormità del suo gesto, compiuto in un momento di follia, ma solo per amore di lei, per difendere e vendicare Veronica, dovesse essere aiutata, invece che data in mano agli sgherri del Consiglio dei Dieci.

«È una brava figliola, quello che ha fatto lo ha fatto per voi, perché vi vuole un bene dell'anima, e poi, quando si è resa conto della situazione tragica in cui si era cacciata, non ha trovato più il coraggio di raccontare cosa aveva fatto. Dovete darmi una mano, dobbiamo trovare un modo per salvarla, e insieme far sapere all'avogadòr come sono andate realmente le cose, per poter scagionare gli altri due. Dobbiamo trovare un posto dove nasconderla, possibilmente lontano da Venezia. Bisogna far avere all'avogadòr la sua confessione scritta, non possiamo certo consegnare la ragazza alle guardie perché la interroghino. Solo che la Lucieta non sa scrivere, e anche io ben poco, so solo fare qualche conto. Bisogna che me la scriviate voi, io vi racconto tutto tale e quale come me l'ha detto la Lucieta: poi la Lucieta firma, se ci riesce, se no fa la croce, e io e Bortolo firmiamo come testimoni. Abbiate pazienza, in questo momento non è possibile che ve la riporti qui perché possiate sentire il racconto dalla sua voce: è in uno stato da far paura ed è già tanto che sia riuscita a parlarne una volta con noi. Ha bisogno assoluto di riposare e di calmarsi. Dovete fidarvi di me.»

Senza esitare un momento, Veronica prese penna e calamaio: «Che Dio vi renda merito, Luisa, per quello che avete fatto e per quello che state facendo. Ci avete salvato. Vi dovranno la vita in tre, e sono sicura che sono tutte e tre delle vite che valeva la pena salvare. Peccato che ce l'abbiano rimessa, la vita, il duca, anche se era altezzoso e pieno di sé, e quel povero Fantino, che invece era una brava persona. Dettatemi, che cominciamo subito a stendere questa confessione, con il racconto esatto dei fatti, come si sono svolti: poi la rileggeremo e vedremo se va bene, se è abbastanza convincente, se abbiamo spiegato bene tutto. Troverò io la persona adatta per portare questo documento all'avogadòr o al Consiglio dei Dieci, ma solo quando avremo studiato un modo sicuro per far uscire la Lucieta da Venezia, e quando sarà abbastanza lontana perché non la raggiungano. Ha già patito troppo, povera figliola, e non merita certo di essere giustiziata fra Marco e Tòdaro come una delinquente qualsiasi».

Nella soffitta dell'osteria della Cerva, Bortolo cullava dolcemente fra le braccia Lucieta, parlandole piano come si fa con i bambini spaventati.

«Non aver più paura, adesso, Lucieta, sei in buone mani, fra gente che ti vuol bene. Cerca di non pensare più a quello che è successo. Adesso però bisogna che tu vada via da Venezia, più lontano possibile. Non puoi nemmeno tornare a casa dai tuoi, perché sarà il primo posto in cui ti verranno a cercare. Ma possiamo andar via insieme, anche domani mattina. Vengo con te, se vuoi. Almeno non sarai sola. Devi pensare che è una vita nuova che incomincia da domani, anche se è una vita più semplice e magari più dura, senza feste, senza case lussuose, senza le bellezze di Venezia, ma anche senza paure e senza delitti. Domani verrà il Checo con la barca, e noi ci facciamo portare fino a Tessera, dove c'è la casa di mio padre. Gli darò i soldi che ho risparmiato finora lavorando qua in osteria e ci facciamo dare in cambio l'asino e un carretto. Se tu pensi di poter star bene con me, se vuoi provarci, anche se ci sarà tanto da faticare, ma so che tu sei forte, conosco un posto sicuro. Possiamo andar fin su nella foresta, in montagna, fuori dai confini della Repubblica, sugli altipiani verso Trento, dove nessuno verrà a cercarci. Lassù arrivano solo i taglialegna durante l'estate, e i carbonari tedeschi che abbattono gli alberi per fare carbone. So che erano terre della Repubblica fino a pochi anni fa, e così la gente parla più o meno come noi e ci si può capire con quasi tutta la gente che ci abita. Adesso sono diventate terre di proprietà del vescovo di Trento e là nessuno potrà dirci niente, anzi, sono contenti se ci va qualcuno in più a lavorare e a popolarle, perché c'è poca gente. Potremo anche sposarci e fare figli se vogliamo, anzi se tu vorrai, perché a me piacerebbe, te lo dico subito, ma forse è troppo presto per parlarne, vedremo quando sarai più tranquilla e saremo in salvo. Non ti fare problemi, io aspetterò finché vorrai che tu sia disposta a farlo, se ti persuadi, e se no pazienza, adesso vengo via con te lo stesso, e resto finché avrai bisogno di qualcuno che ti dia una mano e che ti stia vicino. Lassù in cima, fuori dal mondo, ci sta un mio zio, un vecchio matto, ma una brava persona. Ha sposato una donna dei Slaghenaufi, che sono una famiglia di quei posti, dei crucchi, ed è andato a stare in mezzo alle foreste con loro. A lui piace: vive in un tabià fatto di tronchi d'albero, proprio in mezzo al bosco, ha un orticello, quattro capre e una dozzina di galline. Non vede mai nessuno, a parte questi Slaghenaufi che sono tanti, una tribù, ma hanno sempre bisogno di altre persone per aiutarli a far legna e carbone, che poi vendono in tutto il paese e anche in Germania. Sarà ben contento di avere compagnia, qualcuno con cui parlare la sera e quattro braccia in più. Lui conosce la foresta in tutti i suoi angoli, come fosse a casa sua; con lui siamo al sicuro come in chiesa. Vedrai, è bello lassù. Mi ci portava qualche volta mio padre, l'estate, quando ero bambino: c'è un torrente con un'acqua fresca, chiara, trasparente che sembra vetro, non verde come questa di Venezia; ci sono le trote che saltano fuori dall'acqua e la sera si possono pescare i gamberi con le mani. Ci sono le lepri e i caprioli che vengono a brucare l'erba sotto casa...»

Mentre Bortolo parlava, ed era il discorso più lungo che avesse mai fatto in vita sua, Lucieta si era addormentata come una bambina, sfinita dal gran pianto, e ora dormiva tranquilla, con un lieve sorriso sulle labbra gonfie, placata, forse sognando il bosco fitto, la musica cristallina del torrente e gli animali di quel paradiso terrestre.

Bortolo l'adagiò con cura sul lettino che aveva preparato, la ricoprì e scese ad aspettare la Luisa vicino al camino, rimuginando fra sé il piano di fuga che aveva immaginato e perfezionato con cura.

Certo la Luisa non sarebbe stata entusiasta di essere abbandonata dal suo braccio destro di punto in bianco, ma lui aveva messo in conto anche questo, e aveva già in mente una soluzione alternativa: un suo fratello minore da mandarle come sostituto, quando sarebbero passati da Tessera. Gli dispiaceva lasciarla e lasciare Venezia, ma in questo momento in cima ai suoi pensieri c'era la salvezza di Lucieta, che dipendeva in gran parte da lui, e la speranza che l'amicizia e la riconoscenza della fanciulla con il tempo e con la vicinanza, con la condivisione dei pericoli e della fatica, potessero trasformarsi in un altro sentimento. Sarebbe stata una vita dura, lassù, ma avrebbe potuto avere i suoi lati buoni: sarebbero stati liberi dalla paura, padroni di se stessi, si sarebbero costruiti la vita con le loro mani e le loro capacità, a contatto con la natura, spesso contro una natura che poteva essere amica in certi momenti, ma anche una dura avversaria in altri.

Era tutto immerso nei suoi sogni e nei suoi progetti quando rientrò la Luisa, sfavillante di gioia, sventolando un foglio. Gettò su una sedia lo scialle, posò con cura su un tavolo un fagotto in cui Veronica aveva raccolto in fretta il povero corredo di Lucieta, aggiungendoci un sacchetto di ducati.

«Ce l'abbiamo fatta, Bortolo! Guarda qua, basta che la Lucieta metta la firma, o una croce, poi firmiamo anche tu e io e questo pezzo di carta vuol dire la libertà e la vita per quei due giovani! Adesso basta trovare un posto sicuro dove sistemare la figliola, che non la possano trovare mai più.»

Con un sorriso di soddisfazione Bortolo spiegò il suo piano alla Luisa, che approvò a malincuore.

«Certo che a me dispiace che tu non resti con me, Bortolo, non so come farò a mandare avanti l'osteria senza il tuo aiuto, ma capisco che è forse la cosa migliore da fare, adesso. Tu le vuoi bene a quella matta di una ragazza, vero? Speriamo che te ne voglia anche lei, te lo meriti. Pazienza, facciamo così come hai detto tu, e mi raccomando, mandami subito tuo fratello. Chissà che non venga una volta anch'io a trovarvi su in montagna, mi piacerebbe, non sono mai stata fuori di Venezia. Va' a prepararti la roba da portarti via, adesso, e poi andiamo a dormire un poco, finché arriva Checo con la barca.»

Sbarrarono la porta dell'osteria e si avviarono, scambiandosi un sorriso soddisfatto e commosso, al breve riposo di quella notte.

La mattina dopo la porta dell'osteria della Cerva rimase chiusa, con grande rammarico della clientela affezionata. Molti provarono a battere e a chiamare, ma senza risultato e dovettero allontanarsi sacramentando verso il Sturiòn o il Leon Bianco.

Non c'era traccia della Luisa, di Bortolo, e nemmeno dell'affezionato fornitore, Checo, che era stato avvertito di non farsi vedere da nessuno ancor prima che svoltasse con la barca l'angolo del rio. La Luisa si era messa di vedetta prima dell'alba sull'altana. La città sembrava emergere, prendendo forma a poco a poco, modellata dalla prima luce incerta dell'alba, come un miraggio che sorgesse dal ventre di madreperla della laguna.

Appena la Luisa aveva scorto la prua della barca di Checo spuntare in volta de rio, gli era corsa incontro per farlo attraccare alla riva dietro la casa, nascosta dalla porta sulla calle. Là gli aveva fatto scaricare in fretta le casse di pesce e mettere a bordo i pochi averi dei due giovinetti. Aveva fatto imbacuccare la Lucieta, ancora mezzo addormentata, in un vecchio e ampio mantello scuro, e l'aveva sistemata come un fagotto sotto il trasto, stesa sul fondo della barca con i bagagli, aveva gettato sopra il mucchio una vecchia coperta e allontanato la barca dalla riva senza indugi: «Andate, fate presto, bisogna che siate fuori dalla città prima che faccia chiaro. Non vi deve vedere nessuno. Bortolo ti spiegherà tutto mentre remate fino a Tessera, ma è importante che non ne parli poi mai con nessuno, Checo, mi raccomando, con la mania che hai di chiacchierare sempre, di aver sempre da raccontare l'ultima novità agli amici! Stavolta si tratta di una cosa seria. Se vengo a sapere che hai detto una parola, una sola, non ti voglio più guardare in faccia, ombre alla Cerva non ne vedrai più per tutto il resto della tua vita! Buona fortuna, figlioli, che Dio vi tenga una mano sulla testa, e duri i banchi! »

Un po' più tardi, quando il sole era appena spuntato, ma ancora non era entrato a illuminare la calle, venne Bepi e, stupito di trovare la porta dell'osteria chiusa, cominciò a bussare forte e a chiamare Bortolo, ma non ebbe ugualmente risposta.

La Luisa, tranquilla, in altana, si pettinava al sole i lunghi capelli appena sciacquati con l'henné, si limava e lucidava le unghie rovinate dal lavoro, si spalmava viso e corpo con olio di mandorle dolci e acqua di rose che veniva dalla Turchia. Non aveva la minima intenzione di mettersi a pulire e spignattare per l'osteria, soprattutto senza l'aiuto di Bortolo; quello era un vero giorno di festa per lei, ed era ben decisa a dedicarlo solo a se stessa. Si stiracchiò come una gatta al sole, felice di sentirsi così giovane e forte, di sentire sotto le mani la pelle elastica e morbida, i capelli folti e vivi.

Mezz'ora dopo venne anche Memo, che aveva da raccontare notizie fresche e pettegolezzi a non finire sulle attività amorose del neo duca Bernardo, senza sapere che ormai le sue informazioni erano già superate dai fatti. Anche lui si stupì e picchiò inutilmente alla porta. La Luisa spiava dalla fessura degli scuri per vedere chi era, e si guardò bene dall'aprire: non aveva nessuna voglia di sentire chiacchiere inutili e di offrire ombre e spiegazioni a tutti quelli che passavano.

Più tardi, mentre si era stesa a riposare, arrivò Veronica, agitatissima. Bepi le aveva riferito che l'osteria era chiusa e apparentemente vuota. Veronica aveva subito ordinato la gondola e, ben riparata dentro il felze dagli sguardi indiscreti, si era fatta accompagnare là, incapace di aspettare con pazienza le notizie, e ansiosa di affrettare il più possibile la liberazione di Marco e Zorzi.

Bepi girò intorno alla casa, chiamò, finché la Luisa si affacciò, coi capelli sciolti che splendevano al sole, e vide subito la gondola e Veronica che le faceva cenno.

«Non dite niente, scendo subito ad aprire», la Luisa anticipò le domande che aveva quasi visto formarsi sulle labbra di Veronica. Scese, aprì la porta in sfesa e li fece entrare nello stanzone vuoto dell'osteria, richiudendo in fretta.

«La confessione!» esclamò Veronica, impaziente: «È stata firmata, dov'è? Datemela che ho già trovato chi la può portare subito all'avogadòr e consegnarla nelle sue mani».

La Luisa si irrigidì di colpo, pensando a Lucieta, ma anche a Bortolo, che non l'avrebbe certo passata liscia se lo avessero colto a far fuggire la colpevole dell'omicidio del duca.

«Eh no, mia cara, bisogna che lasciamo almeno un altro giorno di vantaggio a quei due poveri ragazzi, per arrivare in un posto sicuro dove non possano prenderli. La confessione ce l'ho, firmata da Lucieta, da me e da Bortolo, ma non ve la do prima di domani sera. Abbiamo combinato tutto bene, abbiamo trovato un posto sicuro, ma bisogna che prima ci arrivino, che non si facciano arrestare per strada. Domani potete far portare la confessione all'avogadòr, e vedrete che li libereranno subito, Marco e Zorzi, se non altro per rispetto alle loro famiglie; ma per oggi tocca avere ancora un poco di pazienza.»

Veronica non insistette, fece buon viso a cattiva sorte, riconoscendo che la Luisa aveva ragione, anzi sentendosi un po' in colpa per non aver pensato lei per prima alla salvezza di Lucieta; ringraziò ancora con la maggior gentilezza possibile e se ne tornò a casa, tutta intenta già col pensiero a preparare una degna accoglienza per il ritorno, tanto desiderato, del giovane Marco, ben presto reduce dalle tetre prigioni veneziane alle sue accoglienti braccia.

Il giorno dopo si mise in moto tutto il meccanismo così attentamente studiato, e le operazioni si svolsero in modo perfetto e armonioso: il prezioso documento fu consegnato a Veronica, che lo confidò nelle mani di Bartolomeo Gradenigo, che lo portò senza indugi allo zio avogadòr, il quale a sua volta si precipitò a farlo leggere immediatamente al suo collega che aveva seguito l'indagine e ai capi del Consiglio dei Dieci. Il sollievo per la soluzione del delitto del casìn dei nobili fu grande, anche perché le persone nobili o importanti ne uscivano senza macchia e la colpevole era solo una ragazza del popolo, con cui si poteva usare senza tanti scrupoli e senza paura di complicazioni diplomatiche la maniera forte.

Fu convocato subito il fante dei cai e spedito a casa Franco con l'ordine di arrestare la serva Lucieta.

Come previsto, la missione non ebbe successo, Lucieta non c'era, la perquisizione della casa non dette esito alcuno. La Paola, Veronica e Bepi erano concordi: non l'avevano più vista da due giorni, era fuggita, e non avevano la più pallida idea di dove fosse.

La Paola, non senza qualche resistenza, dette il nome del paesino del Friuli da dove era venuta Lucieta, e così due armigeri partirono per cercarla lassù, senza molte speranze. I friulani erano gente dura e selvatica, parlavano una lingua quasi incomprensibile, e comunque non avevano nessuna voglia di farsi capire dagli sgherri della Serenissima, che andavano tra loro solo per riscuotere gabelle e arrestare gente da mettere ai remi nelle galere.

Furono convocati a palazzo Ducale i due testimoni della confessione, la Luisa e Bortolo: la bella ostessa fu molto convincente, narrò come per caso la fanciulla in fuga fosse approdata, per non dire naufragata, nei pressi della sua osteria, come lei, impietosita, l'avesse accolta e rifocillata, e poi indotta a parlare; come avesse ritenuto suo dovere informare al più presto le autorità della soluzione inaspettata di un caso tanto intricato. Certo, nella notte la ragazza era fuggita anche da casa sua, diretta chissà dove, probabilmente al suo paese natale. Quanto a Bortolo, lo aveva licenziato perché era un fannullone perditempo e le costava più di quanto non rendesse, e se ne era andato sbattendo la porta. Dove era andato? Chissà. La Luisa non ne aveva idea.

Il passo successivo, accolto con grande gaudio da tutti, inquisitori compresi, fu il proscioglimento degli indiziati, completamente scagionati dalla confessione di Lucieta.

La notizia corse subito per tutta la città a rallegrare il patriziato. Giovanni Da Mosto fu il primo a portarla a casa Veniero, dove la Modesta lo accolse con gioia: anche per lei era finito un incubo, il pensiero di quei due giovani in prigione in attesa della sentenza non la lasciava più dormire la notte, confidò all'amico, guardandolo con dolci occhi cerchiati da un'ombra scura, che sembrava il primo segno di stanchezza sui petali di magnolia delle palpebre.

«Bisogna che tu mi racconti tutto, Nane, come è avvenuto che si sono accorti che Marco e Zorzi erano innocenti e che era quella ragazza l'assassina del duca? E perché ha commesso un atto così terribile? Comincia dal principio, mi sembra un sogno, una cosa proprio da non credere. Resta qua con me, abbiamo tutto il tempo, tanto Daniele è andato come al solito a sorvegliare il lavoro nelle sue terre, gli porta via tanto tempo, mi lascia sempre sola... » e gli sfiorò una mano con la sua, piccola e profumata.

« Non vedo l'ora di sapere tutti i particolari, come è stato che l'hanno scoperta, come ha reagito la Veronica, perché era a servizio da lei, vero?... E poi tu parli così bene, e sai spiegarmi tutto, mi fa così piacere che ne parliamo insieme. »

Nane si accomodò senza farsi pregare il più possibile vicino alla bella dama e cominciò la sua narrazione, colorendola e arricchendola di particolari interessanti. Nella foga del racconto si avvicinava sempre più a lei, fino a sfiorarle le ginocchia con le sue. Nonostante la barriera dei molti strati di seta frapposti, un brivido trascorse sotto pelle ai due giovani. Giovanni lo avvertì con gioia e tremore: gli occhi di lui cercarono in quelli di Modesta quell'impercettibile sorriso di risposta, che c'era... o forse no?

Quando Marco arrivò al portone di ca' Giustinian, il servo che gli aprì per un momento stentò a riconoscerlo, tanto era sporco, lacero, coperto e quasi nascosto da barba, capelli incolti e croste. Stava per mandarlo via come un mendicante importuno, quando dal rio una voce chiamò allegramente: «Signor Giustinian, io sono quaggiù e vi aspetto. C'è una persona che ha una gran voglia di vedervi e che non ha intenzione di aspettare! Sta contando i minuti, nervosa come una bestia in gabbia. Sbrigatevi o se la prenderà con me».

Marco si volse e riconobbe Bepi, accoccolato a pope della gondola di Veronica, che aveva legato alla riva della fondamenta più vicina all'ingresso del palazzo. Il servo di casa Giustinian si sprofondò in scuse e inchini, spalancò il portone e annunciò subito a gran voce il ritorno del primogenito, mentre Marco si fermava, incerto per un attimo, guardando Bepi e guardandosi addosso.

«Non posso mica venire dalla tua padrona così conciato, Bepi, non ti pare? Lascia che mi ripulisca per bene, che mi cambi, tu aspettami qua che appena sono un po' più presentabile corro!» e sparì nell'atrio fresco e scuro del palazzo, gridando: «Sono qua, mi hanno liberato, è tutto risolto, tutto a posto, sto benone!»

Salì lo scalone a quattro a quattro, corse nelle sue stanze, chiamò i servi che gli portassero acqua calda e sapone e facessero venire il barbitonsore con i suoi strumenti. I suoi gli si affollarono intorno con mille domande ed esclamazioni di gioia. Tutti lo abbracciavano, sporco com'era, e Marco, commosso e scintillante di felicità, cercava di sottrarsi a tutte quelle manifestazioni di gioia. Solo il vecchio Giustinian, dopo un'occhiata al figlio per assicurarsi che fosse proprio lui e tutto intero, se ne andò brontolando: «È tornato, matto come prima. Non gli è servita a niente la lezione che ha avuto. Non vede l'ora di scappare via di nuovo per andare da quella puttana. Ho finito di starmene in pace anche stavolta».

Marco si immerse nella tinozza d'acqua calda, mentre un servo gli insaponava la schiena con la spazzola e il barbiere gli sfregava la testa con polvere di piretro per eliminare i pidocchi.

Giù dalla fondamenta sentiva Bepi fischiettare aspettando per portarlo da Veronica, dall'unica e sola donna di questo mondo. Non era mai stato così vivo e così felice.

Anche Zorzi Contarini era uscito di prigione. Fuori dal portone del palazzo Ducale, sulla riva, si era fermato un momento, stordito dalla luce, strizzando gli occhi davanti alla miriade di bagliori danzanti sulla superficie dell'acqua della laguna di fronte a San Giorgio. Anche lui era sporco e lacero e arruffato. Respirò a fondo l'aria salmastra e dolce della libertà, guardandosi intorno prima di avviarsi verso casa.

Presto una banda di monelli lo circondò, sbeffeggiandolo con una cantilena infantile:

Bovolo bovolo canariol,
Tira fora i to corneti,
Ché to pare xé andà in preson,
Ché to mare xé andà in galera:
Tuti quanti col cul par tera!

Zorzi attraversò la masnada vociante senza quasi accorgersi di essere il bersaglio del gioco e si avviò con passo incerto, come se non sapesse bene dove andare e dovesse ricuperare persino la tecnica del camminare, un piede davanti all'altro, sulle pietre di trachite grigia del selciato della piazza.

I bambini si stufarono presto, non riuscendo a ottenere nessuna reazione dalla loro vittima, e si allontanarono in cerca di un altro centro d'interesse.

Zorzi camminava lentamente, come in sogno, su e giù per un ponte, poi lungo la spalletta di una fondamenta, nell'ombra fitta di una calle stretta e di un sotoportego, per sbucare di nuovo al sole in un campielo con un pozzo di pietra scolpita nel mezzo. Sul copripozzo di ferro battuto due gatti pezzati dormivano il sonno del giusto al sole tiepido della prima estate. Zorzi camminava lentamente, guardandosi intorno. Ogni piccolo particolare che entrava nel suo campo visivo gli sembrava una scoperta: il tralcio di vite che pendeva da un muro scrostato, lo stemma con la gru scolpita nel marmo sopra un portone, la vecchietta che passava avvolta nel suo scialle, con un cesto pieno di frutta: era la vita, così normale e così straordinaria.

I suoi passi lo portarono impercettibilmente, attraverso lunghi giri, ponti, calli, fondamente, a una calle ben conosciuta, fino alla porta sbarrata dell'osteria della Cerva.

Zorzi si appoggiò al battente, trasognato e deluso, senza saper cosa fare.

E il battente cedette, il polso di Zorzi venne afferrato in una stretta morbida e decisa e strattonato dentro.

La porta si richiuse immediatamente dietro a lui, con un tonfo secco e uno strider di catenacci. Nella penombra dello stanzone vuoto dell'osteria la Luisa, ritta davanti a lui, con un sorriso pieno di vita negli occhi teneri e splendenti, le belle braccia nude, i capelli che sfuggivano in ciocche lucide e morbide dal cocòn semidisfatto come al solito, gli apparve come una visione di bellezza arcana e tuttavia in grado di riportarlo alla realtà.

« Luisa! » sospirò, come se non sapesse e non potesse dire altro, come se fosse una parola magica, il suo apriti sesamo per la vita fino a quel momento e per così tanto tempo interrotta.

« Vieni, Zorzi », sussurrò la Luisa dolcemente, prendendolo e tirandolo per la mano come si fa con i bambini, e lo condusse davanti al foghèr dove era già pronta una tinozza piena d'acqua calda, un piatto con il sapone, e accanto dei teli di lino, ben stesi su una sedia.

« Spogliati », ordinò dolcemente la Luisa, e lui obbedì senza protestare, grato di avere chi si occupava di lui e prendeva decisioni in sua vece, senza perdere tempo in chiacchiere o a domandare cose che avrebbe potuto raccontare forse in seguito, ma non ora, non ora. Era il momento del silenzio, della penombra, della pace, della riconciliazione con il mondo.

Si tolse la giubba: la Luisa la prese con due dita e la gettò in un secchio pieno d'acqua saponata. Si tolse i pantaloni, la calzamaglia, che fecero subito la stessa fine. Esitò un attimo, con solo la camicia ormai grigiastra appiccicata addosso: «Ma Luisa, e dopo con cosa mi vesto?»

«Hai proprio tutto questo bisogno di vestirti?» replicò lei con un sorriso contagioso, a cui Zorzi rispose felice, immergendosi nella tinozza e cominciando a strofinarsi con energia. La Luisa gli lavò la schiena con una spazzola, gli insaponò a lungo la testa e gli passò i capelli con il pettine fitto, schiacciando fra le unghie i pidocchi che trovava. Fra l'acqua calda e il tocco delle mani della Luisa, Zorzi sentiva tutta la tensione accumulata nei suoi muscoli in quel periodo di prigionia sciogliersi in uno stato di benessere che gli pervadeva tutte le fibre. Non riusciva a pensare al dopo, si immergeva in quel confortevole presente come nel bagno ristoratore.

Quando si alzò in piedi, ben lavato, per uscire dalla tinozza, già il membro gli si ergeva, ancora incoronato da fiocchi di schiuma. La Luisa lo avvolse premurosamente in un gran telo di lino bianco, e senza parlare lo guidò dolcemente su per la scaletta, fino alla sua stanza e al suo letto cambiato di fresco, con le migliori lenzuola ricamate. Accostò gli scuri e gli aprì le braccia.

FINE

LE RICETTE DELL'OSTERIA DELLA CERVA

Sardele in saòr

Che cosa serve: per ogni chilo di sarde, un chilo di cipolle, un bicchiere di aceto, un etto di uvetta, mezz'etto di pinoli, olio di oliva quanto basta per friggerle. Si puliscono bene le sarde, togliendo la testa, le interiora e le squame; si affettano finemente le cipolle, si mette l'uvetta a rinvenire nell'acqua tiepida. La Luisa infarina le sarde prima di friggerle, e infatti così prescriveva la ricetta originale: se si desidera che il piatto risulti un po' meno pesante è meglio rinunciare all'infarinatura e limitarsi ad asciugarle bene con un po' di carta da cucina prima di friggerle. Una volta cotte, si scolano bene, si mettono ad asciugare su una carta assorbente e si spolverizzano con un po' di sale fino.

A questo punto si fanno appassire piano piano nell'olio le cipolle (anche qui, ci si allontana un po' dalla ricetta originale – che prevedeva di usare lo stesso olio in cui si erano fritte le sarde – e si adopera dell'olio fresco), finché diventano tenere e trasparenti. Si aggiunge l'aceto e si porta a bollore. In una terrina di coccio si prepara uno strato di sarde, lo si copre con uno strato di cipolle, lo si cosparge con uvetta e pinoli, poi si ripete l'operazione fino a esaurimento degli ingredienti, avendo cura che l'ultimo strato sia ben coperto dalle cipolle intrise d'aceto. Si lasciano riposare le sarde almeno un giorno prima di servirle.

Folpeti

Sono polipi molto piccoli e teneri, che a Venezia si mangiano bolliti e conditi, come antipasto o come magnareto per accompagnare la classica ombra di bianco. Si puliscono senza svuotarli, togliendo solo gli occhi e la bocca. Si prendono per la testa uno alla volta, si tuffano due o tre volte i tentacoli nell'acqua bollente e salata in modo che si arriccino, poi si lasciano scivolare nella pentola anche i folpeti, che devono bollire per circa venti minuti. Si servono freddi, tagliati a metà per il lungo e conditi con sale, pepe, olio e limone.

Canocie

Si chiamano cannocchie o pannocchie, ma il nome scientifico è *Squilla mantis*. Anche le canocie sono un classico magnareto. Devono bollire per non più di dieci minuti, in *court bouillon*, o acqua aromatizzata con cipolla, sedano, carota, alloro. Poi si lasciano raffreddare, si toglie la parte superiore della corazza, incidendola con le forbici da entrambi i lati, e si condiscono con un filo d'olio extravergine e succo di limone.

Sepoline roste

Si fanno arrosto le seppie di taglia piccola, ma non minuscola, di circa dieci centimetri di lunghezza. Si puliscono, si svuotano, si toglie il sacchetto dell'inchiostro, poi si riempiono con un trito di aglio e prezzemolo, si ungono d'olio e si cuociono alla griglia.

Castraure

Sono piccoli e teneri carciofi che spuntano per primi sulla sommità della pianta e vengono subito potati per permettere la produzione di molti altri carciofi da propaggini laterali. Si cuociono interi, avvolti nelle loro foglie più piccole, con aglio, prezzemolo tritato, olio, sale e un po' d'acqua, per non più di venti minuti. Si possono mangiare come contorno, come antipasto, o anche adoperarli come base per un ottimo risotto.

Moleche

Si chiamano moleche i granchi comuni nel periodo della muta, quando la loro corazza diventa tenera e molle. Si devono prendere le moleche vive, e metterle a bagno per qualche ora in un battuto di uova, sale, pepe e prezzemolo. Le moleche si riempiono così del battuto; allora si passano rapidamente nella semola e si gettano nell'olio bollente finché hanno preso un bel colore dorato. Si mangiano intere, ben calde, con una spruzzatina di limone.

Marsioni

Sono chiamati marsioni, in italiano latterini, quei piccoli pescetti argentei che vengono mangiati interi, infarinati e fritti. Non c'è bisogno di pulirli, si asciugano e si mettono in un sacchetto con la farina, meglio se di grano duro o semola. Si scuote bene il sacchetto, poi si estraggono i marsioni infarinati e si gettano nell'olio bollente. Si servono caldi e ben croccanti.

Asià

L'asià è il pesce palombo, che si vende a Venezia spellato e pulito, in fette, se è abbastanza grosso, o in rocchetti. Si può fare semplicemente bollito e condito con olio e limone, o maionese, o al forno. Si unge di burro una teglia da forno, si mette sul fondo uno strato di foglie di alloro; si passa l'asià nel pangrattato e si adagia sulle foglie d'alloro. Si aggiunge un po' di sale e pepe e uno spicchio d'aglio, si coprono le fette di asià con altre foglie di alloro e fettine di limone, si cosparge di fiocchetti di burro e si mette in forno. Se dovesse rinsecchirsi troppo si aggiunge un po' di vino bianco.

Zuppa di fagioli

Si raccomanda di eseguire questa ricetta con i fagioli, giustamente famosi, di Lamòn, un paesino delle prealpi bellunesi, che hanno la buccia tenera e un sapore inimitabile. Se sono secchi, si mettono a bagno la sera prima. Oltre ai fagioli, occorreranno delle cotiche, un piedino e, secondo l'antica ricetta, anche le orecchie e il codino del maiale. Si fa un battuto di lardo e rosmarino e, appena comincia a rosolare, si gettano nella pentola i fagioli con un litro d'acqua e una cipolla armata, cioè una cipolla spellata e trafitta con un bel po' di chiodi di garofano. Si aggiungono anche il piedino di maiale, le orecchie, il codino e le cotiche, preventivamente sbollentati e raschiati, e si fa bollire per un paio d'ore.

Una volta pronta la zuppa, si può, aggiungendo tagliatelle di grano duro e facendole bollire, ricavarne una pasta e fagioli o, aggiungendo riso, fare una minestra di riso e fagioli. Ambedue si servono tiepide.

Acqua e mistrà

Il mistrà è un'acquavite distillata dall'anice, che, aggiunta in quantità moderata all'acqua freschissima, le dà un colore bianco lattiginoso e un profumo caratteristico. Si tratta di una bevanda che era molto usata una volta, a Venezia, soprattutto d'estate, come rinfrescante. Si beve spesso anche con aggiunta di zucchero e di una fettina di limone.

Minestra di zucca

Che cosa serve: un chilo di zucca barucca, tre patate, una cipolla, uno spicchio d'aglio, mezz'etto di lardo, un po' d'olio extravergine di oliva, un po' di burro, mezz'etto di parmigiano. Si fa un soffritto con la cipolla tritata, l'aglio, il lardo, l'olio e il burro, poi si aggiungono la zucca e le patate tagliate a fettine molto sottili, o tritate grossolanamente: si copre il tutto con acqua, si sala e si lascia bollire per quaranta minuti. Si condisce con il parmigiano grattugiato.

Sopa coada

Che cosa serve: quattro piccioni, otto fette di pancetta o prosciutto, un etto di parmigiano, olio, burro e brodo quanto basta, pane raffermo, qualche foglia di salvia, sale e pepe.

Si fiammeggiano i piccioni, si avvolgono nelle fette di pancetta, si salano anche all'interno, si farciscono con la salvia e il burro, si mettono a rosolare in una teglia con un po' d'olio e si tirano a cottura con un po' di brodo. Poi si disossano, si taglia la polpa a filetti e la si lascia riposare nel suo sugo. Si imburrano le fette di pane raffermo, si dispongono a strati in un tegame di terracotta, alternandole con la polpa e il sugo dei piccioni, e il parmigiano grattugiato. Si copre il tutto di brodo, poi si mette nel forno caldo finché sulla superficie si forma una crosticina bruna.

Oseleti

Vale a dire uccellini: passeri, tordi, fringuelli. Si mangiavano, tradizionalmente, con la polenta. Adesso non si trovano più, e comunque la coscienza ecologica montante ci impedirebbe di mangiarli: nello stesso modo però si possono fare degli ottimi *oseleti scampai*. Al posto degli oseleti autentici si mettono dei quadretti di polpa di vitello o di maiale e si infilano nello spiedo, o negli spiedini, alternandoli con pezzetti di pancetta e foglie di salvia. Si fanno rosolare a fuoco lento, ungendoli spesso e raccogliendo il sugo in una leccarda, o in una teglia qualsiasi. La polenta è vivamente consigliata.

Capesante

Sono più conosciute come *coquilles St.-Jacques*. Si aprono, si tolgono dalla conchiglia e si lavano molto bene, perché sono spesso piene di sabbia. Si conserva la valva concava della conchiglia, in cui si adagia il mollusco lavato e condito, coperto con un trito di aglio, prezzemolo e mollica di pane raffermo. Si aggiunge un filo d'olio extravergine di oliva e un po' di pepe. Si passano al forno per un quarto d'ora circa.

Baccalà mantecato

Che cosa serve: dello stoccafisso, chiamato a Venezia baccalà, possibilmente della qualità detta «ragno», preventivamente battuto e ammollato, un po' d'aglio e abbondante olio extravergine di oliva. Si porta a bollore il baccalà, si spegne subito e si lascia intiepidire. Si scola, si tolgono le lische, ma non la pelle, e si sbatte a lungo aggiungendo l'olio a poco a poco e l'aglio spremuto o ben tritato, finché si ottiene una specie di crema bianca e soffice. Alcuni aggiungono anche del latte, per renderlo più morbido, ma l'aggiunta è consigliabile solo nel caso in cui il baccalà sia troppo salato. Si mangia freddo, con la polenta.

Fagiano arrosto

Che cosa serve: un fagiano ben frollato, dieci fettine di lardo tagliato sottile, un mazzetto di salvia, uno di rosmarino, sale grosso e burro, un bicchiere di vino marzemino, un bicchierino di cognac. Si sfrega il fagiano con il sale grosso, la salvia e il rosmarino; una parte di questi odori, con un po' di sale e burro, si introducono nella pancia del fagiano, che poi si avvolge nelle fette di lardo e si lega stretto. Si mette nel tegame con altro burro e si tira a cottura bagnandolo ogni tanto con il vino. Quando è ben cotto e perfettamente rosolato si spruzza con il cognac.

Bisato su l'ara

A Venezia l'anguilla si chiama bisato. Il bisato su l'ara è un piatto tipico di Murano, dove le anguille, tagliate a rocchetti, venivano fatte cuocere dai vetrai su un letto di foglie d'alloro, nel forno attiguo alla fornace del vetro, dove mettevano i pezzi appena lavorati a raffreddare progressivamente. Il bisato si cuoceva così nel suo stesso grasso, asciugandosi e profumandosi d'alloro.

Cassiopipa

Il cassiopipa è un intingolo fatto con diverse varietà di molluschi, che bisogna lavare e spurgare bene per far perdere loro tutta la sabbia. Poi si mettono in un tegame con spicchi d'aglio schiacciati, olio extravergine e prezzemolo tritato e si lasciano a lungo a pipàr, cioè a sobbollire lentamente, a fuoco bassissimo (una volta, vicino al fuoco, sulla pietra del foghèr o sulla piastra laterale della cucina economica). Si mangiavano con la polenta: adesso il cassiopipa viene adoperato, nelle trattorie veneziane, più che altro come sugo per condire gli spaghetti.

Granceole

Le granceole si fanno lessare circa mezz'ora in acqua con un mazzetto di erbe odorose o in brodo di verdura. Quando in superficie si forma una schiuma grigiastra si tolgono dal fuoco e si lasciano raffreddare. Si aprono, si gettano via le uova e le parti nerastre e pelose e si mettono da parte i coralli e la polpa, anche quella delle zampe. Svuotato bene il guscio, lo si lava e lo si riempie con la polpa spezzettata e condita con poco sale, pepe, olio extravergine, succo di limone e prezzemolo tritato. Hanno un sapore delicatissimo, quindi è sconsigliato coprirle con maionese, come fanno alcuni.

Articiochi in tecia

I carciofi (articiochi in veneziano) che vengono coltivati nelle isole della laguna sono piccoli, violacei, con un sapore caratteristico, intenso e amarognolo. Si tolgono le foglie esterne e si tagliano le punte ai carciofi, poi si farciscono con un trito di aglio, prezzemolo, sale e pepe. Si dispongono, ben allineati con la punta in su, in un tegame (tecia) e si condiscono con olio abbondante. Si aggiunge un mestolo d'acqua, poi si mettono a cuocere i carciofi con il coperchio, finché l'acqua non è tutta assorbita.

TRADUZIONE ITALIANA DEI VERSI IN VENEZIANO

Pagina 16

Mai lascio perdere il vino, specie se è buono:
Mai più vani pensieri m'entrano in mente,
Mai più mi infetta il cuore l'ambizione.

Pagina 17

Veronica, ver unica puttana,
Franco, cioè furba, astuta, vizza, flaccida,
E magra, ammuffita, marcia, la più mariuola,
Che ci sia fra Castello, il Ghetto e la Dogana.

Donna ridotta a mostro in carne umana,
Fatta di stucco, gesso, cartone, cuoio e legno,
Fantasma lodigiana, orca vaiolosa,
Coccodrillo, ippogrifo, struzzo, ronzina.

Pagina 77

La stracciona
Amore, viviamo fra gatti e tizzoni
in una casa al pianterreno
dove la lampada, il pane,
sta tutto insieme, la rocca, le tele, il vino,

la vecchia e le fascine,
i bimbi e le galline
e mezzo capezzale sotto il camino;
là, appesi a un uncino
stanno, come un trofeo,
la padella, una cuffia e una griglia,
la zucca con l'aceto,
un cesto e una sporta,
e il letto è fatto di alghe e di stoppa
così sformato che le pulci inciampano.

In questa casa benedetta e luminosa
vive poveramente
la mia cara d'amor bella stracciona,
stracciona riccamente,
che con più stracci e meno vesti intorno
più si vedono i bianchi
freschi e rotondi fianchi,
così è più bello con meno nuvole il giorno.
Abito troppo adorno
sopra perle e rubini
sopra beltà che supera ognuna!
Come fra due camini
si incornicia la luna
che riluce là in mezzo, così splendono la faccia
e gli occhi di costei fra straccio e straccio.

Pagina 83

... «ornamenti di seta e d'oro e copricapi di seta e calze bianche».

Pagina 153

O donne innamorate
Ascoltate un poco

Questo mio pianto
E la mia vita triste.

Sono uno sventurato
Che va piangendo per la notte bruna,
Assai più sconsolato
Che mai sia un amante per donna alcuna.
Piango la mia sorte
Poiché mi vedo tolto
Il volto gentile
Della mia madonna.

L'aspetto grazioso
Di un angelo che in questo mondo adoro,
Mi sta celato e nascosto;
Per brama di vederlo ahimè io muoio!
O caro mio tesoro
Come farò mai!
Io ti ho perduta
Ma non per mia follia.

Pagina 222

Lumachina lumachina di palude,
Tira fuori i tuoi cornetti,
Ché tuo padre è andato in prigione,
Ché tua madre è andata in galera:
Tutti quanti col culo per terra!

GLOSSARIO

Ai, bai. Parole in sé prive di significato. Non dire *né ai né bai*: non proferire parola.

Articiochi. Carciofi. Quelli coltivati nelle isole della laguna sono piccoli, allungati, violacei, dal gusto leggermente amarognolo.

Asià. È il pesce palombo piccolo e tenero che viene venduto a Venezia spellato e tagliato in rocchetti.

Assa. Segmento di filo di cotone, della lunghezza adatta per cucire o ricamare (o anche per tagliare la polenta sul *tajèr*).

Avogadòr. Magistrato della Repubblica di Venezia, carica istituita nell'anno 864. Gli *avogadori* erano tre e avevano grande autorità.

Baùta. Maschera nera usata durante il Carnevale.

Bevarazze. Vongole.

Bisato. Anguilla.

Boteghери. Commercianti, bottegai.

Brìcola. Fascio di grossi pali conficcati nella laguna per segnalare i canali navigabili e usati anche per l'ormeggio dei grossi natanti.

Brìtola. Coltellaccio con lama corta e robusta, leggermente ricurva, che serviva ai contadini per recidere rametti o far erba per i conigli.

Bronse. Braci.

Buranelo. Originario di Burano.

Burcio. Grossa barca da trasporto.

Bussolai. Ciambelline di pan biscotto (sing. *bussolà*).

Canaleta. Via d'acqua più profonda fra le secche della laguna, come una strada marina tra isola e isola.

Canestreli. Pettini, molluschi bivalvi, commestibili, in tutto simili alle capesante o *coquilles St.-Jacques*, ma molto più piccoli.

Canocia. «Squilla mantis» (Linneo). Cannocchia o pannocchia. Si serve lessa e sgusciata.

Caorlina. Barca da carico a remi, usata per il trasporto di frutta e verdura dall'estuario. Il nome viene dalla città di Caorle.

Caparozzoli. Molluschi bivalvi, commestibili, dalla conchiglia arrotondata e rigata.

Casada (de). Si dice di un gondoliere o di una gondola quando sono al servizio esclusivo di una famiglia nobile o importante.

Casìn. Circolo, luogo dove le persone si riuniscono per giocare, leggere, conversare o celebrare feste.

Cassiòl. Ramaiolo.

Cassiopipa. Antica ricetta veneziana di intingolo a base di molluschi (si vedano *Le ricette dell'osteria della Cerva*).

Castraura. Piccolo carciofo dal gusto amarognolo, molto apprezzato a Venezia.

Cheba. Gabbia.

Ciàcole. Letteralmente chiacchiere, che imperversano fra calli, corti e campielli.

Ciavada. Termine triviale per indicare l'atto sessuale.

Cocàl. Gabbiano. In senso dispregiativo, usato per persona di scarsa intelligenza.

Cocòn. Crocchia di capelli, raccolti sulla nuca o anche sulla sommità della testa.

Comarò. Riunione di donne (ma non solo) per raccontare e commentare gli avvenimenti del giorno: «far comarò».

Desasio. Sciagura, cataclisma, ma anche più semplicemente un gran disordine in casa.

Duri i banchi. Forza e coraggio. Si tratta di un augurio che viene dal gergo marinaro: tenetevi forte ai banchi finché il mare è mosso. Equivale a un «in bocca al lupo».

Fante dei cai. Sgherro al servizio esclusivo dei tre capi del Consiglio dei Dieci. I *fanti dei cai* erano sei, portavano una toga nera e una parrucca. Uno di loro serviva particolarmente gli inquisitori di stato.

Farsora. Pesante padella di ferro nero che serviva per friggere e non veniva mai lavata, ma pulita strofinandola con carta assorbente.

Felze. Sovrastruttura coperta posta al centro della gondola, in origine di frasche e tela, poi di legno intagliato e dipinto di nero.

Foghèr. Focolare.

Folpeti. Piccoli polipi, che si servono generalmente lessi e conditi.

Fondamenta. Via di Venezia che costeggia un rio o un canale.

Fontego. Fondaco, deposito o magazzino di merci che gli antichi mercanti erano autorizzati ad aprire in empori stranieri.

Foresto. Straniero, non veneziano: tedesco, mantovano o turco, poco importa.

Furlana. Friulana.

Ganzèr. Vecchio, generalmente ex gondoliere, che con un mezzomarinaio avvicina e tiene ferma la barca mentre le persone scendono, o salgono.

Gagliarda. Ballo in uso nel XVI secolo.

Gazeta. Monetina equivalente a due soldi, prezzo del primo giornale comparso a Venezia.

Gorne. Grondaie.

Grèbani. Posti selvaggi, fuori mano, lontani dalla civiltà, sassosi, impervi e difficili da raggiungere.

Grela. Graticola, griglia.

Listòn. Il nome viene dalla lista di selciato lungo le Procuratie, in piazza San Marco o in altri campi, su cui passeggiavano le maschere. In senso figurato struscio, passeggiata su e giù col solo scopo di farsi vedere e di incontrare amici e conoscenti.

Magnareto. Qualcosa da mangiare, non più di un boccone, per accompagnare un'*ombra*: una *canocia*, una seppiolina, ma anche un cubetto di formaggio, una fettina di salame, un'acciuga con una cipollina (si veda anche *Ombra*).

Marangoni. Falegnami; sing. *marangòn*.

Marsioni. Pesci piccolissimi che si mangiano fritti interi. Si distinguono da altri pescetti piccolissimi, come le *anguele*, per la testa minuscola, da cui l'ingiuria veneziana *testa da marsiòn*.

Mezanìn. Ammezzato. Piano intermedio di un edificio, dai soffitti bassi, adibito all'epoca a Venezia a ufficio del mercante, magazzino o alloggio per la servitù.

Missier grando. Capo bargello, o capo degli sbirri della Repubblica di Venezia. Portava un abito lungo, rosso, guarnito di fiocchi, e accompagnava il Doge nelle pubbliche comparse.

Moleche. Granchi nel periodo della muta.

Musso. Asino.

Ombra, ombreta. Chiamasi *ombra*, a Venezia e in tutto il Veneto, un piccolo bicchiere di vino schietto, quasi sempre bianco, che scandisce il trascorrere della giornata fra un incontro con gli amici, un momento di pausa nel lavoro, o di riflessione; può essere anche l'occasione per interrompere un percorso e riposarsi prima di riprendere la strada. L'*ombra* è di dimensioni ridotte, perché si tratta di un rito da ripetere più e più volte nella giornata, ed è spesso accompagnata da un *magnareto*, cioè da un boccone di qualcosa, un pretesto, più che altro, per non bere a stomaco vuoto: mezzo uovo sodo, due cipolline con un'acciuga arrotolata stretta in mezzo, un cubetto di formaggio, mezzo *folpeto* lesso e condito, una *sardela* fritta... Al giorno d'oggi, mentre il rito dell'*ombra* permane, il *magnareto* classico è stato quasi dappertutto sostituito, con la crescente omologazione, da tramezzini con nomi di fantasia. L'origine del termine *ombra* è secondo alcuni un ipocrita tentativo di minimizzare: bevo vino, sì, ma poco poco, appena un'ombra...

Oseleti. Uccellini.

Pastelòn. Tipico pavimento veneziano a stucco, composto di polvere di vecchie tegole di cotto impastata con olio.

Pavana, pavaniglia. Balli in uso nel XVI secolo.

Peata. Grossa barca da trasporto (ora in disuso), che veniva spinta con lunghi remi puntati sul fondo dei rii e dei canali.
Peoci. Mitili; ma anche pidocchi.
Pèrgolo. Balcone, piccola terrazza con balaustra e colonnine, generalmente di marmo.
Pipàr. Sobbollire.
Pontìl. Pontile.
Pope. Poppa, estremità posteriore dell'imbarcazione.
Reciòn. Omosessuale.
Rèfolo. Soffio di vento improvviso.
Sanpierota. Barca da laguna, per trasporti leggeri: prende il nome dall'isola di San Piero in Volta, terra di pescatori e ortolani.
Saòr. Tipo di preparazione culinaria a base di aceto che serve per conservare il pesce per parecchi giorni.
Scafa. Lavello, costituito da una lunga e larga vasca di pietra a bordi bassi, sopra cui si appendevano i secchi dell'acqua.
Scagno. Sgabello.
Schile. Gamberetti minuscoli grigi: si mangiano lesse o fritte.
Sepoline. Piccole seppie; *roste*: arrostite.
Sfesa. Fessura, fenditura; *in sfesa*: accostato/a.
Snasàr. Annusare.
Sopa coada. Rustica ricetta veneta a base di pane, brodo e carne di piccione (si vedano *Le ricette dell'osteria della Cerva*).
Sotoportego. Sottoportico. Ma a Venezia indica un passaggio coperto, generalmente breve e stretto, aperto al transito.
Strazzosa. Stracciona.
Strigozzi. Stracci, *fig.* pettegolezzi.
Stròlega. Strega, ma anche veggente.
Tabià. Rustica costruzione di tronchi d'albero.
Telèr. Telaio. Si usa anche per indicare una grande tela dipinta.
Tola. Tavola o tavolo.
Vermocàn. Tenia, verme solitario.
Vignole, San Piero in Volta, Mazorbo. Isole della laguna di Venezia.

Volta de rio. Incrocio tra due canali all'interno della città.
Zendàl. Grembiule, ma anche ampio velo ricamato che si portava sopra il vestito.
Zogia. Gioia, gioiello.

BIBLIOGRAFIA

Giuseppe Boerio, *Dizionario del dialetto veneziano*, Martello, Milano, 1971.

Manlio Dazzi, *Il fiore della lirica veneziana*, Neri Pozza, Venezia, 1956.

Pompeo Molmenti, *La storia di Venezia nella vita privata*, Istituto Italiano di Arti Grafiche, Bergamo, 1925.

Giuseppe Nissati, *Aneddoti storici veneziani*, Filippi, Venezia, 1965.

Giuseppe Piccio, *Dizionario veneziano-italiano*, Filippi, Venezia, 1989.

Giovanni Scarabello, *Carcerati e carceri a Venezia nell'età moderna*, Istituto della Enciclopedia Italiana, Roma, 1979.

Giuseppe Tassini, *Curiosità veneziane*, Filippi, Venezia, 1970.

INDICE

Eran Kroband, *Piccola Piuma*
François Lelord, *Il viaggio di Hector*
Judith Lennox, *Sussurri in un giardino*
Silvia Metzeltin, *Polvere nelle scarpe*
Alda Monico, *Delitto al casìn dei nobili*
Marnie Mueller, *L'aria che respiravamo*
Brian Patten, *Il gigante delle storie*
James Patterson, *Il giullare*
Mary Renault, *Il ragazzo persiano*
Carolyn Slaughter, *Il tempo passato fuori*
Vince Smith, *Uno scimpanzé in famiglia*
Didier van Cauwelaert, *Fuori di me*
Christopher Whyte, *La macchina delle nuvole*
Barbara Wood, *L'anello dello straniero*
Barbara Wood, *La profetessa*
Barbara Wood, *Terra sacra*
Antony Woodward, *Amori ultraleggeri*

DOROTHY DUNNETT
IL TORNEO DEI CAVALIERI

Estate 1551: Francis Crawford di Lymond si trova a Malta per difendere l'isola dall'attacco dei turchi ottomani, ma tutto è inutile: Tripoli finisce per cadere in mano agli infedeli a causa del tradimento del governatore della città, gran maestro dell'ordine dei Cavalieri di Malta. Lymond, tornato in patria, è chiamato ad affrontare nuove sfide ancora più ardue: controllare il Border, il turbolento confine fra Scozia e Inghilterra, e placare le lotte intestine fra i clan scozzesi. Al suo fianco si troverà il potentissimo cavaliere Graham Malett, nonché l'affascinate sorella di costui, Joleta. Ma Lymond, spirito libero e ottimo conoscitore dei nobili scozzesi, non è del tutto persuaso da questa alleanza, da cui non sa se trarrà aiuto o una pugnalata alla schiena...

Il terzo romanzo della Saga di Lymond, dopo *Il gioco dei re* e *La partita delle regine*.

MARY RENAULT
IL RAGAZZO PERSIANO

Bagoa, nobile persiano, ha solo dieci anni quando vede la famiglia massacrata dai soldati del re Dario. Fatto schiavo, viene evirato e diventa uno dei tanti eunuchi oggetti di piacere che popolano la corte persiana. Ma qualcosa sta cambiando in oriente, ed enormi saranno le ripercussioni sulla vita di Bagoa. Le truppe macedoni guidate da Alessandro hanno iniziato la loro marcia trionfale alla conquista di Babilonia, Susa, Persepoli, rinnovando le glorie di quello che, per il giovane conquistatore, è stato il massimo re di tutti i tempi: Ciro il Grande. La bellezza di Bagoa gli guadagna il favore di Alessandro, di cui diventa amante, amico, confidente. La loro sarà una relazione erotica, passionale, ma anche salda e sincera: un rapporto che sarà troncato solo dalla morte del Conquistatore.

Uno dei più bei romanzi storici sulla vita di Alessandro Magno, definito da Gore Vidal « una delle opere più originali del ventesimo secolo ».

Fotocomposizione:
Nuovo Gruppo Grafico s.r.l. - Milano

Finito di stampare
nel mese di aprile 2005
per conto della Casa Editrice Corbaccio s.r.l.
dalla Mondadori Printing S.p.A.
Stabilimento N.S.M. - Cles (TN)
Printed in Italy